Emmanuel Cortez

LES FILS QUI NOUS RELIENT

Éditeur : Michel Duplessier
Direction artistique, mise en pages : Muriel Bétrancourt

978 2 38378 089 2

Emmanuel Cortez

LES FILS QUI NOUS RELIENT

Roman

MARQUE-PAGES

Aux femmes à qui je dois tant

« On ne voit bien qu'avec le cœur.
L'essentiel est invisible pour les yeux ».

Antoine de Saint Exupéry, *Le petit Prince*

PROLOGUE

« Entre quatre murs »

C'était une expression trop géométrique, trop dépouillée pour exprimer la détresse du détenu. Elle passait sous silence toutes les autres dimensions de la prison : les fenêtres grillagées qui masquaient le ciel, la promiscuité et le manque d'intimité, le bruit permanent qui empêchait de dormir, les odeurs d'hommes qui vivent en vase clos. Tous ses sens étaient agressés par cette nouveauté brutale.

Qui a glissé de la drogue dans la doublure de ma valise ? Pourquoi ? se demandait Jean-Jacques, enfermé dans une prison française, à des milliers de kilomètres de son Rwanda natal.

— Ne pleure pas, bats-toi, personne d'autre que toi ne va t'aider !

Depuis qu'il était enfant, quand les choses tournaient mal, sa mère prononçait cette phrase incantatoire. Quand la force physique ne suffisait pas, il fallait avoir recours au pouvoir de la volonté. Comme face à un animal sauvage, montrer que l'on n'a pas peur et qu'on ne reculera pas.

Mais aujourd'hui, la formule magique n'opérait plus. Il pourrait la répéter jusqu'à l'extinction de sa voix, il resterait ici enfermé.

Ils auraient dû m'en parler. J'aurais peut-être trouvé une meilleure cachette, se répétait-il. Fonctionnaient-ils toujours ainsi pour que le « porteur » ne stresse pas au passage de la douane ? S'imaginaient-ils qu'on n'allait pas me fouiller parce que je suis à moitié blanc ? Quelqu'un a-t-il cherché à me trahir ? Ou à piéger le colonel par mon intermédiaire ?

Sa tête allait exploser à force de cogiter. Aucune piste ne lui semblait crédible. De toute façon, il ne pouvait qu'émettre des hypothèses. Il n'avait pour le moment aucun moyen de trouver des preuves tangibles. La situation lui paraissait tellement incohérente, improbable.

Au milieu du brouhaha de son cerveau, une petite voix peinait à se faire entendre. Le genre de voix qu'on essaie de faire taire parce que la raison ne veut pas de la vérité, parce qu'on refuse l'évidence lorsqu'elle est trop douloureuse. Ils n'étaient que deux à être au courant, le colonel et son fils. Sa deuxième famille. Il y avait d'abord celui avec qui il avait quasiment grandi : Pierre, « l'héritier », son meilleur ami depuis tant d'années. Il avait envers Pierre une amitié exclusive, et lui avait toujours témoigné une fidélité absolue, proche de la cécité. Plus d'une fois, il avait pris des coups à sa place. Pierre était libre, à l'aise avec tout le monde, un caméléon social. Il savait faire rire, les femmes surtout. Jean-Jacques aimait vivre dans son sillage, picorer des miettes de sa gloire, quelques faveurs féminines… Il avait bien remarqué que son acolyte était plus nerveux ces derniers temps, mais il mettait cela sur le compte de la pression que lui mettait son père. Le colonel n'avait pas besoin de crier pour se faire obéir, un seul regard suffisait et son fils allait systématiquement au-delà de ses ordres, pour montrer qu'il était le meilleur, son digne successeur… D'autant que le colonel avait fini par considérer Jean-Jacques comme un fils adoptif. Ce dernier avait gagné sa confiance grâce à son obéissance sans faille. C'était lui qui l'avait envoyé en France…

Ce père adoptif l'aurait-il ainsi trahi ? Jean-Jacques, n'ayant pas connu son père, se sentit d'autant plus meurtri par la cruauté de cette hypothèse. Son esprit affolé cherchait une explication. Si ce n'était le colonel, ce ne pouvait être que ce frère, désireux d'écarter le rival que Jean-Jacques avait fini par devenir. Et celui-ci se débattait, torturé par un affreux constat : il était emprisonné ici à cause des deux hommes qu'il estimait le plus au monde et pour lesquels il n'avait été qu'un pion.

Un douanier entra dans la cellule.

— Jean-Jacques Mugisha ! Ton avocat est là, lui lança-t-il.

Jean-Jacques revint brusquement à la réalité, laissant là ses ruminations. Enfin quelqu'un qui allait l'aider à prouver son innocence !

Il suivit le gardien jusqu'à une petite pièce vivement éclairée, simplement meublée d'une table et deux chaises. Sur l'une d'elles était assis un homme noir élégamment vêtu.

PREMIÈRE PARTIE

I
LE JARDIN D'ÉDEN

Marie-Ange n'était jamais seule. Dans leur petite maison, il y avait toujours du monde. Dehors aussi, elle croisait partout des visages connus. De la famille, des voisins, des amis, des amis d'amis. Sur le long chemin de l'école, dans les champs ou à l'église, elle jouait à se souvenir de leurs prénoms. Elle avait commencé très tôt, dès qu'elle avait compris que chaque visage, chaque sourire portait un nom. Elle avait commencé par son cercle proche, ses frères et sœurs, ses parents, ses oncles et tantes, puis le cercle s'était étendu petit à petit, comme une onde sans fin.

— Arrête de rêver, ma fille, et viens m'aider ! lui répétait sans cesse Jacqueline, sa mère.

Il y avait tout le temps quelque chose à faire. À la maison, le feu ne faiblissait pas. Sa mère était une experte pour embellir les restes et donner de la saveur à n'importe quel plat. Elle était si douée qu'il n'était pas rare qu'un proche, attiré par un délicat fumet, vienne à chaque repas réclamer un petit bout du festin. Ils ne vivaient ni dans l'opulence ni dans la misère. Alors, comme le disait le prêtre tous les dimanches, il fallait bien partager avec ceux qui avaient moins.

Son père possédait suffisamment de terre pour nourrir sa famille. Il travaillait dur et ses fils en âge de l'épauler l'aidaient beaucoup. À côté des champs où il pratiquait une agriculture traditionnelle, il gardait toujours un bout de sa parcelle pour tenter des expérimentations : du thé, du chocolat, un grenadier, un avocatier. Aucune idée ne lui paraissait incongrue. Aucune plante ne lui paraissait indigne d'intérêt.

— Le Rwanda est une terre bénie des dieux. Certes, nous n'avons pas d'or ni de pétrole, répétait-il inlassablement à ses enfants qui ne comprenaient pas bien le rapport. Nous avons ce que l'Afrique entière nous envie : une terre fertile et de l'eau en abondance. Nous avons tout pour être heureux ici !

Il rayonnait et n'avait pas de plus grand bonheur que de leur faire goûter les fruits de ses expériences tout en décrivant leur potentiel économique.

Ses amis se moquaient de lui, mais il pouvait susciter aussi de vives jalousies par ses réussites. Quand il allait au marché vendre ses produits, il aimait flâner et discuter avec les cultivateurs d'autres régions plutôt que de perdre son temps au bar. Son bétail était nombreux et se portait bien, il lui portait un soin tout particulier. Il était pourtant de plus en plus difficile pour ses fils de trouver de bons endroits pour faire paître le troupeau et les conflits naissaient fréquemment. Avoir un tel cheptel était un privilège, une source de nourriture et de revenus sûrs. Tous n'avaient pas cette chance. Son père n'était pas dupe, il savait également que derrière les sourires, grandissaient les rancœurs. La réussite est toujours enviée, suspecte même, surtout quand c'est celle d'un Tutsi.

Marie-Ange était la dernière arrivée. Trois garçons l'avaient précédée. « Cette fois, c'est vraiment la dernière », avait dit sa mère. Elle avait souffert pour les mettre au monde et, même si elle était fière de ses enfants, elle souhaitait s'en tenir à quatre. Ils étaient respectueux et obéissants, elle se savait bien entourée en prévision de ses vieux jours. Le gouvernement avait distribué des fascicules expliquant les moyens de contraception naturels et elle comptait bien ne plus se laisser entraîner par l'enthousiasme de son mari. L'aîné et la plus jeune n'avaient que dix ans d'écart. La mère comptait aussi ceux qu'elle avait perdus en route. Deux petites filles mort-nées, des poupées sans vie que Dieu avait rappelées à lui avant qu'elles n'aient pu voir le soleil briller. Ni son corps ni son cœur ne pouvaient les oublier.

Paul, l'aîné de la famille, avait pris sa petite sœur sous son aile dès le premier jour. Quand elle avait commencé à aller à l'école, il l'avait accompagnée et avait continué aussi longtemps que possible. Il connaissait les dangers de ces longs trajets, surtout pour les jeunes filles. « J'ai entendu beaucoup d'histoires, lui répétait-il, tu ne dois faire confiance à personne, même pas quelqu'un que tu connais. Continue toujours ton chemin et cours quand ton cœur te dit de courir, cours très vite comme tu le fais si bien. » Elle le regardait en souriant : que pouvait-il lui arriver puisque son grand frère restait à ses côtés ?

Elle avait appris qu'ils vivaient au pays des mille collines. Marie-Ange n'en avait pas encore vu autant, mais elle avait la chance d'habiter tout en haut de l'une d'entre elles. Souvent, elle était réveillée par le chant des oiseaux et se précipitait dehors pour voir le soleil se lever dans la brume matinale. Puis elle prenait quelques minutes pour admirer la vue. De tout là-haut, elle pouvait observer la campagne, regarder les fermes où dormaient ses amis et les imaginer ouvrir les yeux à leur tour.

— Marie-Ange, aide-moi un peu avant de partir, lui demandait souvent sa mère. Prépare le repas des garçons, s'il te plaît. Tu as le temps, tu te réveilles tellement tôt chaque matin ! Pourquoi est-ce que tu aimes tellement l'école, hein ? Tu es vraiment la fille de ton père, toi !

Son père la regardait et son sourire assurait à sa fille combien elle était aimée, sans qu'il ait besoin de lui dire qu'elle était son joyau. Grande comme tous les autres membres de la famille Mugisha, aussi belle que sa mère dont elle avait hérité des traits fins, Marie-Ange ravissait son père.

Les instituteurs disaient chaque année qu'elle était une excellente élève. Malgré le réveil matinal et le long trajet à parcourir, malgré les classes surchargées et le manque de matériel, la jeune élève se montrait toujours curieuse et studieuse. Toutes les matières l'intéressaient, elle lisait tout ce qui lui tombait sous les yeux. Il n'y avait pas beaucoup de choix, elle pouvait dévorer plusieurs fois les mêmes livres ou même des notices, parfois dans des langues qu'elle ne connaissait pas. L'ouvrage le plus accessible était la Bible, un conte si merveilleux.

De toutes les histoires contenues dans le livre sacré, sa préférée était celle du jardin d'Éden, luxuriant, calme et voluptueux. Dieu avait dû s'inspirer de son propre village ! Birambo s'étendait à flanc de colline, coupé en deux par la petite rivière qui coulait dans la vallée. Au chant du coq, les bruits étouffés des habitants les plus matinaux et des conversations chuchotées concurrençaient déjà les chants de la nature. Les lumières brillaient dans chaque maison. Le jour était à peine levé que les routes, les champs et les forêts s'emplissaient de silhouettes marchant d'un pas décidé. C'était un spectacle incroyable de voir que le village pouvait abriter tant de monde où chacun paraissait avoir un but précis. Comme dans une fourmilière géante, il n'y avait pas de place pour l'oisiveté.

Marie-Ange remarqua que les regards sur elle changeaient. Devenue adolescente, elle se sentait oppressée par le poids de ces yeux qui la suivaient partout. Elle aurait préféré être invisible, se fondre dans la masse, mais c'était impossible. Les hommes, des plus jeunes aux plus âgés, étaient hypnotisés par sa beauté, ses traits fins et son corps élancé. Certains la comparaient aux femmes d'Éthiopie ou de Somalie. Les filles aussi la regardaient bizarrement. Mais il n'y avait pas de désir dans leur regard, si ce n'est celui de lui ressembler. Elle avait peu de véritables amis, son seul confident était son frère Paul, le seul qui savait la faire sourire. Il était grand et fort, elle savait qu'il la protégerait toujours.

— Tutsie, Tutsie !

Elle percevait ces mots lancés dans son dos sans vraiment en comprendre la signification. Elle avait bien entendu des histoires, des conversations entre ses parents ou les anciens. Il était question de guerre, de politique, de meurtres… Tout ceci restait flou, alors un jour, elle alla demander des explications à son père.

— Tu es tutsie, ma fille. Tu es issue d'une famille prestigieuse, c'est une chance, mais cela va t'attirer de nombreuses rancœurs. Tu devras toujours te méfier des Hutus. Ce sont nos frères, nos cousins plutôt, mais ils veulent nos terres et notre bétail. Il ne faut pas avoir peur, mais garder les yeux grands ouverts. Le Seigneur nous aidera, faisons-lui confiance. Le Rwanda est un paradis sur terre, nous sommes heureux ici, nous ne partirons pas ! Le président Habyarimana empêchera les extrémistes d'arriver au pouvoir.

Ces quelques mots avaient fortement perturbé la jeune fille. Elle avait déjà vu une fois des Blancs à l'église, et elle voyait bien qu'ils étaient différents d'eux. Mais elle avait bien du mal à distinguer les Hutus des Tutsis. En approfondissant la question auprès de Paul, elle comprit que les Tutsis étaient une minorité, généralement plus grands et plus clairs de peau. Enfin, pas tout le temps. Beaucoup de couples et d'enfants étaient mixtes. Bref, c'était compliqué comme toutes les histoires d'adultes.

— De toute façon, je me marierai avec un Blanc ! avait-elle dit à son frère en riant. Comme ça, je n'aurai pas à choisir entre Hutus et Tutsis !

II
ANCESTRAL

La mère d'Enguerrand avait bien œuvré en donnant six fois la vie. Son père aussi, dans une moindre mesure, même si parfois ça ne lui avait demandé que quelques instants et procuré un bref éclair de plaisir. Elle, en revanche, avait enchaîné les grossesses, enduré un corps alourdi, des accouchements douloureux, des allaitements qui la vidaient de toute énergie. Elle le faisait en gardant le sourire, parce que c'était ainsi. Parce que Dieu, son mari, sa famille et même ses ancêtres en avaient voulu ainsi.

Chez les Autin Tournier de Grandmaison, les pères étaient féconds ! Il en allait ainsi depuis la nuit des temps. C'était un vrai privilège génétique qui justifiait pleinement les autres privilèges dont ils héritaient de génération en génération.

Six enfants, dont quatre garçons, quoi de mieux pour perpétuer un nom ayant marqué chaque siècle de l'Histoire de France depuis des temps immémoriaux ? Point de philosophes ou de mathématiciens au sein de cette glorieuse lignée : des soldats, rien que des soldats. Gradés bien sûr, tous les grades inventés par l'armée avaient été portés par les ancêtres d'Enguerrand.

Il n'avait qu'à regarder les tableaux de ses aïeux accrochés dans toutes les pièces du manoir pour comprendre le sang que sa famille avait pu verser, et faire couler. Des dizaines de paires d'yeux le scrutaient chaque jour pour vérifier qu'il irait, lui aussi, accomplir fièrement son devoir. Pas un seul barbouillage dégénéré que certains appellent « art moderne » ne venait perturber cette belle harmonie guerrière.

Il était le sixième enfant. « Le petit préféré de sa mère », comme c'est souvent le cas pour les derniers. Celle-ci faisait tout pour que personne ne puisse le percevoir, ni ses autres enfants qu'elle aimait tendrement, ni surtout son mari qui y aurait vu une forme de faiblesse. On pouvait aimer passionnément Dieu, la Patrie, le drapeau, ses frères d'armes, mais il fallait cacher l'amour maternel. Elle connaissait les règles du jeu, c'étaient les mêmes dans sa propre famille.

Enguerrand avait grandi dans cet univers aux valeurs désuètes et ne se souvenait pas avoir voulu s'opposer à ce destin déjà tout tracé. Bien au contraire, il désirait lui aussi avoir son portrait accroché au-dessus de l'une des nombreuses cheminées du manoir. Pourtant il pressentait qu'il allait devoir cravacher dur pour y arriver, vraisemblablement beaucoup plus que ses frères.

Très tôt, il avait ressenti un léger décalage par rapport aux autres. Il avait du mal à se concentrer sur ses leçons, son esprit ricochait inlassablement vers d'autres horizons. Une idée en faisant naître une autre et ainsi de suite. Il devait s'accrocher pour rester attentif. Surtout quand cela ne l'intéressait pas. Par chance, il l'avait remarqué assez tôt et parvenait à contraindre son attention en saisissant son propre menton pour remettre son regard face au cahier. Il restait ainsi, le bas du visage coincé entre le pouce et l'index, le plus longtemps possible.

— Mais quel rêveur ! soupirait sa mère, malgré tout heureuse d'avoir un garçon qui sortait un peu du moule des trois précédents clones. Qu'est-ce qu'on va faire de toi ? Tu auras peut-être plus de chances de t'épanouir dans un bon poste au sein de l'administration.

Dans l'Administration, jamais ! pensait-il chaque fois qu'il entendait sa mère aborder le sujet.

En réalité, il ne s'intéressait qu'à la lecture. Il n'y avait pas la télévision chez eux, mais ils avaient le droit de lire. Alors il s'en donnait à cœur joie. Il se laissait happer entièrement, entrait dans la peau des personnages, imaginait les décors au-delà des descriptions de l'auteur. Loin du poids de l'histoire familiale, les livres lui offraient un monde parallèle où il se sentait libre.

Au détour de chaque page, il pouvait devenir quelqu'un d'autre, moins réservé, plus costaud, plus courageux. Mais quand la lecture prenait fin, il devait revenir à la réalité. Il était loin d'être aussi fort que ses frères au même âge. Il le voyait dans le regard de son père où brillait plus de commisération que d'affection. Malgré les efforts qu'il faisait pour l'impressionner, il ne récoltait souvent que des « ce n'est pas grave, tu feras mieux la prochaine fois ». Loin de lui faire baisser les bras, sa déception nourrissait sa colère contre lui et le destin.

La rage au cœur, il s'acharnait à combler son déficit physique. Avec le temps, à force de travail, il y parvint. Il voyait son corps se transformer, ses muscles se durcir au fil des pompes qu'il enchaînait tout seul dans sa chambre. Les autres enfants se laissaient aller, pas lui, il avait un but.

— Un corps et un esprit, ça se forge, disait toujours son père.

Pas de place pour la fatalité, on pouvait discipliner son esprit comme un corps d'armée prêt au combat. Un rêveur discipliné, c'est assez rare, mais pourquoi pas, après tout ?

À l'école, les autres enfants ne se bousculaient pas pour être son ami, mais Enguerrand ne craignait pas la solitude. Il ne daignait pas en sortir à certaines occasions quand sonnait l'heure de la récréation, il pouvait choisir les jeux et commander son équipe. Comme ces jours d'hiver où il organisait de véritables batailles rangées, les boules de neige remplaçant les grenades. Chaque année, il attendait les premiers flocons avec impatience pour pouvoir revivre ces moments glorieux.

Ses notes étaient bonnes, surtout dans les matières littéraires. Les années s'enchaînaient, identiques les unes aux autres. Il avait hâte d'en finir avec l'école. Il voulait passer au plat de résistance. Son ambition était de rejoindre Saint-Cyr, d'intégrer cette prestigieuse école militaire pour que son père le regarde enfin avec fierté, et qu'il l'estime digne de porter leur nom de famille. Le reste, les copains, les filles, rien ne comptait vraiment autant pour le moment !

III
LES BAZARS

Enfin !

Si Enguerrand s'était ennuyé à l'école, il en avait néanmoins gardé quelques bons souvenirs. Mais ces années avaient laissé comme un goût neutre dans sa bouche. Des pâtes que l'on mâche parce qu'il faut se nourrir, mais qui manquent de sel, de beurre, de fromage. Sa mémoire sensorielle n'avait pas imprimé le parfum de ces années scolaires. Il se projetait tellement sur ce qu'il allait vivre, qu'il ne pouvait savourer le moment présent.

Il était déjà venu à Coëtquidan à l'âge de douze ans pour accompagner en famille son frère aîné qui y entrait par la grande porte. Enguerrand avait été envoûté par ce lieu. Les bâtiments étaient carrés ou rectangulaires, les angles y étaient droits. Tout était bien rangé, les véhicules alignés au cordeau, les militaires avaient le même physique athlétique, l'uniforme impeccable. Tous se déplaçaient d'un pas identique et chantaient en chœur sans fausses notes. L'esplanade prévue pour les défilés lui paraissait infiniment grande. Tout n'était qu'ordre, calme et beauté.

Charles avait été reçu parmi les premiers. Il faisait leur fierté à tous, il était un exemple pour ses frères et sœurs. Il avait l'âme d'un chef, de ceux à qui l'on obéit avant même qu'il n'ait ouvert la bouche. Il était le portrait craché de son père qui le dévorait des yeux ce jour-là, empreint peut-être d'une légère jalousie à l'idée qu'il ne pourrait plus, lui, revivre ces années de formation qui avaient été les plus belles de sa vie.

Enfin, ce fut le tour de son plus jeune fils. À la surprise de son père, il avait été reçu. Il avait même été le premier, même si c'était de la liste d'attente. Après une longue journée faite de visites, la famille Autin Tournier de Grandmaison avait laissé Enguerrand à sa destinée. Sa mère avait pleuré, ce qui avait fait bien rire les mâles. Elle versait des larmes pour son dernier enfant qu'elle abandonnait à une carrière militaire périlleuse. Elle pleurait aussi un peu sur elle-même, elle qui allait se retrouver seule, face à un mari dont elle devrait écouter en hochant la tête les longs monologues politiques sur la France qui se délite, les hordes de migrants dont le but était d'en dissoudre l'âme, la montée de l'insécurité et l'islamisation de la société. Son époux noyait les rêves de sa jeunesse dans l'aigreur de sa vieillesse. Pour les cris et les rires, il faudrait attendre l'arrivée des petits enfants dans leur vaste maison désormais vide.

Son père avait été le dernier à saluer Enguerrand. Il avait regardé longuement son fils en souriant. Sa lourde main s'était posée sur son épaule, y enfonçant lentement, mais profondément, chacun de ses doigts. Une vague de chaleur avait alors envahi Enguerrand.

Il avait espéré ce moment-là depuis des années. Il se rappelait les heures de sport auxquelles il s'était astreint pour endurcir son corps frêle, les longues études aussi, soirs et week-end, pour réussir ce concours. Il n'avait pas hérité de facilités, mais il n'avait jamais renoncé. C'est ce qui lui avait permis d'être endurant dans l'effort. Son but n'était pas de réussir le concours, mais de pouvoir vivre cet échange intense et silencieux. Il avait cru lire dans les pensées de son père : « Je suis fier de toi, mon fils ! »

Il avait hâte de commencer. Hâte de ne plus être vissé sur une chaise toute la journée. Hâte d'avoir des camarades qui le comprennent. Hâte de se mesurer physiquement et intellectuellement aux autres et à lui-même. Hâte de tâter ses propres limites. Hâte de tellement de choses ! Il lui semblait que sa vie allait enfin commencer. Son frère et son père lui avaient raconté des bribes de souvenirs, mais il les avait écoutées distraitement. Il voulait découvrir par lui-même ce nouvel univers, garder intact le délicieux goût de la nouveauté.

— Nous allons faire de vous des hommes ! Vous serez la tête et les jambes de l'armée française.

Ces mots avaient été criés au plus près de leurs oreilles encore sensibles par leur premier instructeur. En regardant autour de lui, Enguerrand voyait bien qu'ils n'étaient que des adolescents à peine sortis de l'enfance. Leurs visages étaient marqués par les cratères rougeoyants de l'acné et une pilosité hasardeuse. Leurs corps étaient si fins qu'il aurait fallu fusionner deux novices pour faire un soldat aguerri. Il mesurait le long chemin qu'ils allaient devoir parcourir avant de devenir des hommes. Parce qu'il faudrait en être un pour pouvoir en diriger d'autres, face au danger et à la mort.

Son esprit avait peu de temps libre pour vagabonder. L'emploi du temps était chargé, la proximité permanente. Le soir, dans leurs lits, rompus par des journées intenses, les élèves s'endormaient à peine leurs yeux fermés.

Dès le bizutage, ils avaient pris conscience de ce qui les attendait. La tradition était la pierre angulaire de l'école. Enguerrand n'en était pas surpris, comme beaucoup de ses camarades, il en était imprégné depuis sa plus tendre enfance. Les autres piliers étaient le dépassement de soi et la camaraderie. La première nuit, ils avaient dû multiplier les exercices physiques, dans le noir et la boue, avant de se réunir autour de flambeaux tenus par les anciens pour chanter avec eux la gloire de l'école et de la France. Ils en avaient bavé et ce n'était que le début. Mais ils y arriveraient tous ensemble.

Enguerrand s'était lié avec Joseph, un camarade qui dormait dans le lit situé à côté du sien. Ils discutaient un peu à la cantine et le soir avant le coucher. Joseph venait de Guadeloupe. Son grand-père avait servi dans les Forces françaises libres, il était de « ceux de Bir Hakeim », ces soldats qui avaient redonné à l'armée française un peu de fierté en tenant tête à Rommel pendant plusieurs jours malgré des moyens dérisoires. Les deux camarades s'étaient aussi rapprochés de Sophie, la seule fille de la promotion. Quand les autres garçons multipliaient les remarques sexistes, eux seuls semblaient se rendre compte du courage qu'il avait fallu à leur amie pour venir affronter une telle horde et chercher à s'y imposer. Elle ne revendiquait rien d'autre que le droit d'être là, comme eux.

Tous les trois devinrent assez vite inséparables. Ils s'entraidaient dans les moments difficiles. Malgré leurs différences, ils avaient su détecter une racine commune. Ils n'auraient pas pu expliquer pourquoi ils étaient si proches. D'ailleurs, ça n'aurait eu aucun sens de le leur demander, ils vivaient sans se poser ce genre de question. C'est le privilège de la jeunesse.

Enguerrand était là où il voulait être. Faisait ce pour quoi il avait été destiné. Était entouré de camarades qui lui ressemblaient et s'était enfin fait des amis proches. Il avait même réussi à devenir digne de l'intérêt de son père. Alors que les années collège et lycée lui avaient paru si longues, ses années de formation passèrent à une vitesse folle. Il comprenait maintenant pleinement la signification du dicton préféré de son grand-père : « Quand le temps passe vite, c'est que le temps passe bien ». Il avait l'impression qu'il venait à peine de commencer ses études supérieures que celles-ci s'achevaient déjà. Il était malgré tout impatient de découvrir la suite, d'« être un homme » et mettre en œuvre tout ce qu'il avait appris. Il voulait prouver qu'il arriverait à diriger des soldats aguerris, durs au mal, ceux qui n'ont jamais peur… ceux de la Légion !

IV
LES CAFARDS

Marie-Ange ne s'intéressait pas à la politique et préférait se réfugier dans la lecture. Sa passion la faisait voyager vers des mondes magnifiques et lointains, au gré des rares livres qui pouvaient tomber entre ses mains mais surtout grâce au plus beau des contes, la Bible. Elle ne connaissait de l'amour que sa version romantique et passionnée. La plupart du temps, les personnages ne lui ressemblaient pourtant pas et les paysages décrits étaient différents de ceux de son pays. Mais elle faisait un effort supplémentaire pour imaginer ces princesses avec des cheveux noirs et frisés et une peau cuivrée comme la sienne. Elle idéalisait l'humanité, loin de se douter que celle-ci était capable du pire comme du meilleur.

Du haut de ses dix-sept ans, elle n'était plus une enfant. Une accumulation d'informations alarmantes avait fini par la faire basculer plus rapidement que prévu dans l'âge adulte, celui de la lucidité, du doute et de l'angoisse. Il y eut d'abord les conversations chuchotées, mais animées, entre ses parents, qui cessaient quand elle s'approchait. Elle parvenait malgré tout à saisir quelques mots à la volée : « arrestations », « meurtres », « extrémistes ». Son père, d'habitude si gai, était devenu taciturne et ne quittait plus le poste de radio qu'il écoutait en boucle. Certaines de ses amies s'étaient détournées d'elle sans raison apparente. Elle ne parvenait à garder un lien qu'avec celles qui étaient tutsies. Entre elles, les discussions tournaient de plus en plus autour des rumeurs qui se propageaient sur le sort des Tutsis. Marie-Ange refusait d'y croire. C'était impensable, « ça » ne pourrait pas atteindre leur village si paisible. Son grand frère lui dispensait toujours ses conseils de prudence et avait recommencé à l'accompagner. Voulant comprendre ce qui se passait, elle finit par l'interroger.

— Paul, pourquoi plus personne ne sourit ? J'ai l'impression que tout le monde a peur, que se passe-t-il ?

Paul sembla hésiter. Son frère ne lui avait jamais menti, mais elle sentit ce jour-là qu'il pesait le poids de la vérité avant de se décider à la lui livrer : les Tutsis n'avaient jamais été aussi menacés et, partout dans le pays, les Hutus fourbissaient leurs armes pour les tuer. Il n'était plus question de les humilier, de les ostraciser, comme ils en avaient l'habitude, mais bien de les éradiquer. Il suffisait d'écouter la radio des Mille Collines pour entendre les messages de haine et les appels au meurtre diffusés quotidiennement. Les Hutus n'attendaient qu'un signe pour agir. Les plus virulents d'entre eux occupaient tous les médias, les autres se taisaient.

— Écoute Marie-Ange, je n'ai pas toutes les informations, mais je peux te dire ce que je sais, finit-il par annoncer d'un ton grave. Nous sommes tutsis, et la jalousie que nous portaient les Hutus est devenue de la haine. Beaucoup d'entre eux nous en veulent et ne s'en cachent plus. Heureusement, il existe encore des modérés et le président Habyarimana est de ceux-là. Mais les extrémistes sont de plus en plus nombreux et s'ils parviennent au pouvoir, il faudra fuir pour un autre pays.

Fuir ? Pour aller où ? Pour y faire quoi ? Et comment garder ensuite le contact avec sa famille, ses cousins et cousines, ses amies ? se demanda aussitôt Marie-Ange, que cette annonce avait rendue muette. Tout cela lui semblait inconcevable. On ne pouvait pas fuir son pays, comme ça, en laissant tout sur place.

Ils regagnèrent leur maison où tout semblait paisible. La situation allait sûrement finir par s'arranger, pensa-t-elle, persuadée que la bonté surpasse toujours la haine. Après tout, dans les romans qu'elle lisait, l'histoire finissait le plus souvent bien.

Pourtant, un jour qui devait ressembler à tous les autres, tout bascula.

Le 7 avril 1994, son père s'était levé tôt et, comme à son habitude, avait allumé la radio. Lorsqu'elle quitta son lit à son tour pour saluer le soleil, Marie-Ange le vit prostré à côté du récepteur. L'avion du président avait été abattu. Son père comprit ce que cela signifiait pour lui, sa famille et tous les Tutsis : ils seraient désignés coupables avant qu'il y ait une enquête, certainement même avant que le jour ne se couche. C'était le prétexte que les extrémistes attendaient pour s'emparer du pouvoir, l'étincelle qui mettrait le feu aux bâtons de dynamites disséminés partout dans le pays. Sa première décision fut de réunir sa femme et ses enfants pour leur interdire de sortir.

Les jours suivant l'assassinat, pourtant, rien ne se passa. Paul avait accompagné leur père et tous deux avaient enchaîné les conciliabules avec les membres de leur famille qui habitaient le voisinage. De nombreuses rumeurs faisaient état de premiers massacres à Kigali et dans d'autres régions du Rwanda. Certains affirmaient avoir reçu des témoignages de parents qu'ils avaient pu joindre par téléphone. En attendant d'y voir plus clair, tous décidèrent de se barricader dans leurs maisons. Ils rassemblèrent des outils et des ustensiles de cuisine, arsenal bien dérisoire pour se défendre face à des hommes armés.

Puis ils décidèrent que l'un d'entre eux irait à la rencontre du bourgmestre pour négocier leur mise en sécurité. Il n'y avait jamais eu de problème majeur entre Tutsis et Hutus au village, même si l'on s'évitait soigneusement depuis quelque temps. Un des anciens se porta volontaire et prit la direction du centre du village. La journée passa sans qu'il revienne. Les nouvelles se faisaient plus précises et terrifiantes. Cette nuit-là, dans les habitations fermées, personne ne dormit. Il y eut des cris perçants de femmes, des aboiements, des coups de feu qui claquaient sporadiquement et des cailloux jetés sur leur maison. Marie-Ange était terrifiée. Elle s'était blottie sous une table, serrant tous ses membres contre son buste pour se faire aussi petite que possible, pour devenir invisible. Tous les pores de sa peau transpiraient. Habituellement, après avoir couru en rentrant de l'école, elle aimait cette odeur sucrée, synonyme de joie, du bonheur de laisser aller son corps librement après être restée enfermée toute la journée. Mais cette sueur-là était différente. Elle était aigre, acide, corrosive. Elle s'attaquait aux nerfs. Elle brouillait les sens. Marie-Ange ne bougeait pas et pourtant ses aisselles étaient moites. La maison empestait. L'odeur de la peur. Prélude à la mort.

Deux autres journées passèrent ainsi, dans la terreur. Les cris, les coups de feu et les insultes criées dans la nuit semblaient plus proches et plus nombreux. Des jeunes partis en éclaireurs leur avaient rapporté que des barrages avaient été érigés sur les routes principales. Les miliciens étaient encadrés par des gendarmes ou des militaires. Ils étaient cernés, pris au piège.

Marie-Ange priait de toute son âme. Elle tremblait. Son cœur ne se calmait jamais. Elle essayait d'intérioriser son angoisse autant que possible pour ne pas accroître celle de ses proches. La peur semblait avoir anesthésié son cerveau. Elle ne pouvait ni parler ni penser.

Au matin, ils décidèrent de se réfugier dans l'église du quartier qui était proche de leur maison. La protection divine leur semblait la plus sûre, personne n'oserait leur faire de mal dans la maison de Dieu.

Qui risquerait de perdre sa place au paradis en tuant quelqu'un parce que son nez était plus fin que le sien ? se demandait Marie-Ange. « Aimez-vous les uns les autres », tous, quelle que soit leur ethnie, n'avaient-ils pas appris cette phrase par cœur depuis leurs premiers cours de catéchisme ?

Ils rassemblèrent quelques affaires et un peu de nourriture. Un sac par personne contenant l'essentiel. Ils rejoignirent la foule de leurs voisins et amis qui allaient également se mettre à l'abri. Les autorités avaient appelé les Tutsis à se regrouper afin de mieux pouvoir les protéger. Beaucoup avaient fui leurs maisons isolées dès les premiers jours par crainte de se faire tuer. Ceux qui ne l'avaient pas fait étaient sans doute déjà morts. Tous avançaient en rang serré vers ce lieu autrefois synonyme de joie.

Le bâtiment était situé au sommet de la colline, d'où l'on pouvait observer les alentours et ce qu'il s'y passait. Marie-Ange aperçut au loin des miliciens pourchassant des gens, les tuant à la machette. D'autres avaient lâché leurs chiens qui dévoraient des hommes, des femmes et des enfants vivants. Elle entendait leurs cris insoutenables, le hurlement des bêtes et parfois, les rires des bourreaux. Face à ce spectacle monstrueux et irréel, elle ne pouvait détourner ses yeux, hébétée.

À l'intérieur, le silence qui régna soudain lui sembla étouffant. Même les bébés étaient graves, muets, comme résignés. Rapidement, des groupes de miliciens encadrés par des gendarmes commencèrent à aller et venir autour du bâtiment. Certains leur criaient : « Vous, les cafards, il faut qu'on vous tue, vous avez tué le président ! » Quelques-uns étaient connus des réfugiés, la plupart ne leur disaient rien. Il leur semblait être entourés de démons aux traits déformés par la haine.

La nuit, des hommes ivres se rapprochèrent encore et tirèrent quelques coups de feu. Un homme qui regardait à travers les vitres prit une balle en pleine tête, son corps lourd s'écroula sur le père de Marie-Ange.

Comprenant que cette église était un piège, il réunit ses quatre enfants.

— Mes chéris, votre mère et moi allons rester ici en attendant que le calme revienne. Vous allez vous enfuir ce soir, dès que les ivrognes se seront endormis. Vous partirez deux par deux. Paul, avec ta sœur Marie-Ange. Jacques, avec ton frère Jean. Marchez la nuit et cachez-vous le jour. Ne faites confiance à personne et éloignez-vous de la foule. Dirigez-vous vers la frontière, racontez ce qu'il se passe et allez chercher de l'aide. Il doit bien y avoir quelque part des gens qui vont nous aider. Ne pleurez pas, il va falloir être courageux et forts parce que nous comptons sur vous maintenant.

Marie-Ange essayait de ravaler ses larmes et de trouver du courage dans le regard de Paul. En attendant le coucher du soleil, elle prit le temps de discuter avec chaque membre de sa famille. Elle voulait garder gravé dans sa mémoire un souvenir de chacun, photographier mentalement leurs visages au cas où il arriverait malheur à l'un d'entre eux. Elle commença par son père. Les mots leur manquèrent d'abord. Il voulait être optimiste, mais son langage corporel trahissait son désespoir. Marie-Ange lisait dans ses yeux qu'il avait compris ce qu'il se passait et acceptait de mourir : seul comptait désormais le sort de ses enfants.

— Ça va aller, ma fille. Nous allons nous en sortir, tu verras. Dans quelque temps, nous nous retrouverons tous ensemble et nous ferons une grande fête.

— Oui, papa.

Elle voulait lui dire qu'elle l'aimait. Mais les mots restaient coincés dans sa gorge, étouffés par le chagrin.

— Et tu auras un avenir brillant, j'en suis sûr.

— Je vous ferai honneur du mieux que je pourrai.

Ils se serrèrent les mains si fort qu'elle eut l'impression que son sang ne circulait plus. Ses yeux ne voulaient pas quitter son père qui tentait de sourire malgré les circonstances. Un sourire forcé et triste, mais il voulait que sa fille conserve ce dernier souvenir.

Sa mère la prit dans ses bras longuement. Elle lui caressa les cheveux avec douceur en murmurant une chanson traditionnelle, celle qu'elle avait chantée à tous ses enfants quand ils n'arrivaient pas à dormir. Elles pleurèrent en silence.

— Ma fille tu es belle, forte, maline comme une petite souris. Tu vas t'en sortir, promets-le à ta mère.

— Oui, maman, c'est promis. Et puis, je serai avec Paul, il ne peut rien m'arriver.

Marie-Ange n'osa pas ajouter « tu vas t'en sortir toi aussi ». Elle était trop intelligente pour ne pas voir que leurs chances étaient infimes. Elle préféra se taire.

Puis ce fut au tour de ses cousins, cousines, oncles et tantes. Tous étaient là, réunis autour d'eux. Il ne manquait que l'oncle Aristide et les siens. Elle espérait qu'ils se soient enfuis. Marie-Ange prit le temps qu'il fallait pour noter un détail sur chacun d'entre eux rendant visite à chaque famille. Les adieux furent presque silencieux, inutile de demander à chacun s'ils allaient tenter de fuir ou de résister, désormais c'était chacun pour soi. Ils essayèrent malgré tout de positiver pour se donner du courage, arguant que la situation leur paraissait tellement impossible que ça allait bien finir par s'arrêter. Elle finit ces échanges épuisée, vidée, et s'endormit dans les bras de Paul.

Au milieu de la nuit, Marie-Ange et Paul sortirent par une fenêtre cassée. Les chansons de soulards avaient baissé d'intensité. Avec prudence, le frère et la sœur se faufilèrent à travers les jardins et les arbres. Paul connaissait la ville par cœur et avait réfléchi à un itinéraire loin des routes barricadées. Ils avaient atteint la lisière des dernières maisons quand un chien se mit à aboyer.

— Cours ! cria le frère aîné en entraînant sa sœur par la main.

Ils entendirent des cris, mais ils étaient déjà loin, masqués par les arbres et l'obscurité. Ils continuèrent à s'éloigner du village pour trouver un endroit où se reposer à l'abri des regards.

Au matin, ils poussèrent jusqu'à l'orée du bois. Paul leur avait fait faire le tour du village en restant abrités des regards dans la forêt pour ensuite prendre la route du sud. Il savait qu'ils mettraient peut-être deux jours pour faire un trajet qu'il faisait habituellement en deux heures. Mais ils n'avaient pas le choix. Ils parvinrent à une clairière sur la colline qui faisait face au village. Des cadavres jonchaient la prairie. Paul pressa le pas en espérant préserver sa sœur.

— Ne regarde pas.

Marie-Ange marchait au milieu d'eux, les enjambait, les écrasait parfois. Elle ne pouvait pas les ignorer. Elle les sentait aussi, une odeur inconnue et insoutenable. Ces gens étaient morts, bientôt ça sera notre tour, pensa-t-elle. Mourir faisait pourtant partie de la vie. Mais pas tout de suite, pas comme ça, pas de la main de ses voisins. Elle pleurait à bout de souffle.

Arrivés au bout du champ situé en haut de la colline, ils eurent une vue dégagée sur leur ancienne maison qu'ils contemplèrent quelques instants avec nostalgie, comme s'ils étaient partis depuis des semaines. Mais leur attention fut rapidement attirée par des cris, puis des coups de feu. Les miliciens prenaient d'assaut l'église où les occupants essayaient de se défendre avec des pierres. Contre des fusils et des machettes, le combat était inégal. L'attaque ne dura que quelques minutes et les tirs cessèrent, remplacés par des cris inhumains. Les assaillants étaient entrés et finissaient le « travail » à la main. Marie-Ange et Paul étaient pétrifiés. Ils n'osaient pas bouger, ne pouvaient même plus pleurer. Leur famille, leur vie passée, venaient d'être anéanties. Au bout d'un moment, dont ils ne sauraient dire s'il avait été court ou long, ils sortirent de leur état de sidération. Paul prit sa sœur par la main et lui dit tout doucement : « Viens ! »

Il n'y avait rien d'autre à dire, les mots n'avaient plus aucun sens.

De leur fuite, ils ne conservèrent que les souvenirs confus d'une errance parmi les cadavres, titubant parmi les pires horreurs. Ils virent des familles entières jetées dans les puits pour empoisonner l'eau, croisèrent des Hutus qui leur vinrent en aide pour mieux les dénoncer ensuite, ils se couchèrent parmi les morts pour tromper leurs bourreaux. Ils eurent aussi des moments où la bonne fortune leur sourit, comme face à ce milicien qui avait déjà atteint le quota de tués que son âme pouvait supporter et qui les avait laissés partir ; ou bien avec ces autres réfugiés qui partagèrent un peu de leur maigre repas avec eux. Ils traversèrent leur pays en courant, en marchant, en rampant, en suppliant. Ils avancèrent coûte que coûte, fermant les yeux, fermant leurs âmes. Ils ne se parlaient même plus, se cachaient le jour et progressaient la nuit, le ventre et les yeux vides, guidés par leur instinct de survie. Ils perdirent la notion du temps, perdirent foi en l'humanité. Si Dieu existait vraiment, pourrait-il laisser ses enfants s'entretuer ?

Au nom des leurs, ils refusaient de mourir. Après des jours, des semaines ou bien des mois de marche, ils virent au loin une autre colline, peuplée de réfugiés décharnés comme eux. Des soldats montaient la garde tout autour. En les approchant discrètement, ils s'aperçurent que ceux-ci étaient pour la plupart blancs et que leurs blindés arboraient le drapeau de la France. Ils étaient sauvés ! Ils venaient de rejoindre le camp de Nyarushishi.

V
POUR DE VRAI

À vingt-cinq ans, Enguerrand avait déjà gagné les galons de lieutenant. Ses amis et ses camarades de promotion s'étaient dispersés au sein des différentes armes. Il n'avait plus trop de nouvelles, à part lorsqu'ils se croisaient occasionnellement sur des terrains d'exercice. Lui avait intégré la Légion étrangère et commandait une section de trente soldats. Les années de formation avaient renforcé son corps. Il n'était plus le jeune soldat frêle qu'il était lors de son entrée à Saint-Cyr. Il avait beaucoup appris : sur la tactique, les armes combinées et les théories militaires. Mais il savait que le véritable test commençait maintenant, face à « ses » hommes. Il savait aussi qu'à leurs yeux, il avait encore l'air d'un adolescent à peine sorti des jupes de sa mère.

Les légionnaires ne sont pas des soldats comme les autres. Ils ont déjà eu plusieurs vies. Des vies qu'ils ont parfois cherché à fuir. On ne pose pas de questions à celui qui rejoint la Légion. Tous viennent des quatre coins du monde et parlent un français sommaire. Leurs accents sont chantants ou bien rugueux, leurs sourires paraissent sincères, mais que cachent-ils ? Il n'est pas impossible que le plus souriant ait vécu plus de drames que le plus taiseux. Chacun de ces hommes est un mystère et pourtant ils forment une équipe soudée, une unité puissante prête à mourir pour son officier. Enguerrand a conscience de tout cela et se tient prêt à leur démontrer qu'il est de taille à les guider face au péril.

En poste depuis quelques mois, son premier ennemi était la routine. La vie de caserne lui rappelait ses lointains souvenirs d'école où chaque journée pouvait ressembler à la précédente.

Heureusement, Enguerrand s'entendait à merveille avec son capitaine. En réalité, tout le monde s'entendait bien avec le capitaine Georges Lopez. C'était une de ces rares personnalités que l'on peut qualifier de solaire, tant sa présence suffisait à illuminer le visage de ceux qu'il côtoyait. Il avait de l'humour, de la rigueur, et savait surtout écouter les autres. En revanche, il n'aimait pas parler de lui. Enguerrand avait enfin trouvé un mentor. Une personnalité forte capable de l'influencer comme l'avait fait son père. Il se demandait même parfois s'il ne préférait pas le capitaine.

On ne parlait plus que du Rwanda à la caserne. Enguerrand, qui était encore novice, n'avait pas beaucoup plus d'informations que les soldats. Mais il laissait traîner son oreille au mess des officiers. Des rumeurs persistantes faisaient état d'une guerre civile particulièrement sanglante entre les Tutsis et les Hutus depuis l'assassinat du président rwandais en avril.

— Mon capitaine, que croyez-vous que la France doit faire au Rwanda ? demanda-t-il un beau jour de printemps à son supérieur.

— Je ne sais pas, d'ailleurs mon avis compte peu. J'obéirai aux ordres, comme toi, comme les légionnaires. C'est pour ça que nous avons signé non ? lui répondit le capitaine en souriant.

Oui, il connaissait les règles. Quelqu'un donne un ordre qui ruisselle sur des centaines de femmes et d'hommes jusqu'en bas de la hiérarchie, sans que personne ne le conteste au passage. Attendre, se taire et se tenir prêt. Ces derniers temps, tous semblaient plus nerveux, plus appliqués pendant les exercices. Ils prenaient particulièrement soin de leurs armes et de leurs équipements. Ils sentaient que leur moment allait venir, ils étaient graves et impatients. Ils en avaient marre de jouer à la guerre, ils voulaient la faire pour de vrai.

Un jour excessivement chaud de la fin du mois de juin, le jeune lieutenant reçut l'ordre de rejoindre les autres officiers. À peine entré dans la pièce, Enguerrand fut surpris de voir que son capitaine ne souriait plus. Personne ne posait de questions en attendant que tous soient arrivés.

— Messieurs, nous partons demain matin, direction le Rwanda. Préparez-vous ce soir, faites vos adieux à vos familles et soyez prêt à 6 h 30. Des camions nous conduiront à l'aéroport. Comme vous le savez tous, il se trame là-bas des évènements graves et la France a un rôle à jouer pour faire cesser les massacres et aider au rétablissement de la paix. Nous allons atterrir à Goma, puis nous passerons la frontière. Les ordres nous seront donnés au fur et à mesure et nous devrons nous adapter à la situation sur place. Nous allons devoir être une force d'interposition en pleine guerre civile, ça va être très compliqué. Dans ce genre de conflit, il n'est pas toujours simple de distinguer le bon du méchant. Il faudra faire preuve de prudence et de clairvoyance. C'est pour ça que vous avez été formés et j'ai confiance en vous.

Les objectifs de la mission restaient assez flous. Qui devraient-ils protéger ? Qui devraient-ils combattre ? Selon les informations qu'il avait lues ou entendues à la radio, il semblait que ce soient les Hutus qui tuaient les Tutsis. Mais les Hutus au pouvoir n'étaient-ils pas officiellement alliés de la France ? Ils devaient par ailleurs faire face à une contre-attaque violente du FPR (Front patriotique rwandais), majoritairement tutsi. La situation lui paraissait très complexe. Il n'essaya pas d'aller voir le capitaine pour obtenir un rab d'explications, il savait qu'il leur avait dit tout ce qu'il pouvait dire.

Le lendemain matin, tous étaient prêts. Ils attendaient silencieusement. L'attente dura longtemps sous un soleil de plomb et un tarmac sans ombre. Quand ils en reçurent l'ordre, ils se dirigèrent vers les énormes avions de transport qui avaient été affrétés.

Le jeune officier ne voulait montrer aucune émotion à ses hommes. Ils devaient voir qu'il maîtrisait une situation dont il connaissait toutes les données. Pourtant, son corps comme son esprit étaient en ébullition. Il faisait rempart de sa volonté à un tsunami intérieur où se mêlaient l'envie d'être enfin dans l'action, les doutes sur l'enseignement reçu à Saint-Cyr et ses questionnements sur l'objectif de l'opération.

Le vol dura plusieurs heures dans un confort assez sommaire. Tous savaient bien de toute façon qu'ils ne partaient pas au Club Med, même si quelques sourires étaient revenus une fois dans l'avion. L'appréhension avait cédé sa place à l'excitation. Les premières blagues commencèrent à fuser, notamment sur les belles filles qu'ils allaient trouver sur place. Aux dires de certains légionnaires originaires d'Afrique, les Rwandaises étaient très belles, notamment celles qui étaient d'origine tutsie. Enguerrand ne souriait pas. Il se demandait comment on pouvait avoir de telles pensées alors qu'on était en train de faire route vers une situation chaotique où ils allaient sûrement devoir affronter beaucoup de désolation et de misère. La nature profonde des hommes le surprenait toujours. Il y avait un tel décalage entre l'éducation qu'il avait reçue et l'attitude de certains soldats. Il se rappelait tous les tableaux de batailles accrochés chez lui et se dit que rien n'avait évolué depuis toutes ces années. Les officiers d'un côté et les troupes de l'autre, c'était bien l'ordre des choses !

Arrivés à Goma, les militaires comprirent que leur départ avait été décidé dans la précipitation, tant le camp était loin d'être organisé. Malgré la confusion générale, chacun restait calme dans l'attente des ordres de mission. Les officiers essayaient tant bien que mal d'éviter que le chaos ne prenne le dessus pour que la base militaire ressemblât aux ordres de mission qu'ils avaient en main.

Les hommes et les équipements étaient prêts. Chacun essayait de tuer le temps à sa manière, d'occuper son esprit et de ne pas paraître trop impatient. Chez les officiers, le doute ne s'était pas dissipé faute d'instructions claires et d'ennemi identifié. Ils n'eurent pas trop à cogiter, l'ordre tomba le lendemain de rejoindre Bukavu, une ville proche de la frontière sud du Rwanda. Puis de nouveau l'attente. Les troupes dans le silence et les officiers dans le calme. Surtout ne rien laisser transparaître. Le briefing tant attendu arriva enfin. Les officiers se réunirent autour de leur capitaine dans le baraquement sommaire qui faisait office de salle de réunion.

— Messieurs, nous avons reçu l'instruction de passer la frontière pour bloquer l'avancée d'une forte colonne armée qui s'avance vers le sud et menace les civils qui se sont réfugiés dans la région. Nous allons devoir mettre en place un dispositif défensif autour de la route principale. Nous bénéficierons d'un appui aérien si besoin.

Les informations données par le capitaine étaient claires, pourtant il manquait la principale : qui allaient-ils combattre ? Pendant un conflit, on connaissait généralement son ennemi, cela permettait de se trouver une raison plus ou moins valable de lui trouer la peau.

Enguerrand ne put s'empêcher de briser le silence de ses camarades :

— Mon capitaine, pouvez-vous nous dire qui nous allons devoir affronter ?

— À ce stade, nous n'avons pas de certitude, les forces spéciales sont en train d'opérer sur la zone pour recueillir des informations. Vous le saurez en temps voulu.

Dans le calme et la discipline, les légionnaires rejoignirent les hélicoptères de transport de troupes. Les visages étaient graves, mais déterminés. Tout le monde était prêt. Les armes étaient chargées, prêtes à faire feu sur les hommes qui se présenteraient face à eux, peu importe leur couleur de peau, leur ethnie ou leurs opinions politiques. Une balle a rarement le temps de tergiverser. Après de longues minutes d'attente, un contre-ordre arriva : opération annulée. La plupart des hommes parurent plus déçus que soulagés.

L'adrénaline retomba rapidement. Il allait de nouveau falloir patienter. Heureusement pas longtemps. Le lendemain, l'ordre fut enfin donné de lever le camp.

— Messieurs, tenez-vous prêts pour un départ en urgence, il nous a été signalé la création d'un immense camp de réfugiés tutsis qu'il va nous falloir sécuriser. Départ dans une heure.

La situation semblait enfin plus claire. Il leur faudrait défendre des civils et faire régner la paix dans le camp. En quelques minutes, les hommes furent prêts, les transports de troupes chargés. Cette fois-ci, il n'y aurait pas de contre-ordre. Un frisson parcourut Enguerrand. Les véhicules s'ébranlèrent en direction de Nyarushishi.

VI
NYARUSHISHI

La Croix-Rouge avait signalé à l'armée française qu'il fallait de toute urgence sécuriser le camp que les miliciens interahamwe, conglomérat de soldats, gendarmes et simples paysans hutus, menaçaient d'attaquer. Les légionnaires avaient roulé sur les routes de terre aussi vite que leurs véhicules le permettaient, malgré la poussière et les nids de poule. Ils étaient arrivés juste à temps, des groupes se formaient tout autour du camp, prêts à l'assaillir et à massacrer les réfugiés sans défense. La puissance de l'armement français avait rapidement dissuadé les génocidaires de prendre le risque de se frotter à eux. Le rapport de force s'était inversé et leurs terribles machettes paraissaient tout à coup dérisoires face aux fusils semi-automatiques.

À peine arrivé, le capitaine avait donné l'ordre aux sections de se positionner pour sécuriser la zone et de montrer les muscles pour faire bien comprendre que le lieu était sous contrôle de la France. Quelques heures plus tard, le lieutenant Autin Tournier de Grandmaison y pénétra avec les autres officiers pour prendre connaissance de l'organisation en place. Des milliers de personnes se pressaient à leur rencontre. Il ne voyait aucun sourire sur ces visages émaciés et le silence des premières heures laissait progressivement place à un brouhaha sourd.

Il n'avait pas encore vu les massacres, mais il savait désormais la tragédie qu'ils venaient de vivre. Il n'en devinait pas encore l'ampleur, mais en connaissait la méthode. Ces gens avaient le corps aussi léger que des feuilles, les images des camps d'extermination nazis revenaient en boucle dans sa tête sans qu'il puisse les repousser. Cinquante ans plus tard, l'histoire se répétait. Quel était donc ce mal qui pouvait enlever aux hommes toute humanité ?

Il n'était pas au bout de ses découvertes. À flanc de colline, des dizaines de tentes étaient parfaitement alignées. Au centre, il y avait les points de distribution de nourriture, d'eau, et les tentes de la direction du camp. Les légionnaires purent installer leur poste de commandement et leur lieu de vie autour d'un bâtiment qui dominait le site. Le confort était sommaire : des murs en briques de terre, un toit en tôle ondulée et un sol en terre. Dans la plupart des pièces, il y avait un tableau noir, mais plus de traces des tables et des chaises qui devaient se trouver dans ces anciennes salles de classe. Les officiers furent ensuite conviés à visiter l'infirmerie. C'est là qu'Enguerrand prit réellement conscience de l'horreur des évènements. Face à lui, un garçon avait eu le crâne ouvert par un coup de machette. Sa plaie était béante et ses yeux vides. Son âme semblait s'être envolée par la fente de sa blessure. Le jeune officier n'était pas préparé à cela. Il s'attendait à une guerre avec des soldats face à face, des hommes qui luttent pour une cause. Sa gorge se serra, il dut sortir pour cacher ses larmes.

Pourquoi ne sommes-nous pas intervenus plus tôt ?

Ses questions étaient sans réponse. Cette nuit-là, il ne put dormir, hanté par ce qu'il venait de découvrir.

À quelques mètres de là, Paul prit les mains de sa sœur dans les siennes. Il la regarda longuement. Cette fois, quelques larmes coulèrent sur leurs joues. Ils les avaient gardées pour ce moment, comme des perles précieusement conservées pour une occasion particulière, leur ultime richesse. Ils ne pouvaient pas parler. Ils avaient faim, soif, sommeil, leurs corps avaient atteint la limite du supportable. Mais ils étaient vivants. Les derniers mètres furent les plus difficiles à parcourir. Parvenus à l'entrée du camp, à bout de force, ils s'écroulèrent dans les bras de leurs sauveurs et se réveillèrent allongés sous une grande tente avec plusieurs autres personnes autour. Ils n'avaient pas été séparés. Tous les deux avaient une perfusion dans le bras, reliée à une poche. Goutte après goutte, la vie reprenait possession de leurs corps. On leur apporta un premier repas chaud, léger, pour ne pas risquer de mettre à mal leur système digestif affaibli. À leurs yeux, c'était pourtant un repas de fête. Ils mastiquèrent chaque bouchée, en prenant le temps d'en savourer les arômes, d'en humer les effluves comme s'il s'agissait d'un parfum rare.

Enguerrand et ses hommes s'étaient vu confier quelques missions de sauvetage à l'extérieur du camp. Ils s'étaient portés volontaires pour sauver le maximum de vies possibles. Dès qu'on leur indiquait un endroit où pouvaient se cacher des réfugiés, ils sautaient dans leurs véhicules et se précipitaient sur place. Ils avaient entendu parler du drame de Bisesero et des forces spéciales qui avaient désobéi aux ordres pour se porter au secours de Tutsis menacés d'extermination malgré les atermoiements de leur commandement. Quelques jours sur place leur avaient permis de comprendre qui se situait du mauvais côté de l'Histoire. Bien que la France ait soutenu le régime extrémiste hutu au début des évènements, ses soldats étaient bien décidés cette fois à faire passer leur devoir d'homme avant celui de militaire.

En sillonnant les routes, ils purent voir de leurs propres yeux des cadavres en décomposition ou bien ceux, encore chauds, qui venaient d'être exécutés. Des personnes âgées mortes de fatigue abandonnées sur le chemin de l'exode, des enfants errants seuls et quelques rares personnes sortant hagardes de leurs cachettes en voyant leurs sauveurs arriver. Après chaque sortie, ils ramenaient de nouveaux réfugiés au camp, qui se mêlaient à la foule anonyme après avoir été soignés. Silencieux et déterminés, les légionnaires repartaient inlassablement. Ils ne cherchaient plus la gloire ni le frisson de la bataille, ils se battaient pour leur conscience. Plus ils sauveraient de gens, plus ils pourraient rentrer indemnes chez eux.

Alors que Marie-Ange était encore allongée, épuisée, Paul était sorti pour voir s'il pouvait retrouver des membres de sa famille et notamment ses deux frères qui s'étaient échappés en même temps qu'eux. Il sillonnait les allées du camp en questionnant inlassablement les personnes qu'il croisait, leur demandant s'ils avaient vu des personnes de sa région, de son village.

Souvent, on lui répondait par d'autres questions. Tout le monde cherchait quelqu'un. On lui indiquait une tente où il se précipitait pour tomber bien souvent sur une fausse piste. Chacun en venait à douter de la véracité des informations partagées. Après de nombreuses tentatives, il finit par reconnaître quelqu'un, un cousin éloigné qui avait réussi à fuir lui aussi avec quelques membres de sa famille. Ces derniers leur proposèrent de s'installer avec eux dans leur tente. Il y avait à peine de la place pour deux personnes de plus, mais la joie de se retrouver chassa ces considérations. Marie-Ange et Paul avaient repris des forces après quelques jours et participaient petit à petit à la vie du camp. Longues attentes pour les distributions de nourriture, corvées de bois qui les obligeaient à prendre le risque de franchir la limite gardée par les soldats, et recherches d'information que Paul ne voulait pas abandonner malgré ses maigres résultats. Il fallait qu'ils trouvent un moyen d'occuper leurs journées pour ne pas trop penser à l'enfer qu'ils avaient traversé. Marie-Ange se répétait tous les jours les dernières conversations qu'elle avait eues dans l'église avec chaque membre de sa famille, se remémorait chaque détail de leur visage. Elle s'entraînait à ressentir la douceur des mains de sa mère, la voix douce et ferme de son père, les rires de ses frères. Elle se fit la promesse de ne jamais laisser ces instants s'effacer.

VII
COMME DES AIMANTS

Au fil des jours, la vie reprenait lentement son cours dans le camp. Personne n'avait perdu l'espoir de retrouver les proches dont ils étaient sans nouvelles, mais la plupart avaient cessé de courir après les informations. Ils avaient un toit en toile et de la nourriture. Ils n'avaient surtout plus besoin de fuir. Leurs corps retrouvaient aussi des apparences plus humaines, leurs joues étaient moins creuses, leurs os un peu moins saillants. Ils étaient encore graves, ne pouvaient pas prévoir quel serait leur avenir, mais être là et vivre était déjà un miracle. Parfois, on pouvait même entendre les rires des enfants quand ils jouaient avec les militaires. Beaucoup des petits voyaient des Blancs pour la première fois. Un des soldats avait amené un ballon et lançait parfois une partie de football. Le terrain était en pente, plein de trous, n'importe quel joueur du dimanche aurait refusé d'y jouer, mais ici, c'était la coupe du monde.

Marie-Ange avait retrouvé un peu de sa vitalité et de sa curiosité. Paul lui avait déniché un livre grâce à un infirmier. Elle pouvait enfin réintégrer la bulle de bien-être dans laquelle elle aimait tant se réfugier pour voyager loin dans le temps et l'espace, sortir de son corps et devenir quelqu'un d'autre. Les heures libres étaient la seule denrée dont ils ne manquaient pas.

Ils devaient attendre le retour au calme, la fin de cette folie collective, pour voir qui était encore vivant. Pourrait-elle à nouveau parler à ces voisins qui avaient pourtant peut-être participé à l'extermination des siens en compagnie des gendarmes et des militaires ? Elle n'imaginait pas revenir au village et douter de chacun d'entre eux… Certains avaient été bons, comme ces Hutus qui les avaient aidés dans leur fuite.

Mais la plupart s'étaient comportés comme des bêtes sauvages. Bien pires même ! Les animaux tuent seulement pour se nourrir, pas pour le plaisir. Quand elle en parlait avec Paul, celui-ci éludait le sujet :

— On verra plus tard, Marie-Ange. Pour le moment, nous sommes en vie et c'est le principal.

Son grand frère restait prudent et écoutait religieusement un poste de radio délabré, comme son père avant lui. Le Front patriotique rwandais progressait et venait de reprendre Kigali. Paul Kagame menait méthodiquement ses troupes à la victoire. L'espoir renaissait. Les troupes du gouvernement étaient en fuite, et beaucoup de Hutus les suivaient dans leur débâcle. Le pays subissait un deuxième exode, celui des bourreaux. Paul s'était rapproché des responsables du FPR au sein du camp, tous attendaient désormais le moment propice.

Les légionnaires suivaient aussi attentivement l'évolution de la situation, tout en continuant d'assurer la protection du camp. Une nuit, grâce à leur matériel de vision nocturne, ils avaient mis en fuite des miliciens hutus. Des cris avaient retenti, semant la panique parmi les civils. Comme une piqûre de rappel, la mort rôdait encore.

Son autre objectif était de maintenir l'ordre parmi ses troupes. Dès leur arrivée, le capitaine avait réuni ses officiers pour les avertir qu'aucune relation sexuelle, volontaire ou tarifée, ne serait tolérée. Chacun devait en avertir ses hommes.

— Il en va de l'honneur de l'armée française et le moindre écart sera immédiatement utilisé contre nous, ajouta-t-il.

Mais le jeune officier savait pertinemment que parmi les chiens de garde du troupeau des réfugiés, il y aurait inévitablement quelques loups. Il lui faudrait les repérer et les avoir à l'œil. Compte tenu de son jeune âge, il manquait d'emprise et de proximité avec ses hommes, et se doutait qu'aucun d'entre eux ne trahirait ses camarades en lui fournissant des informations. Alors, il observa attentivement leurs comportements et redoubla d'attention de jour comme de nuit.

Peu à peu, Marie-Ange s'était rapprochée d'autres jeunes filles de son âge. Elles avaient besoin de simplicité, d'échanger des regards et des rires complices. Chacune partageait son rêve avec les autres, ses envies de voyage, de découverte, de métier. Elles parlaient un peu d'amour aussi. Parfois le soir, l'une d'entre elles racontait aux autres les traumatismes qu'elle avait subis pendant le génocide, le viol, et l'assassinat des êtres chers sous ses yeux. Parler les apaisait. Elles économisaient quelques cauchemars la nuit suivante. Malgré les drames, elles avaient conservé un peu d'insouciance. Ensemble, elles étaient plus fortes et se promenaient dans le camp quand elles avaient fini leurs corvées. Elles croisaient parfois des militaires et n'hésitaient pas à plaisanter avec eux.

Paul l'avait mise en garde, il connaissait la nature des hommes et lui avait recommandé la plus grande prudence. Ils avaient aussi assisté à quelques allées et venues nocturnes de jeunes femmes qui allaient rejoindre des militaires. Certaines avaient la réputation de monnayer leur corps contre de l'argent, des cadeaux ou même des promesses d'une vie meilleure.

Un soir, Enguerrand avait surpris deux légionnaires qui quittaient discrètement leur tente. Il les avait suivis. Les deux hommes avaient été rejoints par une jeune femme dans un coin discret du camp. Il n'avait pas voulu assister à la scène et retourna se coucher. Il les convoqua dès le lendemain matin :

— Soldats, j'ai vu ce que vous avez fait cette nuit. Vous avez enfreint les ordres. Vous savez ce que vous risquez ?

— Mon lieutenant, répondit le plus âgé des deux avec un grand sourire et en roulant les « r », que pouvons-nous y faire si elles ne peuvent pas résister à notre charme ? Nous n'avons forcé personne. Venez avec nous au lieu de regarder.

— La prostitution ne m'intéresse pas, vous abusez de leur misère. Vous risquez de mettre en péril notre opération ici !

— Oh, mon lieutenant, comme vous exagérez ! Nous sommes des hommes, c'est juste un besoin naturel ! Vous savez, autrefois, les armées étaient suivies par des bordels pour calmer les soldats.

— Nous ne sommes plus autrefois. Allez vous tripoter tout seul si vous en avez vraiment besoin. La prochaine fois, j'en informerai le capitaine.

Cette fois-ci, le légionnaire ne souriait plus et le regardait fixement. Ses yeux perçants faisaient clairement comprendre à son chef qu'il recommencerait et que personne n'avait intérêt à lui barrer la route.

— Je vous ai à l'œil, rompez !

Quelle vie a-t-il bien pu avoir avant la légion ? ne put s'empêcher de penser le jeune officier. Quel délit a-t-il bien pu commettre pour venir se planquer ici ? Il lui faudrait à tout prix l'empêcher de nuire et d'entraîner d'autres soldats avec lui.

Malgré les avertissements de leurs proches, le groupe d'adolescentes continuait à se rapprocher des militaires. En réalité, elles ne s'intéressaient guère aux soldats plus âgés qui auraient pu être leurs pères, mais beaucoup plus aux jeunes officiers. Ils leur souriaient toujours poliment, mais ne s'attardaient pas. Comme s'ils craignaient d'écouter le chant des sirènes. Un soir, Marie-Ange entendit des pleurs étouffés dans une tente proche de la sienne. Le lendemain, une de ses amies ne vint pas à leur rendez-vous quotidien. Elles allèrent la voir et la découvrirent en larmes. Un des parents présents à ses côtés leur expliqua qu'elle avait été abusée dans la nuit par des soldats français. Il leur fit promettre de faire attention et de ne plus sortir seules. Marie-Ange rentra s'allonger dans sa tente. Elle était en colère. Son amie leur avait raconté les jours précédents qu'elle avait été violée par des miliciens pendant leur fuite. Et là, c'étaient leurs *sauveurs* qui faisaient la même chose. Tous les hommes étaient-ils les mêmes ?

Elles avaient de nouveau peur. Paul, qui avait été mis au courant, lui avait ordonné de rester en groupe ou proche de la tente. Les chefs leur avaient demandé de ne rien dire : de toute façon, personne ne les écouterait ou ne les croirait. Plus les jours passaient et moins Marie-Ange acceptait de devoir demeurer prisonnière. Pourtant, de nombreuses rumeurs circulaient dans le camp sur le comportement de certains soldats.

Un soir, son frère ne vint pas se coucher auprès d'elle. Après quelques heures, inquiète, elle décida de sortir pour le retrouver. Elle fit le tour de quelques groupes qui discutaient encore dehors. Elle ne put obtenir de réponse claire. Arrivée à la lisière des dernières tentes, l'un des hommes lui certifia l'avoir vu partir en direction du bas de la colline. Il proposa de l'accompagner. Elle était si inquiète pour Paul qu'elle oublia de l'être pour elle-même. Elle suivit le militaire dans la pénombre. Ils croisèrent deux soldats en patrouille. Son guide échangea brièvement avec eux avant de se tourner vers elle.

— C'est bon, ils savent où il est, il a été blessé, ils vont te mener à lui, dit-il avant de rebrousser chemin.

Blessé ? Par qui ? Que s'était-il passé ? Les questions affluèrent dans son esprit, la panique aussi. Pourtant elle n'osa pas poser de questions. Inquiète, elle suivit les légionnaires qui se dirigèrent vers le petit bois en contrebas. Arrivés là-bas, ils la saisirent brusquement chacun par un bras et l'adossèrent à un arbre. Comprenant trop tard ce qui était en train de lui arriver, Marie-Ange se débattit, mais le rapport de force était trop inégal. Elle se mit alors à hurler. L'un des soldats plaqua sa main sur sa bouche. Elle parvint à le mordre, et cette fois-ci, c'est lui qui cria :

— Salope, tu vas me le payer !

Deux coups de feu claquèrent dans la nuit, des tirs de sommation.

— Arrêtez tout de suite ! C'est un ordre ! Bande de chiens ! Laissez-la ! Je vais vous faire passer en cour martiale !

À ces mots, les deux brutes se figèrent puis partirent immédiatement en courant, espérant profiter de l'obscurité pour ne pas être reconnus. Le jeune officier que Marie-Ange avait remarqué les jours précédents arriva en courant, guidé par les hoquets terrifiés que la jeune fille ne pouvait calmer. Il sembla hésiter à poursuivre ses agresseurs, mais elle s'agrippa à lui. Tout son corps tremblait. Alors, il la prit dans ses bras et caressa ses cheveux en lui murmurant :

— C'est bon, je suis là, tu ne risques plus rien.

Cette caresse, presque maternelle, finit par apaiser la jeune fille. La voix était douce et les gestes lents du jeune officier achevèrent de la mettre en confiance. Elle aurait voulu rester indéfiniment à l'abri dans ses bras. Il sentait bon. Par curiosité, elle eut envie de toucher sa peau dorée et ses poils, étonnamment abondants. Elle leva les yeux vers lui et le regarda intensément.

Enguerrand eut un choc. Il n'avait pas remarqué de loin à quel point elle était belle. À ses yeux, les réfugiés étaient tous un peu les mêmes, sales et vêtus de haillons. Il ne les voyait pas réellement, ne leur parlait jamais.

Leurs visages étaient très proches, elle lui souriait, les yeux encore baignés de larmes. Il sourit à son tour.

— Vous parlez français ? demanda-t-il d'une voix douce.

— Oui, un petit peu.

— Comment allez-vous ?

— Ça va aller. Grâce à vous.

— Je suis arrivé à temps, vous avez eu de la chance, j'ai entendu vos cris. Certains soldats font honte à notre armée. Nous sommes là pour vous protéger, pas pour vous faire du mal. Si vous pouvez marcher, je vais vous raccompagner jusqu'à votre tente.

Il la prit délicatement par le bras et la reconduisit jusqu'à la zone habitée où elle serait en sécurité. Il s'arrêta et elle comprit qu'il hésitait à l'accompagner plus loin. Elle lui indiqua qu'elle pouvait continuer seule. Elle se retourna, lui saisit les deux mains et l'embrassa sur la joue en se hissant sur la pointe des pieds.

— Je vous remercie, murmura-t-elle, ne comprenant pas elle-même le geste qu'elle venait d'accomplir.

Enguerrand ne répondit rien, désarçonné par le geste de la jeune fille. Elle s'éloigna sans se retourner et, alors qu'elle approchait de sa tente, se retrouva devant son frère qui l'attendait dehors.

— Où étais-tu ? lui demanda-t-il, visiblement soulagé. Je t'ai cherchée partout !

— Moi aussi…

— J'ai croisé quelqu'un qui avait eu des nouvelles du village, je suis resté discuter avec lui. Et toi où étais-tu ? Tout va bien ?

— Oui, répondit-elle sans plus de détail, je suis fatiguée. Tu me raconteras tout ça demain.

Paul, qui s'apprêtait à subir un feu de questions, fut surpris par sa réaction, mais n'insista pas pour lui faire part des informations qu'il avait obtenues.

— D'accord, bonne nuit, à demain petite sœur.

Le lendemain, Marie-Ange voulut absolument revoir son sauveur. Elle avait peur de recroiser ceux qui auraient pu être ses bourreaux, mais elle craignait encore plus de ne pas retrouver le jeune homme courageux qui l'avait secourue. Elle chercha des occupations qui lui conduisaient au plus proche du mess des officiers, espérant qu'ils pourraient poursuivre leurs échanges. Elle se rendit compte qu'elle ne connaissait même pas son nom. Ce ne fut que quelques jours plus tard qu'elle l'aperçut enfin. Enguerrand de son côté avait pu facilement identifier les fautifs qu'il connaissait déjà. Il s'en était ouvert à ses officiers supérieurs. Le contexte et le manque de preuve ne plaidaient pas en sa faveur, mais les accusations étaient lourdes. Il fut décidé d'exfiltrer les coupables au plus vite pour éviter qu'ils ne recommencent. Quelques jours plus tard, Enguerrand ne put résister à l'envie de faire savoir à la jeune fille qu'elle était désormais en sécurité. Il sortit en fin d'après-midi faire un tour dans le campement, espérant la reconnaître parmi les centaines de visages inconnus qu'il croisait. Lorsqu'ils s'aperçurent, elle se mit à le suivre, tandis qu'il s'éloignait de la foule. Il ne fallait pas donner à manger à la rumeur. Lorsqu'ils atteignirent les limites de la forêt, elle s'approcha de lui.

Il lui sourit.

— Je vous cherchais.

— Je vous cherchais également, je voulais vous remercier à nouveau.

— Je n'ai fait que mon devoir. En fait, je voulais vous annoncer une bonne nouvelle. Les deux soldats qui vous ont agressée ont été chassés du camp. Vous êtes en sécurité désormais, lui annonça-t-il fièrement.

— Merci beaucoup. Heureusement qu'il y a des gens comme vous. Allons marcher un peu si vous le souhaitez, ajouta Marie-Ange reconnaissante.

Elle s'était enhardie sous l'effet de cette annonce.

— Avec plaisir, en plus la nuit promet d'être magnifique. Vous parlez bien français, où l'avez-vous appris ?

— Avec mon père et en lisant des livres. J'aime beaucoup lire.

— Moi aussi, même si ça fait quelque temps que je n'ai pas lu. Au fait, je m'appelle Enguerrand, enchanté de faire votre connaissance.

— Moi, c'est Marie-Ange, je suis heureuse aussi de vous connaître.

Ils marchèrent le long de la frontière du camp en prenant soin de rester dans le périmètre de sécurité. La zone n'était pas totalement sécurisée, ils ne croiseraient certainement personne. Ils s'assirent sur un tronc d'arbre abattu pour contempler les étoiles qui commençaient à apparaître. Enguerrand partagea ses connaissances rudimentaires en astronomie. Cachés derrière une petite butte et enveloppés par la nuit naissante, ils étaient loin de tout. Marie-Ange se sentait en sécurité à ses côtés. Bien que le tronçon de bois fût assez grand, ils étaient si proches qu'ils se frôlaient. Il lui désignait du doigt les quelques constellations dont il se souvenait vaguement le nom. Elle les observait distraitement. Son regard allait des astres à son sauveur. Elle regardait ses lèvres, essayant de comprendre les mots qui en sortaient. Tous ne lui étaient pas familiers. Au fond, peu lui importait ce qu'il disait, elle était heureuse d'être là. Les yeux de l'officier s'attardaient parfois sur le visage de la jeune fille éclairé par la Lune.

Peu à peu, blottis l'un contre l'autre, ils cessèrent tout à fait de scruter le ciel. Marie-Ange regardait le jeune homme avec plus d'intensité encore. Elle se mordait doucement la lèvre comme pour s'empêcher de sourire. Ils restèrent assis une poignée de minutes ou bien une éternité, hors du temps. Ils craignaient tous deux de faire le premier pas, de transgresser les interdits. Ils en mourraient pourtant d'envie. Ils regardaient alternativement l'autre et les alentours, quelqu'un pourrait surgir à tout moment. Marie-Ange crut entendre des pas approcher et se leva d'un bond.

— Je dois rentrer, mon frère va s'inquiéter.

— Oui je comprends, il est tard. Allez-y je vais surveiller de loin qu'il ne vous arrive rien.

Elle s'approcha de lui et l'embrassa à nouveau sur la joue. Enguerrand eut l'impression qu'elle s'était légèrement rapprochée de sa bouche par rapport au baiser précédent.

Dès lors ils n'eurent de cesse d'essayer de se voir, d'échanger des sourires et des petits gestes discrets de la main. Personne ne devait savoir. Il leur était pourtant difficile de trouver un peu d'intimité. Lors d'une distribution de nourriture, alors que Marie-Ange aidait les soldats, Enguerrand s'arrangea pour glisser discrètement un papier entre ses doigts. « Rendez-vous ce soir à l'arbre coupé à 21 h ». Elle s'écarta pour le lire discrètement et fixa l'officier en hochant la tête.

Ils se retrouvèrent à l'endroit convenu. Enguerrand venait de se doucher. « Qu'il sent bon » pensa Marie-Ange, enivrée par l'odeur de son parfum. Elle avait aussi fait un effort particulier pour lui plaire malgré les maigres moyens à sa disposition. Ils s'approchèrent lentement l'un de l'autre. Comme deux aimants, leurs bouches se soudèrent. Aucun d'eux n'osait aller plus loin. Lui, pour ne pas désobéir à ses propres ordres. Elle, pour ne pas succomber à la tentation d'un soir. Pourtant, leurs lèvres se joignaient sans cesse, ils s'embrassaient fougueusement. Marie-Ange sentit une chaleur intense prendre possession de son corps. Leurs mains s'aventurèrent prudemment d'abord, puis multiplièrent les caresses, explorant les alentours de leurs visages avant de descendre plus loin sous leurs vêtements. Il faisait chaud, ils ne portaient qu'une mince couche de textile qui ne résista pas à leurs ardeurs. Il caressa ses seins fermes et parfaitement dessinés. Sa peau était douce comme la soie. Mû par le désir, Enguerrand avait du mal à contrôler ses pensées. Les mains tremblantes de Marie-Ange venaient de toucher son sexe dur et tendu en caressant sa cuisse. Il comprit qu'il devait l'aider et défit lui-même son pantalon. Ils basculèrent dans l'herbe. Enguerrand vint se placer sur elle, écarta ses jambes et la pénétra. Elle ressentit instantanément une vive douleur et ne put retenir une plainte. C'est donc ça l'amour ? pensa-t-elle furtivement en essayant de repousser Enguerrand. Emporté par son excitation, il ne vit pas sa grimace et ne perçut pas sa tentative. Il était trop lourd et trop obnubilé par son propre plaisir pour qu'elle arrive à le freiner. Enguerrand n'essaya pas de retenir sa fougue, il n'aurait pas dû, il était trop tard, il *finirait* le plus vite possible. Marie-Ange espérait aussi qu'il en finisse, elle avait mal. Brusquement, Enguerrand se raidit avant de pousser un cri rauque.

Merde, pensa-t-il tout de suite après, qu'est-ce qui m'a pris ? J'espère que personne ne m'a vu. Quel con !

Ils se rhabillèrent rapidement, hébétés et gênés tous les deux. Ils avaient l'impression d'avoir obéi à une force incontrôlable et surpuissante. Il l'escorta sans un mot jusqu'à sa tente. Ils ne savaient pas quoi se dire et se quittèrent en se regardant à peine.

VIII
DÉPART DU CAMP

Le lendemain et les jours qui suivirent, Marie-Ange et Enguerrand se cherchèrent tout en s'évitant. Ils pouvaient se voir, se frôler de loin. En plein jour, devant tout le monde, il leur était impossible de se parler avec un peu d'intimité. Tous deux voulaient être certains que cela était bien arrivé. Qu'ils avaient fauté. Car dans leur esprit c'était bien une faute. Elle, malgré les injonctions de son frère, et lui, malgré des ordres stricts qu'il avait lui-même donnés à ses soldats. Ces deux mondes n'auraient jamais dû se connecter.

Ils avaient juste fait l'amour. Est-ce le bon terme d'ailleurs, n'était-ce pas juste une pulsion ? Tous les deux détestaient cette idée. Ils n'aimaient pas perdre le contrôle des évènements. Ils avaient pourtant pleinement conscience de leur attirance réciproque.

À force d'évitements, la magie de leur rencontre laissa place à de la rancœur.

Il ne vaut pas mieux que les autres, estima Marie-Ange. Il a voulu coucher avec une Noire. Si ça se trouve, il s'était mis d'accord avec les deux autres soldats pour ne pas avoir à me violer, en faisant semblant de me protéger. Les hommes sont bien tous les mêmes.

Paul avait décelé la mélancolie qui gagnait peu à peu sa sœur. Après tout ce qu'ils avaient vécu, il ne voyait rien d'anormal à cela, ça passerait. D'autant que les nouvelles du front étaient bonnes, le FPR gagnait du terrain chaque jour, la paix redevenait possible.

Enguerrand voulait tourner la page. Il ne voyait pas d'avenir dans cette relation. Une nuit, il avait pourtant rêvé de présenter la jeune fille à ses parents, sous les regards outrés de ses aïeux. Lui ne pouvait pas parler, il était devenu muet. Son père et sa mère avaient éclaté de rire. Il s'était réveillé en sueur. Pour ne pas avoir à réfléchir, il multipliait volontairement les missions. Ses hommes commençaient à râler. Ça les tiendra tranquilles si je les ramène crevés le soir, pensa-t-il pour se donner bonne conscience. Le vent de la guerre avait tourné, il soufflait dans les voiles du FPR qui progressait rapidement.

— J'espère que nos politiques auront eu le temps de retourner leur veste, lança-t-il avec ironie à un de ses camarades, après un briefing lors duquel on les avait informés que c'était désormais des colonnes de réfugiés hutus qui se dirigeaient vers le sud.

Ses hommes et lui étaient chargés d'établir un check-point sur la route principale et de désarmer les soldats ou les miliciens afin de créer une zone totalement sécurisée.

Sa première pensée fut pour Marie-Ange. Il hésitait entre le soulagement et la sensation d'un manque à venir. Les deux sentiments cohabitaient étrangement.

De toute façon, il n'avait pas le choix, il devait lever le camp. Avant cela, il tenait à la voir. Que penserait-elle de lui s'il partait comme un voleur, surtout après ce qu'ils avaient vécu ? Il ne voulait pas qu'elle puisse imaginer qu'il était comme les autres soldats, ceux qui abusaient des filles et de leur misère. Il savait où était sa tente et chercha un moment propice où elle pourrait être seule. Après la distribution de nourriture, il l'aperçut enfin. Elle était plus belle que jamais. Il la suivit et fit semblant de la croiser. Mais elle était avec son frère. Il se figea devant eux. Marie-Ange s'était arrêtée net et Paul comprit tout de suite que quelque chose d'étrange flottait dans l'air. Enguerrand tendit sa main vers le frère qui la serra, puis vers Marie-Ange qui ne lui offrit que le bout de ses doigts.

— Je dois partir demain…, bredouilla-t-il.

Marie-Ange ne répondit pas. Elle avait bien compris, mais ne savait pas quoi dire. Son frère prit la parole pour ne pas laisser le malaise s'installer.

— Merci. Vive la France, dit-il avec le sourire, visiblement heureux de montrer qu'il pouvait parler français.

— *À bientôt*. J'espère vous revoir.

Cette fois-ci, Enguerrand articula lentement en fixant Marie-Ange qui gardait les yeux rivés au sol.

Il fit un salut militaire avant d'opérer un demi-tour. Marie-Ange leva enfin ses yeux humides pour le regarder s'éloigner.

— Je crois que tu vas me devoir quelques explications, lui dit Paul, encore surpris par la tournure des évènements.

— Il n'y a pas grand-chose à dire. Tu sais, le soir où je t'ai cherché partout, deux soldats ont essayé de me violer. C'est cet officier qui m'a sauvée.

— Quoi ?! Mais il fallait me le dire ! Tu ne devais pas bouger, je t'avais prévenue du danger ! Pourquoi tu ne m'écoutes jamais ?

— Je sais, excuse-moi, j'avais peur que tu m'interdises de sortir. Je m'ennuie déjà tellement ici, je n'aurais pas supporté de rester tout le temps dans la tente.

— Je comprends mieux ton attitude ce soir-là maintenant. Donc, s'il ne t'est rien arrivé, c'est grâce à lui ?

— Oui.

— Promets-moi de ne plus me désobéir.

— Je te le promets.

— Tu sais, j'ai même l'impression qu'il t'aimait bien… et que toi aussi, reprit-il.

— Arrête tes bêtises ! Je lui en suis reconnaissante, c'est tout.

— Ah bon, tu es sûre ? conclut-il en accompagnant sa phrase d'un clin d'œil

Le lendemain matin, Marie-Ange était dehors avant le lever du soleil. Elle n'avait pas pu dormir. Toute la nuit, elle s'était demandé pourquoi cet officier était venu la voir. Qu'est-ce qu'elle aurait pu dire d'autre ? Elle s'en voulait de ne pas l'avoir regardé avant qu'il ne tournât le dos. Elle en voulait à son frère d'avoir été là. Tout s'était déroulé si vite. Maintenant, il allait partir et elle n'avait peut-être aucune chance de le revoir. Peut-être n'était-il pas tout à fait comme les autres ? Pour être sûre de le voir une dernière fois, elle alla attendre devant le grand portail aux premières lueurs du jour. Le convoi fut rapidement prêt à partir. Enguerrand était dans la jeep de tête. Il donna l'ordre de s'élancer dès que tout le monde fut à bord des camions. Quelques enfants les entouraient en criant et en riant. Ils leur lancèrent leurs dernières friandises. Le convoi se mit en branle en direction de la sortie du camp. L'officier avait reconnu Marie-Ange de loin. Le chauffeur ne ralentit pas au passage du portail, ni quand leurs regards se croisèrent. Enguerrand crut voir des larmes. Il n'en était pas sûr. Lui non plus n'avait pas bien dormi.

Au bout de quelques kilomètres, ils croisèrent une nouvelle colonne de réfugiés. Une masse compacte, silencieuse, qui avançait avec ce qu'elle avait de plus précieux sur le dos. Des femmes, des enfants, des vieillards, des hommes, certains étaient en uniformes. Les blessés étaient nombreux. Il y avait aussi des morts le long de la route, morts d'épuisement, de faim, des suites de blessures, de maladies. La faucheuse rôdait autour d'eux. Ces scènes rappelaient à Enguerrand les documentaires qu'il avait vus sur la débâcle de 1940 et l'exode des Français. La seule différence était peut-être l'absence du hurlement strident des stukas qui bombardaient les routes. Et la couleur de peau des gens. Enguerrand se demandait quand cela allait enfin cesser, pourquoi ces personnes qui lui paraissaient tellement se ressembler voulaient-elles tant s'entretuer ? Comme les Français et les Allemands il y a cinquante ans, finalement.

Ils mirent en place un barrage et commencèrent à s'emparer de toutes les armes qu'ils pouvaient voir. Il était difficile de retirer les machettes, surtout. Pour la plupart des gens, c'était un outil à tout faire, autant qu'une arme d'autodéfense. Le flot ne tarissait pas. Chaque nuit, les réfugiés s'arrêtaient sur place pour repartir au petit matin en laissant çà et là des corps inanimés, abandonnant parfois des enfants ou des personnes âgées trop faibles pour poursuivre leur chemin. Des camions passaient ramasser les cadavres pour éviter une épidémie. Enguerrand assistait à ce spectacle quotidien, la rage au cœur. Il savait aussi que parmi la foule se cachaient les bourreaux des Tutsis, ceux qui avaient massacré des innocents par milliers et ne seraient vraisemblablement jamais jugés.

Chaque jour passé achevait de l'écœurer de la nature humaine. Au bout de quelques interminables journées, ils furent enfin relevés. Ils allèrent à Goma d'où ils devaient s'envoler pour Roissy. Avant de partir, ils assistèrent à un dernier spectacle macabre. Le choléra faisait des ravages dans les camps. Les survivants n'étaient pas encore tirés d'affaire et les cadavres s'entassaient dans des fosses communes à ciel ouvert. L'odeur de la mort et de la peur régnait partout et imprégnait leurs affaires. Même la nuit, ils ne pouvaient s'en débarrasser. Ils avaient du mal à dormir, avaient la nausée en permanence et ne pensaient maintenant qu'à rentrer chez eux. Il était venu faire la guerre comme on le lui avait appris. Il avait assisté, quasiment impuissant, à un génocide.

IX
LA NAUSÉE

L'avion qui ramenait Enguerrand vers sa terre natale amorçait sa descente. Après quelques légères turbulences qui le réveillèrent par à-coup, il ouvrit définitivement les yeux après que l'appareil fut descendu sous la dernière couche de nuages. Il se souvint de l'excitation qui l'étreignait au moment du départ. Il ressentait désormais un vrai soulagement. Il ne pensait pas avoir eu peur là-bas, il n'en avait pas eu le temps ni l'occasion, puisqu'il n'y eut pas vraiment de combat. Il n'avait finalement pas fait ce pour quoi il s'était préparé, mais il ne voulait plus jamais que l'horreur constitue son quotidien. Assassinats, mutilations, viols, famine, épidémie, voilà ce qu'il avait dû côtoyer, ce à quoi il avait dû s'habituer, dès le réveil et jusqu'à la fin de chaque journée, ce qu'il ne pourrait jamais raconter. C'était donc ça la guerre. Il y avait perdu ses rêves de gloire, de missions périlleuses, de bataille héroïque à la tête de ses hommes. Et la France, quel rôle avait-elle joué dans ce drame ? On avait laissé le peuple rwandais s'entretuer à la machette pendant des mois.

Depuis plusieurs jours, Enguerrand avait la nausée. Il avait cru que cela était dû à l'odeur de la mort, à son omniprésence. Mais là, dans le confort de l'avion du retour, en route vers sa famille et ses proches, il ne se sentait pas mieux. Ce n'était pas son estomac qui était en cause, c'était son cerveau ou son cœur qui était atteint. Il regrettait aussi d'avoir été faible ce fameux soir avec cette jeune femme dont il ne savait rien. Il était un « animal » comme les autres, qui se résumait à manger, se reproduire, tuer. La civilisation n'est qu'un vernis qui peut craquer facilement. À mesure que l'avion descendait, il distinguait les routes, les voitures, les maisons. Enfin du bitume et du béton ! Serait-il plus à l'abri ici d'une telle folie collective ?

Le bruit des pneus sur la piste, quelques dernières secousses et des applaudissements épars mirent fin à ses interrogations. En regardant autour de lui, il vit beaucoup de sourires sur les visages. Des militaires pressés de retrouver femmes et enfants. Des Rwandais, noirs ou métis, qui n'avaient sans doute pas grand monde à retrouver, mais qui devaient être heureux d'être en vie, loin d'un pays qui leur avait tout pris. Ceux-là avaient droit à une seconde chance. Il esquissa un timide sourire. Ses parents l'attendaient dans le hall des arrivées. Sa mère le serra dans ses bras. Elle lui parut toute petite. Son père le prit par l'épaule.

— Bienvenue chez toi, mon fils ! lui dit-il. Nous sommes heureux de te revoir.

— Ta chambre t'attend, coupa sa mère avant même que son père ait achevé sa phrase. Et je t'ai préparé un festin pour réacclimater au plus vite ton estomac. Rien que des choses bien de chez nous !

— Je suis content d'être rentré, c'était dur là-bas.

Son ton était grave et sa voix vacillante.

— Oui, on sait, on a vu ça à la télé. Ce sont des barbares. Sans vous, le bilan aurait été beaucoup plus lourd. Vous avez fait ce que vous avez pu et vous avez fait honneur à la France. Allez, pense à autre chose maintenant, il faut savoir laisser les missions dans les valises, lui dit son père en prenant son sac.

Arrivé chez eux, Enguerrand s'aperçut que sa mère ne lui avait pas menti. Sur la table, des victuailles savoureuses l'attendaient. La baguette fraîche et craquante d'abord, comme seuls les Français savent la faire ! Du beurre, demi-sel bien évidemment, disposé à côté d'un camembert que quelqu'un avait déjà attaqué et qui coulait tel le magma d'un volcan. Le saucisson suintait lui aussi. Quelques tranches avaient été disposées sur la planche à découper en bois. Une bouteille de Saint-Émilion avait été ouverte juste avant de partir pour l'aéroport, afin que le vin puisse s'aérer. Il y avait aussi une boîte de sardines, son péché mignon. Il les écrasait, y ajoutait un filet de citron avant de les tartiner sur du pain frais préalablement beurré, ajoutait un peu d'huile de la boîte et croquait dedans à pleines dents. Après quelques mastications de chacun de ces mets, il faisait couler la nourriture dans sa gorge avec une gorgée de vin rouge. Il avait rêvé de ce moment-là tant de fois, au Rwanda.

— Merci, maman, tu es la meilleure !

Ses parents s'assirent avec lui et le regardèrent en silence profiter de chaque bouchée. Pour le dessert, sa mère sortit un éclair au chocolat du réfrigérateur. Il était définitivement rentré chez lui.

Il passa la soirée avec ses parents à prendre des nouvelles de ses frères et sœurs. Ils ne parlèrent pas du génocide. Ses parents avaient compris que ce qu'il avait vu là-bas ne pouvait pas être raconté, et ils ne voulaient pas gâcher le plaisir de son retour à la vie normale. Sa mère le trouvait fatigué et mélancolique, bien différent du jeune officier qu'il était en sortant de Saint-Cyr. Son enfant joyeux et curieux avait laissé place à un homme au regard absent. Elle s'en ouvrit à son mari le soir.

— C'est normal, répondit-il. Il a vécu des évènements que beaucoup de gens ne verront jamais de leur vie. Mais rassure-toi, avec le temps les pires images vont s'effacer de sa mémoire et il pourra redevenir comme avant.

Au fond de lui pourtant, il n'en était pas si sûr.

Le lendemain, Enguerrand se mit en quête d'un laboratoire pour passer un test VIH. Il prétexta l'envie d'aller se promener et emprunta la voiture de sa mère. Quelques jours plus tard, le résultat tomba : négatif ! Il en fut soulagé.

Mais cette joie fut de courte durée et il avait beaucoup de mal à retrouver le goût de la vie qui consiste bien souvent à ne penser ni à hier ni à demain. Il se souvenait que plus jeune, il n'avait pas eu d'autre but dans la vie que de devenir miliaire, comme on entre en religion. Quelques mois au Rwanda lui avaient fait perdre la foi. Il voulait abjurer. Mais que pouvait-il faire d'autre ?

Ses parents s'inquiétèrent de le voir traîner dans la maison, désœuvré. Il semblait n'avoir goût à rien, ne finissant aucun livre et ne regardant jamais les films jusqu'au bout. Il s'enfermait des heures dans sa chambre. En réalité, il multipliait les cauchemars la nuit et n'avait aucune énergie le jour. Il lui arrivait de rêver qu'il faisait l'amour avec une jeune femme rwandaise avant de s'apercevoir qu'elle avait le crâne défoncé par un coup de machette. Il avait vu des psychologues de l'armée, mais il leur avait affirmé que tout allait bien, juste un petit coup de fatigue.

Son père décida de prendre les choses en main. Ils iraient faire de longues balades dans les forêts avoisinantes et il l'emmènerait chez ses amis. Il allait l'aider à se reprendre. Sa mère, quant à elle, s'appliquait à lui préparer les bons petits plats dont il raffolait enfant.

Dès qu'une journée promettait d'être suffisamment dégagée pour aller se promener, le père d'Enguerrand allait le réveiller à une heure raisonnable. Après un bon petit déjeuner, ils enfilaient leurs chaussures de marche et emmenaient leurs chiens de chasse avec eux. Les deux beagles frétillaient de joie chaque matin, ils n'avaient jamais autant couru dans les bois que depuis le retour du fils du maître. Au cours de leurs longues sorties, le jeune homme restait silencieux. Son père essayait tant bien que mal de « faire » la conversation, finissant immanquablement par délivrer ses longs monologues politiques. Sa principale obsession était l'immigration. Les Africains se reproduisaient plus vite que les Européens, dont la jeunesse ne voulait plus se marier ni avoir d'enfants. Il était donc inéluctable que les Noirs ou les Arabes deviennent plus nombreux puis majoritaires. Il fallait impérativement fermer les frontières avant qu'il ne soit trop tard et que la France ne soit pas envahie par les barbares, ceux qui étaient capables des pires horreurs, comme au Rwanda. Une des conséquences funestes de ce remplacement, selon le père d'Enguerrand, était l'islamisation de la France. Les mosquées poussaient comme des champignons vénéneux, on ne pouvait plus manger de porc à la cantine et bientôt il faudrait voiler toutes les femmes. Enguerrand hochait la tête machinalement. Il n'avait aucune envie de débattre.

Quand ils rentraient, sa mère l'attendait souvent sur le palier.

— Alors ça t'a fait du bien cette balade ?

Elle, en tout cas, était ravie de ne plus devoir supporter la rengaine quotidienne de son époux. Certains soirs, celui-ci emmenait Enguerrand à des réunions politiques, celles du Front national. Il y avait des affiches de Jean-Marie Le Pen partout, et tous venaient dire d'une même voix tout le mal qu'ils pensaient de ces étrangers qu'ils ne croisaient pourtant jamais dans leur petite commune. Il y avait bien quelques Africains qui travaillaient à l'usine d'à côté, mais ils faisaient souvent le service de nuit.

Après quelques semaines d'un repos qui n'en avait pas vraiment été un, Enguerrand finit par rejoindre la caserne. Il fut soulagé de quitter ses parents et de retrouver l'organisation militaire, malgré sa désillusion quant à l'impact réel de l'armée sur la situation du monde. Il essayait de s'occuper le plus possible pour ne pas trop avoir à penser. Le soir, avec les autres officiers, ils revenaient souvent sur l'opération Turquoise avec amertume. L'armée française y avait été trahie par les hommes politiques et envoyée sans instructions claires. L'histoire jugerait l'armée en oubliant que la décision appartenait aux élus de la Nation. Au cours de leurs conversations animées, personne n'osait dire franchement ce que tous semblaient penser. Ils se testaient pour être sûrs d'être sur la même longueur d'onde sans dévoiler leurs cartes. Le problème n'était pas les politiciens en général, mais certains d'entre eux, de gauche, internationalistes, corrompus, et ceux qu'ils appelaient les apatrides pour ne pas prononcer le mot de « juif ».

Un autre conflit attirait leur attention en Yougoslavie. Le même drame qu'au Rwanda était en train de se jouer et les civils étaient les premières victimes. Un génocide était à nouveau en cours. Enguerrand ne voulait pas revivre cela, il ne le supporterait pas. Il était bien décidé à quitter l'armée dès qu'il aurait trouvé sa voie.

X
RETOUR AU VILLAGE

Marie-Ange regarda s'éloigner le convoi militaire jusqu'à ce qu'il pénètre dans la forêt la plus proche. Elle avait vu le jeune officier la dévisager pendant le bref instant où leurs yeux s'étaient croisés une dernière fois. Elle avait eu du mal à décrypter son expression. Peut-être aurait-elle dû essayer de lui parler quand ils s'étaient croisés, tenter de savoir qu'elle avait été pour lui… Mais c'était aux hommes de faire cela normalement ! À quoi bon rêver de toute façon, ils n'avaient plus aucune chance de se revoir. Elle ressentit une immense lassitude. Elle avait vécu tant de péripéties, avait perdu ses proches, vu tellement d'atrocités ! Auprès de qui pourrait-elle s'épancher ? Tous autour d'elle avaient vécu la même chose, pire parfois. Il lui fallait s'accrocher à la vie par le fil qui l'y reliait encore, son frère Paul.

Elle avait regagné la tente d'un pas lent pour s'y reposer. Paul écoutait la radio comme il le faisait tous les matins. Comme leur père avant que le monde ne plonge dans l'horreur. Ils lui manquaient tous terriblement. Les rires et la malice de ses frères, la douceur de sa mère, l'originalité de son père. Elle aurait tout donné pour les revoir quelques instants. Mais elle n'avait plus rien à donner. Malgré tout, elle ne voulait pas abandonner l'espoir de retrouver ses deux frères qui avaient également tenté de fuir, même si l'avenir lui paraissait aussi sombre que le passé.

— Marie-Ange, tu es là ?

Elle resta silencieuse, bien qu'elle eût reconnu la voix de Paul.

— Ah, oui, tu es là, dit-il en passant la tête par l'ouverture. Tu pourrais me répondre quand même !

En s'approchant plus près, il vit qu'elle pleurait.

— Viens dans mes bras, chuchota-t-il. Ça va aller. Il y a de bonnes nouvelles aujourd'hui, nous allons bientôt pouvoir rentrer chez nous !

Il ne posa pas de questions. Lui-même se réveillait souvent la nuit. Il revoyait sans cesse l'église brûler et les flammes emporter les âmes de leur famille, de leurs amis. Il voyait distinctement le visage des meurtriers qui rôdaient autour de l'église. Il naviguait entre la tristesse et le désir de vengeance. Sa rage était plus forte que sa peine et empêchait les larmes de couler le long de ses joues. Il aurait pourtant aimé pleurer comme sa sœur, pour que la boule de haine qui grossissait dans son ventre pût se dégonfler un peu.

— Petite sœur chérie, le FPR gagne du terrain. C'est au tour de ces chiens de Hutus de fuir. Kigali a déjà été libérée et le pays tout entier le sera bientôt. Ce n'est que le début. Garde espoir. Dieu nous a sauvés, il doit bien y avoir une raison à cela. Il a certainement un plan pour nous, tu ne crois pas ?

La jeune fille n'avait pas pensé à Dieu depuis quelque temps. Elle n'osait pas avouer à son frère qu'elle avait douté de son existence dernièrement. S'il existait vraiment, comment avait-il pu laisser faire de telles choses ? Laisser massacrer des familles dans sa propre église ? Laisser tuer des enfants de sang-froid ? Laisser violer les mêmes femmes par des miliciens puis par des militaires français. S'il avait fait les hommes à son image, alors elle n'était pas pressée d'aller au paradis !

Les jours suivants, les sourires se firent plus nombreux dans le camp. La victoire paraissait proche. Paul se tenait informé, il avait hâte de partir, mais voulait attendre le bon moment. Il n'était pas question d'avoir survécu jusque-là et pour mourir bêtement parce qu'il aurait été impatient. Des centaines de milliers de Hutus fuyaient désormais le pays. Il ne voulait pas croiser ces colonnes parmi lesquelles devaient se cacher les assassins de ses parents.

Marie-Ange avait repris petit à petit goût à la vie. Les bonnes nouvelles apportaient une joie collective qui l'avait stimulée. Elle passait à nouveau les journées avec ses amies. Quelque chose avait changé dans leur attitude. Leur enthousiasme paraissait parfois forcé. Si une nouvelle fille avait intégré leur cercle à ce moment-là, celle-ci ne se serait aperçue de rien, mais pour quelqu'un qui les avait connues auparavant, il y avait une différence flagrante. Aucune ne voulait parler de ce qui s'était passé avec les soldats. Toutes voulaient quitter au plus tôt ce camp qui avait été un refuge, mais qui s'était transformé en piège. Leurs sourires se voulaient éclatants mais leurs regards demeuraient graves.

Quelques jours plus tard, il y eut les premiers départs. Certains voulaient retrouver la trace de leurs proches coûte que coûte. Le camp commençait à se vider quand la nouvelle tant attendue tomba. La victoire du FPR était totale et un cessez-le-feu avait été proclamé. Les miliciens avaient fui ou étaient désarmés, la route et les villages étaient plus sûrs pour les Tutsis, désormais.

— Ma petite sœur, si tu te sens prête, nous partirons demain. Nous retournerons au village. Nous essaierons de retrouver nos deux frères. Peut-être ont-ils survécu quelque part eux aussi ? Nous recroiserons certainement d'autres membres de la famille. Nous reprendrons le travail à la ferme. Il faudra que nous soyons forts. Nous devons montrer aux Hutus qu'ils n'ont pas gagné, que nous allons faire vivre le souvenir des nôtres.

Marie-Ange hocha la tête sans prononcer un mot. Des larmes coulaient doucement le long de ses joues. Elle ne savait pas comment elle réagirait une fois là-bas. Elle avait peur d'y retourner, de vivre hantée par les fantômes des siens, de jour comme de nuit. Elle s'imaginait les voir dans chaque endroit de la maison. Ce banc où son père s'asseyait pour admirer la campagne environnante, cette cuisine où sa mère semblait passer toutes ses journées, ces chambres où ses frères dormaient et qui résonnaient en permanence de leurs rires. Aurait-elle la force de vivre dans cette grande maison désormais vide, sans bruits, sans odeurs… sans vie ?

Le lendemain matin, ils rassemblèrent leur maigre paquetage. Leur richesse tenait dans un seul sac. Paul avait récupéré de la nourriture pour le voyage, c'était leur bien le plus précieux. La veille, ils avaient pris le temps de dire au revoir à tous ceux dont ils avaient partagé le quotidien, ils savaient qu'ils avaient peu de chance de les revoir un jour.

Le trajet du retour dura beaucoup moins longtemps qu'à l'aller. Ils marchèrent le long des routes principales, prirent les itinéraires les plus courts et eurent toujours le ventre plein. Les check-points étaient désormais occupés par des soldats du FPR qui affichaient le sourire des vainqueurs. Il restait partout des stigmates de la guerre, des villages vidés de leurs habitants, des habitations brûlées, des traces de blessures sur les gens qu'ils croisaient ; mais plus de cadavres. Ils ne s'arrêtaient en chemin que pour se reposer et faire de courtes nuits. Ils ne cherchaient pas à lier connaissance ni à discuter. Ils voulaient arriver le plus vite possible.

Enfin, ils reconnurent au loin leur colline. Lorsqu'ils arrivèrent au même endroit que lorsqu'ils avaient vu l'église prendre feu, Paul saisit sa sœur par la main pour l'entraîner loin de là et regagner au plus vite le village. Ils arrivèrent à la tombée du jour sans croiser personne, et accélérèrent pour rejoindre leur maison. Il n'y avait plus de porte. Un long moment passa, aucun des deux n'osait entrer. Ils se regardèrent pour se donner du courage et avancèrent ensemble d'un pas lent et tremblant. Ils ne voyaient pas très clair à l'intérieur de la maison, mais ils comprirent qu'elle avait été pillée et saccagée. Aller plus loin était au-dessus de leurs forces, ils passèrent la nuit dehors.

Le lendemain matin, ils firent le tour des maisons environnantes. La plupart étaient dans le même état que la leur. En s'approchant de celle d'un de leurs oncles, ils entendirent des voix et des cris d'enfants. La famille entière était là, vivante ! Ils coururent jusqu'à eux. Leur oncle Aristide les reconnut immédiatement et cria :

— Vous êtes vivants ! Venez, mes petits ! Oh merci mon Dieu !

Il les prit dans les bras pendant que sa femme sortait de la maison avec ses enfants pour fêter leur retour.

— Où avez-vous pu vous réfugier ? leur demanda-t-il.

— Nous avons fui jusqu'au camp de Nyarushishi qui était protégé par l'armée française. Et vous, comment avez-vous fait pour tous vous en sortir ?

— Dès le début, j'ai compris que les choses allaient mal se passer pour nous. J'ai un bon ami hutu qui possède une ferme assez éloignée du village. Il a réussi à nous cacher là-bas jusqu'à l'arrivée du FPR. Nous lui serons éternellement reconnaissants, il a risqué sa vie et celle de sa famille pour nous.

— Un agneau égaré parmi les loups ! répliqua Paul.

— Avez-vous des nouvelles de Jacques et Jean, nos frères qui ont également tenté de s'enfuir la veille de l'attaque de l'église ? demanda Marie-Ange.

Son oncle regarda le sol.

— Oui, nous avons appris qu'ils avaient été attrapés et tués. Je suis désolé.

Tout espoir était donc vain, il ne restait plus qu'eux. Leur famille n'existait plus, leur maison était dévastée, leur cœur aussi. Leur oncle les fit s'asseoir sur un banc à l'ombre d'un arbre. Il demanda à sa femme de leur apporter de quoi boire et manger. Il ne savait pas quoi dire face à leur chagrin.

— Venez vous installer ici le temps qu'il faudra. Je dois aller au marché pour vendre nos légumes et je suis déjà en retard. On discutera de votre avenir à mon retour. À ce soir.

« Votre avenir »…

Marie-Ange regarda son frère et prit la parole d'une voix assurée qu'elle ne se connaissait pas :

— Mon avenir à moi ne sera pas ici, Paul. Quoi que tu décides, je ne pourrai vivre dans notre maison. Je sais que je n'y arriverai pas. Je vais me rendre à Kigali. Je veux repartir de zéro.

— Je comprends. Je pense comme toi. Passons la journée avec la famille d'Aristide et demain, nous irons à la maison, voir s'il y a des souvenirs à récupérer. Puis j'essaierai de bloquer les portes et les fenêtres. Nous demanderons à notre oncle de la surveiller et de s'occuper des champs s'il le peut. Ensuite, nous partirons tous les deux pour la capitale. Si ça ne marche pas pour nous là-bas, nous pourrons revenir ici. Ça te va, petite sœur ? Ne t'inquiète pas, je serai toujours là pour te protéger, on ne se séparera jamais.

XI
UNE NOUVELLE VIE

Aux aurores, ils firent leurs adieux à la seule famille qu'il leur restait. Ce furent des adieux brefs, les yeux encore pleins de sommeil et de larmes. À cette période de l'année, le soleil tapait fort et ils préféraient partir alors qu'il faisait encore sombre. Ils marchèrent vite, sans se retourner. Mieux valait garder en tête les souvenirs des temps heureux plutôt que leur maison pillée, leur église réduite en cendre, leur famille disparue, leur bonheur envolé.

Ils avançaient sur ces chemins de terre rouge qu'ils avaient trop arpentés ces derniers temps, eux qui, avant le drame, n'étaient jamais sortis de leur village. L'espoir d'une vie meilleure était leur étoile du berger qui guidait leurs pas vers la capitale. Leurs valises s'étaient à peine alourdies de quelques souvenirs glanés dans leur ancienne maison. Les pillards n'avaient pas voulu des dessins de leurs frères ni de l'unique photographie qu'avait fait faire leur père. Ils n'avaient pas osé voler non plus ce Christ auquel leur mère tenait tant et à qui elle adressait ses prières avant d'aller se coucher. Marie-Ange ne l'avait pas emporté pour sa valeur, mais parce qu'il l'aiderait à garder intact le souvenir de sa maman. Les pillards n'avaient pas touché aux livres non plus. Leur tante leur avait donné suffisamment de nourriture pour faire le trajet et leur oncle avait sacrifié une partie de ses économies. Il s'engagea même à leur envoyer plus d'argent s'il arrivait à exploiter les terres de leurs parents, si Jean-Jacques lui faisait parvenir leur adresse à Kigali.

Pendant les longues journées de marche, Marie-Ange et son frère essayaient d'imaginer de quoi pourrait être fait leur avenir. Elle se prenait à rêver d'une belle maison et d'une famille nombreuse. Elle se fit la promesse de donner à ses enfants les prénoms de ses frères disparus pour les faire revivre à travers eux. Elle s'imaginait institutrice pour transmettre le savoir. Elle était persuadée que la paix ne pouvait naître que par la connaissance et l'acceptation des autres. Quelle importance d'être Hutu ou Tutsi si les enfants arrivaient à comprendre que la Terre est immense, peuplée de gens tous différents, et qu'elle n'est qu'un grain de poussière dans l'univers, comme le disait son père adoré !

Paul ne se projetait pas si loin. Il se montrait plus pragmatique : il fallait trouver un toit et du travail dès leur arrivée à Kigali. Il savait sans doute qu'ils ne tiendraient pas longtemps avec leur maigre pécule. Le meilleur moyen d'y arriver serait de rejoindre le FPR. Il s'était lié d'amitié avec de nombreux sympathisants à Nyarushishi, peut-être pourrait-il en retrouver sur place ou rencontrer quelqu'un qui les connaissait. Si ça n'était pas le cas, il ferait le tour des chantiers pour proposer ses services.

— À quoi tu penses ? lui demanda-t-elle en remarquant son regard plus appuyé que d'habitude.

— Je pense que nous allons enfin avoir de la chance là-bas, il n'y a pas de raison.

— Papa disait que la chance, ça n'existe pas, ce n'est qu'une question de probabilités, se souvint Marie-Ange en esquissant un sourire.

— Eh bien, avec tout le malheur que nous venons de traverser, les probabilités sont désormais énormes !

Il voulait lui transmettre la confiance qu'il s'efforçait de faire grandir en lui.

— Et rappelle-toi qu'il nous disait aussi : nul n'est plus chanceux que celui qui croit en sa chance !

Chaque pas les éloignait des drames qu'ils avaient vécus. Pourtant, Marie-Ange semblait fatiguée. Tout ce qu'elle avait traversé pesait sur son organisme. Ils devaient s'arrêter fréquemment pour qu'elle puisse reprendre des forces. Paul décida de ralentir le pas, ils n'étaient pas pressés, personne ne les attendait là-bas.

À l'approche de Kigali, les barrages du FPR se firent plus nombreux, leur rappelant les terribles évènements qui avaient débuté dans la capitale. Paul prenait le temps de discuter avec les soldats pour prendre des nouvelles et essayer de trouver des connaissances communes. À un homme qui donnait des instructions d'une voix puissante et paraissait être le chef, il demanda si le FPR recrutait encore.

— Ah, tu veux faire la guerre maintenant qu'elle est finie, s'exclama l'officier en riant.

— Je n'ai pas pu vous rejoindre avant, essaya de se justifier Paul, penaud.

— Ça va, je plaisante, ne t'inquiète pas mon petit. Je ne sais pas si nous recrutons pour le moment, mais va au quartier général de ma part, et ils te trouveront bien un travail pour toi et ton épouse. Je suis le colonel Mugabe.

— Merci, monsieur le colonel. Ce n'est pas mon épouse, c'est ma sœur.

— Raison de plus alors, elle est bien jolie ta sœur, c'est dommage que je n'aie pas le temps de me marier en ce moment ! ajouta-t-il en lançant un clin d'œil à Marie-Ange. Tous les soldats rigolèrent à cette nouvelle blague.

Marie-Ange baissa les yeux espérant devenir invisible. Qu'ils la laissent tranquille à la fin ! Ces soldats, ces hommes, avec leurs regards qui la déshabillaient et leurs rires gras. Elle ne voulait pas être belle et devenir leur proie. Elle ne voulait même plus être une femme.

Ils continuèrent leur route et virent enfin au loin les premiers faubourgs de la ville. Paul décida de passer une dernière nuit dans les bois et de partir de bonne heure le lendemain pour trouver le quartier général du FPR. Après une courte nuit de sommeil, Paul se leva avant sa sœur et lui caressa doucement la tête.

— Allez, réveille-toi princesse, nous allons enfin découvrir la capitale !

Marie-Ange peina à se réveiller. La veille, elle était tellement impatiente de découvrir la ville qu'elle avait eu beaucoup de mal à s'endormir. Mais, très vite, l'excitation prit le dessus sur la fatigue.

— Les dés sont jetés ! lança Paul joyeusement en franchissant la petite rivière qui les séparait des premières maisons.

Marie-Ange sourit en pensant que son frère avait également emprunté cette phrase à son père, il lui ressemblait décidément beaucoup, à l'extérieur comme à l'intérieur. Ils avancèrent d'un pas décidé à travers les rues désertes. Les habitants s'éveillaient à peine et ils ne croisèrent que quelques ombres. Ils comprirent rapidement que beaucoup de maisons étaient encore inoccupées, comme dans leur village. Au début du génocide, de nombreux Tutsis avaient été tués, ceux qui avaient pu s'échapper n'étaient pas encore revenus. Puis, avec l'arrivée du FPR, ce fut au tour des Hutus de fuir. Coupables ou pas, nombre d'entre eux avaient préféré éviter un procès sommaire au cours duquel la haine vengeresse s'incarnait trop souvent dans un procureur à charge. La ville avait été vidée de ses habitants. L'odeur de la mort flottait encore dans l'air, se mélangeant avec les esprits des disparus qui semblaient encore peupler la ville.

En questionnant les quelques soldats qu'ils croisèrent, ils ne mirent pas longtemps à trouver le quartier général. Paul se présenta à l'accueil :

— Bonjour, j'arrive à Kigali avec ma sœur. Notre famille a été tuée par les génocidaires hutus. Je viens de la part du colonel Mugabe, il m'a dit qu'on pourrait m'aider à trouver un travail ici, je veux aider le FPR.

Le jeune homme assis derrière le bureau le dévisagea quelques instants avant de lui répondre :

— Vous êtes au bon endroit, nous avons besoin de gens en ce moment.

Il rédigea un papier qu'il glissa dans une enveloppe et lui indiqua de se rendre à l'étage, au bureau du recrutement. Au moment de lui tendre, il lui dit :

— Donnez-la au responsable du bureau. Par contre, si je peux me permettre un conseil, évitez de parler du colonel ici, tout le monde ne le porte pas dans son cœur. De toute façon, il y a du boulot, vous n'avez pas besoin de recommandation. Autre chose, inutile de parler de votre famille, tout le monde a perdu les siens. Et ne parlez pas non plus des ethnies, la volonté du FPR est de ne plus mentionner l'origine des personnes. Vous savez tout, bon courage !

Au bureau du recrutement, Jean-Jacques n'eut guère le choix. On avait besoin de gardiens de prison pour surveiller le nombre croissant d'assassins que le FPR avait arrêté. En contrepartie, il lui serait fourni un logement et un salaire suffisant pour qu'ils puissent se nourrir tous les deux. Il aurait accepté n'importe quel poste, mais ça ne lui déplaisait pas de pouvoir se venger de ceux qui avaient participé au génocide. Il était même curieux de les voir de plus près, il voulait comprendre. Comment avaient-ils pu commettre de telles horreurs de sang-froid ? Lui en tout cas n'était pas prêt à pardonner.

On lui attribua une petite maison en brique artisanale dans un quartier pauvre de la capitale, éloigné du centre, mais proche de la prison où il devait travailler. On lui avait donné un mois de salaire d'avance. Ils allaient enfin pouvoir recommencer à vivre !

XII
ÉPANOUIE

Paul n'avait pas participé à la guerre, ils n'avaient pas d'enfants à charge et surtout ils ne connaissaient personne capable de les pistonner. Ils ne cochaient aucun des critères qui auraient pu leur permettre de bénéficier d'un logement spacieux et en bon état. La maison qui leur avait été attribuée était donc très modeste, construite en bloc d'adobe, la traditionnelle brique de terre rouge mélangée de paille, avec un toit en tôle ondulée. Un membre du FPR local les avait guidés à travers les méandres du quartier. Tout était nouveau pour eux, ils allaient devoir se repérer rapidement, trouver le point d'eau, les meilleurs magasins et l'église la plus proche. Mais ils avaient l'essentiel : un toit pour dormir et un endroit pour cuisiner.

— Notre nouvelle vie commence ici, lui dit Paul d'une voix qui se voulait enthousiaste. Nous y serons bien, tu verras, nous serons en sécurité, nous allons nous faire de nouveaux amis.

Marie-Ange essaya de sourire à son frère, mais son visage ne s'éclaira pas comme il le faisait habituellement.

Leur guide ignorait à qui avait appartenu cette maison, probablement des Hutus qui s'étaient enfuis. Aucun n'était revenu pour le moment et s'ils revenaient, ils devraient déjà prouver qu'ils n'avaient pas participé au génocide.

— Pas besoin d'avoir mauvaise conscience, précisa son nouveau collègue en partant.

— Aucun risque, répondit Paul, avec ce qu'ils nous ont fait, ça ne va pas m'empêcher de dormir.

— Venez demain au quartier général, on essaiera de vous trouver quelques meubles qu'on a récupérés.

Marie-Ange était un peu gênée de s'installer chez des étrangers, mais la possibilité d'avoir enfin un endroit sûr où poser ses valises prit le dessus sur tout le reste. Elle était éreintée par ce qu'elle avait vécu, les émotions qu'elle avait dû refouler pour essayer de rester forte, les kilomètres parcourus à pied, les nuits sans sommeil, les privations de nourriture. Assise sur le pas de la porte de « sa » maison, il lui semblait qu'elle pouvait enfin lâcher prise. À l'image d'une marionnette à qui l'on aurait coupé les fils, elle s'effondra doucement, secouée de sanglots silencieux. Elle avait besoin de vider son esprit, de le nettoyer un peu avant de pouvoir s'installer. Paul, comprenant sans doute, la laissa tranquille et entra inspecter les pièces. Il n'y avait rien d'autre que quelques déchets, de la poussière et des toiles d'araignée. Paul disposait de quelques jours avant sa prise de fonction. Ils en profitèrent pour aménager au mieux leur nouveau refuge et bénéficier d'un peu de confort. C'était spartiate, ils feraient mieux plus tard. Au début, ils se consacrèrent au ménage, à quelques réparations, à l'installation de leurs chambres et de la cuisine. Ils firent connaissance de leurs voisins. La plupart étaient aussi fraîchement arrivés et en quête d'une nouvelle vie. Les cicatrices sur leurs corps laissaient peu de doutes sur ce qu'ils avaient vécu, mais plus personne ne voulait parler du passé. Le mot « génocide » était devenu tabou dans la société rwandaise. Tous voulaient célébrer la chance qu'ils avaient eu de survivre en se projetant vers l'avenir avec enthousiasme. Le gouvernement avait la volonté de faire disparaître la notion d'ethnie sur les cartes d'identité, il n'était plus question d'évoquer son origine tutsie ou hutue.

Pour son premier jour, Paul avait suivi d'un pas décidé d'autres voisins qui travaillaient aussi à la prison, il chantonnait afin de masquer son inquiétude. Au fond de lui, il doutait de pouvoir supporter de croiser le regard de ces assassins.

En arrivant sur place, sa première réaction fut le dégoût. Les prisonniers étaient enfermés dans un espace totalement sous-dimensionné pour en accueillir autant. On aurait dit un élevage insalubre et grouillant. La façon dont ils étaient entassés le surprit sans le scandaliser. Avec la chaleur et la promiscuité, l'odeur était fétide et les maladies nombreuses. Les hommes qui étaient en face de lui paraissaient absents, des morts-vivants. Le premier jour, il y eut vingt morts qu'il fallut extraire et balancer dans la fosse commune. Cela n'avait l'air de choquer personne et, de toute façon, pour un décès, il y avait deux nouveaux arrivants. Le gouvernement ne voulait pas qu'il y ait de vengeance personnelle expéditive, alors le FPR multipliait les arrestations. Le seul problème, mais de taille, était que les tribunaux fonctionnaient au ralenti. Il allait falloir des centaines d'années pour tous les juger à ce rythme-là. Paul comprit vite qu'on ne libérerait que des cadavres.

Sa sœur s'occupait de l'intendance. Elle recommençait à reproduire les gestes du quotidien, essayant de se remémorer ceux qu'effectuait sa mère. Elle était chargée de gérer astucieusement le budget tout en essayant de préparer de bons plats à son frère et d'embellir leur intérieur. Elle était particulièrement fatiguée bien qu'elle dormît beaucoup, même pendant la journée.

En discutant avec ses voisines, elle s'était laissé convaincre de les accompagner à l'église. Elle avait besoin de sortir de son habitation exiguë et de rencontrer de nouvelles personnes. Paul, quand il rentrait le soir, n'était pas très bavard et refusait d'évoquer son travail. Le dimanche, quand il n'était pas de garde, il rejoignait ses collègues pour jouer aux cartes en buvant de la bière. La prière et le chant devinrent les refuges de Marie-Ange. Auprès d'autres fervents fidèles, elle avait la sensation de reprendre espoir. Leurs corps et leurs âmes vibraient à l'unisson à chaque chanson. Les prêches du père Célestin trouvaient en eux un terreau fertile pour planter les graines du pardon. À la sortie de la messe, elle faisait connaissance avec de nouvelles personnes, la communauté était dynamique et solidaire. Elle avait le sentiment de retrouver la confiance et le partage d'une famille. Sa joie de vivre revenait pendant que celle de Paul s'évanouissait.

La situation de la prison ne s'améliorait pas. Les détenus continuaient à affluer, alors qu'aucun procès n'avait encore eu lieu. Paul et ses collègues commençaient à trouver leurs conditions de travail difficiles. Ils n'avaient pas vraiment pitié de ces assassins, bien qu'ils eussent fini par comprendre que ces hommes, issus de toutes les classes sociales, avaient été manipulés par des chefs qui avaient tous réussi à fuir. Pour faire respecter l'ordre, les gardiens frappaient, parfois violemment, occasionnant de graves blessures qui ne pouvaient être soignées. Certains y prenaient du plaisir. Ceux-là avaient tous perdu un être cher pendant le génocide. Chaque coup semblait les soulager, mais aggravait en réalité leur plaie intérieure, comme une démangeaison grattée jusqu'au sang.

Marie-Ange avait, quant à elle, choisi le chemin du pardon. Pour beaucoup, l'idée de tendre l'autre joue à ceux qui avaient tué lâchement leur famille semblait impensable. Elle avait pourtant bien compris que cela n'était qu'une image, que le bourreau ne frapperait pas une seconde fois, qu'il s'agissait pour tous de vivre apaisés et heureux. Pour occuper ses journées, elle passait du temps à l'orphelinat géré par l'église. De nombreux enfants arrivaient là après avoir vu leurs parents mourir sous leurs yeux, certains avaient été blessés ou abusés sexuellement. Beaucoup avaient déjà le regard grave d'un adulte. Ces moments passés au centre étaient fatigants pour Marie-Ange, autant physiquement que nerveusement. Elle rentrait elle aussi épuisée, ce qui lui permettait de s'endormir sans espérer un quelconque échange avec son frère.

Quelques semaines plus tard, elle tomba malade. Elle avait envie de vomir le matin en se réveillant et cela durait souvent une bonne partie de la matinée.

— Tu as dû attraper une maladie au centre, lui dit Paul. Reste à la maison quelques jours, on va voir si ça passe. On va attendre un peu avant d'aller voir le médecin, ça coûte trop cher.

Moins cher que tes bières… ne put-elle s'empêcher de penser.

Elle resta quelques jours au calme, mais son état ne s'améliora pas. Comme elle n'avait pourtant pas de fièvre, elle en conclut que son malaise était lié à l'eau ou à la nourriture et retourna à ses occupations. Au bout de quelques semaines, ces sensations étranges disparurent et elle retrouva une énergie qu'elle n'avait plus connue depuis longtemps. Paul ne l'exprimait pas, mais il était content qu'elle aille mieux. Il la voyait reprendre des forces, des formes mêmes. Les collègues célibataires de Paul qui la croisaient parfois se mirent à poser des questions à son sujet, mais il n'en dit pas un mot à sa sœur. Elle ne se douta jamais qu'il espérait pour elle un meilleur destin que d'épouser un homme semblable à celui qu'il était devenu.

Les bières du dimanche s'étaient étendues aux soirs de semaine, puis aux pauses déjeuner, puis à toutes les pauses possibles. Marie-Ange fermait les yeux, que pouvait-elle dire ? C'était lui qui affrontait ce monde et côtoyait les meurtriers, pour qu'ils puissent avoir de quoi vivre. Elle avait essayé de le convaincre de demander une mutation, mais il avait refusé et clos le sujet. Il semblait fasciné par ses rencontres quotidiennes avec les génocidaires. Peut-être espérait-il croiser ceux qui avaient tué sa famille ? Qu'est-ce que cela aurait pu changer ? pensait-elle. Il fallait tourner la page. Les semaines passaient et Paul continuait de glisser chaque jour vers une version plus éloignée du frère qu'il avait été : absent, cynique, le visage marqué. Il ne souriait plus. Marie-Ange fuyait leur maison pour se réfugier aussi souvent que possible dans celle de Dieu. Là, elle pouvait être elle-même, attentionnée, souriante et patiente avec les enfants. Elle avait un appétit d'ogre, finissait en cachette les plats que son frère touchait à peine.

Au bout de quelques mois, elle sentit à nouveau de légères douleurs dans son ventre. Était-elle malade ? Elle ne voulut pas inquiéter son frère et s'en ouvrit à une amie proche qui était venue lui rendre visite et connaissait la médecine traditionnelle. Celle-ci lui demanda de s'allonger pour qu'elle puisse palper son abdomen. Au bout de quelques instants, son amie se mit à sourire :

— Alors, ça te fait sourire que je sois malade ?

— Non, mais ça me fait sourire que tu sois enceinte !

— Quoi, enceinte, moi ?! Mais non, ce n'est pas possible !

Pourtant, elle comprit que c'était vrai. Elle savait aussi qui était le père… Elle n'avait couché avec un homme qu'une seule fois dans sa vie.

— Eh oui, ma belle ! Tu vas donner la vie, Dieu l'a voulu ainsi, loué soit-il ! reprit son amie sans poser de questions indiscrètes sur le père.

— Attends ! Ne dis rien à personne pour l'instant s'il te plaît, je l'annoncerai moi-même à mon frère. Tu me promets ?

— Oui, c'est promis, tu peux me faire confiance. Nous serons là pour t'aider, ne t'inquiète pas.

Marie-Ange appréhendait d'en parler à Paul tout autant que le fait d'avoir été fécondée par un homme blanc. À quoi pourra bien ressembler son enfant ? Elle n'en avait jamais croisé qui soit issu d'une telle union. Et qu'allaient penser les gens d'une mère célibataire avec ce genre d'enfant ?

Peu importe ce que les gens pensent, je l'aimerai et le protégerai comme mon trésor le plus précieux !

Malgré ses interrogations, elle allait porter l'enfant de ce jeune lieutenant. Ils étaient allés l'un vers l'autre sans contrainte, le nouveau-né à venir n'était pas le fruit d'un crime. Elle arrivait même à imaginer en souriant que la petite maison où elle vivait avec Paul résonnerait bientôt des cris d'un nourrisson.

XIII
L'ACCOUCHEMENT

La vie était en elle ! Elle s'était rendu compte qu'elle ne disait plus « je » quand elle se parlait intérieurement, mais « nous » : Qu'est-ce que nous allons manger aujourd'hui ? Nous avons bien dormi cette nuit. Elle se sentait déjà mère. Elle n'avait plus de « sensation étrange », il n'y a rien d'étrange à ce que son enfant s'agite dans son ventre. Et il était particulièrement agité.

Elle reculait le moment d'annoncer la nouvelle à Paul, craignant qu'il réagisse mal. Devait-elle lui dire la vérité au risque de passer pour une fille facile qui ne respectait pas les traditions ou lui faire croire à un viol, pour ne pas avoir à fournir d'explication ? Elle redoutait de décupler sa haine en lui disant qu'elle avait été abusée. Mentir était un péché. Elle ne voulait pas trahir les enseignements de l'Église.

Paul ne remarquait rien. Il rentrait tard, parlait peu et sentait l'alcool. Marie-Ange ne reconnaissait plus son frère et ne trouvait aucun moment propice à son annonce. Ils n'échangeaient pratiquement plus aucun mot. À mesure que les semaines passaient, son ventre s'épanouissait dissimulé sous des vêtements amples qu'elle confectionnait elle-même.

Un samedi soir, Marie-Ange, dont le bébé ne cessait de bouger, n'arrivait pas à trouver le sommeil. Elle était également inquiète de ne pas voir son frère rentrer. Elle dut se lever pour aller vider sa vessie une énième fois. Elle ouvrit la porte de la maison pour voir s'il n'était pas sur le chemin du retour.

Malgré l'obscurité, elle reconnut tout de suite Paul étendu sur un coin d'herbe, à quelques mètres de là. Elle courut vers lui aussi vite que son état le lui permettait. Il marmonnait tout seul dans un demi-sommeil. Il pleurait. Marie-Ange était soulagée de le voir en vie, mais inquiète de le découvrir ainsi, lui jadis si fier et si fort. Elle alla chercher un coussin pour soulever sa tête et un manteau pour le poser sur le haut de son corps.

— Laisse-moi, petite sœur, j'ai honte de moi, bredouilla-t-il.

Elle lui caressa doucement la tête en lui chantant la berceuse que fredonnait leur maman. Sa voix était légèrement tremblante, elle pleurait aussi.

— Tu n'as pas à avoir honte, tu sais, tu es le meilleur frère du monde. Tu es très courageux, tu nous as sauvé la vie. C'est normal que tu souffres avec toutes les horreurs que nous avons vécues et tout ce que tu vois encore chaque jour.

— Je n'ai plus le goût de la vie, je voudrais que tout redevienne comme avant.

— Ça va venir tu sais, il faut être patient et avoir confiance en Dieu.

— Je ne sais pas si je pourrais croire en lui à nouveau, même en me forçant. Tu sais, il y a quelques jours, à la prison, j'ai reconnu quelqu'un. Pourtant, là-bas, je ne vois plus de visages, je ne vois plus d'hommes, je ne vois que des fantômes. Cette personne était de notre village, nous étions à l'école ensemble, nous avons joué et ri ensemble. Il m'a regardé longuement sans rien dire. Il n'avait pas d'expression. Dans son dossier, il était indiqué qu'il était soupçonné d'avoir participé à l'attaque de l'église. C'est peut-être lui qui a tué nos parents, nos frères et sœurs, nos amis, tous, à la machette, avant de mettre le feu. Pourquoi les hommes sont-ils capables de faire ça ? Moi-même, je les regarde mourir tous les jours comme des bêtes.

Les mots avaient jailli de sa bouche comme un torrent un jour d'orage. Il y avait tellement longtemps qu'il gardait tout cela en lui, que la haine, la colère et la tristesse macéraient dans son corps et dans son cœur.

— Je n'arrive plus qu'à haïr, reprit-il en hoquetant.

— Tu m'aimes et je t'aime. Quoi qu'il arrive. Tu dois croire en l'amour, il est plus fort que la haine. Le chemin est long et difficile, mais c'est le seul possible pour ton salut. On va y arriver.

Paul ne répondit pas, il regardait fixement le ciel. Marie-Ange pouvait voir dans la pénombre un mince filet de larmes couler sans discontinuer. Pleure, pensa-t-elle, vide ton esprit de cette rage.

Tel un enfant, Paul se laissa guider docilement jusqu'à sa chambre où il s'endormit immédiatement. Le lendemain matin, malgré ses excès de la veille, il paraissait plus apaisé, ses traits étaient moins tirés, ses yeux moins ternes, et au coin de ses lèvres se dessinait l'esquisse d'un rictus. Ils déjeunèrent d'un bon appétit.

— Dis donc, tu as bien repris des forces toi depuis que nous sommes ici. Est-ce que tu manges les hosties en cachette à l'église ? lui lança-t-il.

Cette blague mit en confiance Marie-Ange. Elle n'avait pas encore déterminé la version qu'elle allait lui annoncer. Elle laisserait son âme choisir.

— Écoute, je dois te confier un secret. Mais avant, je veux que tu me fasses une promesse.

Paul fronça les sourcils.

— Promets-moi de m'écouter jusqu'au bout et de ne pas me juger.

— Ça fait deux promesses, dit-il. Est-ce que c'est si grave ?

— Non, je ne crois pas.

— D'accord, je t'écoute.

— Je ne veux pas te mentir, je ne veux pas te faire de peine non plus. Ça fait longtemps que je cherche à te le dire, mais j'ai gardé le silence de peur de te décevoir.

— Marie-Ange, ne tourne pas autour du pot, vas-y franchement, tu peux me faire confiance quand même.

— Tu te souviens de ce soir au camp de Nyarushishi lorsque je t'ai cherché longtemps ? Le jeune officier venu à ma rescousse en faisant fuir mes agresseurs… Il m'a réconfortée. Ensuite, j'ai remarqué que lorsqu'on se croisait, il me regardait, sans m'aborder. Je me suis dit que s'il m'avait sauvée, c'est que c'était peut-être un signe de Dieu. Un soir, nous nous sommes retrouvés par hasard et il m'a annoncé que ceux qui avaient tenté de me violer avaient été arrêtés. La nuit était belle, nous avons marché un peu ensemble. Nous avons discuté et beaucoup ri. Nous étions attirés l'un vers l'autre. Je savais que ça n'était pas bien, mais je n'ai pas réussi à résister au désir. Il ne m'a pas forcée, je te le promets. J'attends un enfant de lui.

Paul était sans voix. Il lui fallut quelques instants pour reprendre la parole :

— Mais Marie-Ange, tu es vraiment inconsciente ? Que vont penser les gens ?

Les gens penseront bien ce qu'ils voudront je m'en fiche, pensa-t-elle. Après toutes les horreurs que nous venons de traverser je vais donner la vie. Mon frère devrait être heureux pour moi au lieu de se préoccuper de ce que les gens allaient penser.

Paul fixa longuement sa sœur, plongeant dans ses pensées. Il se leva, la prit dans ses bras puis s'agenouilla pour coller son oreille contre son ventre.

— On va prendre soin de cet enfant, ne t'inquiète pas. De toute façon, nous n'allons pas choquer notre famille, nous n'en avons plus. Ça sera lui notre famille maintenant.

À la place de la promenade prévue, Paul lui conseilla d'aller se reposer.

Les jours suivants, il reprit rapidement ses mauvaises habitudes. Mais bien que rentrant tard et alcoolisé, il faisait l'effort d'aider un peu plus sa sœur. Elle avait fait ses calculs, elle venait de passer le septième mois. Après le génocide, beaucoup de femmes seules s'étaient retrouvées enceintes.

Ces enfants n'avaient pas choisi leur père, mais leurs mères, elles, allaient tout faire pour leur offrir une belle vie.

Sur les conseils de son amie, Marie-Ange avait rencontré une accoucheuse qui avait bonne réputation dans le quartier. Il y avait bien un hôpital pas très loin, mais ils n'en avaient pas les moyens. Au bout de quelques semaines, elle ne put presque plus se déplacer. Ses amies de l'église se relayaient pour l'aider. Certaines d'entre elles qui étaient déjà mamans ne cessaient de la réconforter en lui disant que tout allait bien se passer. Vu la taille de son ventre, elle en doutait fortement. Comment son enfant allait-il pouvoir sortir ?

Juste après le huitième mois, elle se réveilla en plein milieu de la nuit. Elle était trempée et se tordait de douleur.

Déjà ? se dit-elle. Le bébé n'est-il pas censé arriver au terme des neuf mois ?

Elle appela à l'aide son frère.

— Paul, j'ai mal, j'ai l'impression qu'il veut sortir !

— Reste allongée, je n'y connais rien mais ça n'est peut-être pas si grave.

Il sortit immédiatement chercher l'accoucheuse, il n'avait jamais couru aussi vite, l'adrénaline lui donnait des ailes.

— Je crois que le moment est venu, lui dit-il, alors qu'elle peinait à émerger de son sommeil.

— Je prends mes affaires et j'arrive tout de suite, retournez auprès d'elle.

Dix minutes plus tard, elle était au chevet de Marie-Ange. Paul l'assistait du mieux qu'il pouvait, mais s'inquiétait de voir sa sœur souffrir autant. Il savait que certaines femmes ne survivaient pas à un accouchement. Quelques heures plus tard, la situation n'avait guère évolué. Le bébé était mal engagé. Marie-Ange perdait des forces. Elle luttait pourtant vaillamment et faisait ce que l'accoucheuse lui demandait. Ses cris avaient réveillé le quartier et des voisines étaient venues relayer Paul qui attendait dehors.

L'une d'entre elles sortit en courant et cria :

— Ta sœur s'est évanouie, elle n'a plus de force, il faut l'emmener à l'hôpital tout de suite.

Paul se souvint qu'un de leur voisin avait un vieux taxi, par chance il n'était pas encore parti. Ils approchèrent la voiture, installèrent Marie-Ange à l'arrière et partirent à peine la portière claquée. Le chauffeur connaissait l'emplacement de tous les nids de poule et parvint à en éviter un très grand nombre. Ils arrivèrent aussi vite qu'ils le purent. À la vue de son état, Marie-Ange fut prise en charge immédiatement.

— Restez ici, nous allons devoir pratiquer une césarienne. Nous vous tiendrons au courant dès que nous le pourrons.

L'attente fut très longue.

Alors qu'il luttait contre le sommeil et avait perdu la notion du temps, une femme très élégante se présenta à lui.

— Vous êtes le frère de Marie-Ange ?

— Oui ?

— Rassurez-vous, tout va bien. Votre sœur est très fatiguée, mais elle est hors de danger. Elle a donné naissance à un garçon en pleine santé. Vous pourrez les voir bientôt.

— Merci beaucoup, madame. Je vous remercie infiniment.

— Maintenant que vous savez les bonnes nouvelles, je vais quand même me présenter. Je suis Ramata Ingabire, responsable de la partie maternité. Venez avec moi dans mon bureau, j'ai quelques questions à vous poser.

Le visage de Paul se ferma malgré l'heureux dénouement. Il la suivit docilement.

— Votre sœur a accouché d'un bébé métis, vous étiez au courant ?

— Oui, madame.

— Rassurez-vous, cela n'a rien d'illégal, mais nous souhaitons avoir quelques renseignements pour le bien de l'enfant. Connaissez-vous le père ? Est-ce que votre sœur a été abusée ?

Paul n'était pas dupe, il ne savait pas où elle voulait en venir mais l'avalanche de questions à laquelle il faisait face l'incitait à la prudence.

— Oui, madame, par des soldats français. Elle ne connaît pas le père.

— C'est bien ce que je pensais. Nous avons proposé à votre sœur de donner son enfant à une très belle association qui s'occupe des orphelins et leur offre une seconde vie plus facile en Europe. Les bébés métis sont très demandés, vous savez. Ici, il n'aura pas une vie facile. Elle a refusé. Pensez-vous pouvoir la convaincre ?

— Non, madame, elle a toujours rêvé d'être mère et ne laissera pas son fils être élevé par quelqu'un d'autre.

— Très bien, je comprends. Dans ce cas, pensez-vous avoir les moyens de payer les frais de l'accouchement ? Avec la césarienne, ça risque de coûter cher.

Paul sentit le piège se refermer sur eux. Cette belle dame voulait certainement qu'ils lui confient le nouveau-né pour effacer l'ardoise.

— Oui, nous avons des terres, nous les vendrons pour vous payer.

— Je vous fais confiance. Revenez demain, vous pourrez les voir. Bonne journée.

DEUXIÈME PARTIE

XIV
CLAIR DE PEAU

Bip… Bip… Bip…

Marie-Ange avait l'impression de se promener dans la forêt, mais, à la place du chant des oiseaux, elle entendait ce bruit nouveau et entêtant. Les odeurs n'étaient pas non plus celles qu'on devait percevoir parmi les arbres. Ça sentait l'alcool et d'autres effluves qu'elle ne connaissait pas. Elle n'avait pas l'impression de marcher, mais de flotter. Elle savait qu'elle rêvait, mais revenir à la réalité lui paraissait demander un effort surhumain. Elle réussit enfin à ouvrir les yeux pour découvrir un endroit totalement inconnu. Que faisait-elle ici ? Où était-elle ? Elle essayait de trouver une explication à sa présence dans ce lieu. Elle regarda son ventre arrondi et, par flash, les souvenirs commencèrent à affluer. Elle avait commencé l'accouchement en pleine nuit, chez elle, avec cette dame que son frère était allé chercher. Elle avait poussé de toutes ses forces, sans succès. Elle avait eu si mal, et tellement envie que son enfant sorte. Pour le voir, bien sûr, mais aussi pour que la souffrance cesse. Ensuite, elle ne se souvenait plus de rien. Que lui était-il arrivé ? Était-il en vie ? Son ventre se serra, et comme après la décharge électrique d'un défibrillateur, tous ses sens se remirent en route instantanément.

Elle essayait d'appeler au secours, mais presque aucun son ne sortait de sa bouche, sa voix était si faible qu'elle pouvait à peine chuchoter. Pourtant elle s'entendait crier : mon enfant, où est mon enfant ? À l'aide, je veux le voir !

Son corps était comme une batterie vide. Ces quelques efforts l'avaient épuisée, elle sombra dans le sommeil.

Quand elle ouvrit à nouveau les yeux, une infirmière se tenait devant elle. Elle était jeune et souriante, elle portait une tenue d'un blanc immaculé. Marie-Ange crut un instant voir apparaître un ange.

— Bonjour, lui dit l'apparition avec douceur.

Marie-Ange la fixa, les sourcils froncés.

— Ne vous inquiétez pas, votre fils va bien et vous aussi. Vous étiez évanouie quand vous êtes arrivée ici, nous avons dû pratiquer une césarienne.

— J'ai un fils ?

— Oui, et il est très beau.

La jeune mère pleura.

— Mon fils, j'ai tellement hâte de te rencontrer.

Elle pensa alors à toutes ses épreuves, le tourbillon de haine, la peur, la mort, les siens qui avaient disparu. Tout cela lui parut irréel. Mais un enfant pouvait panser ses plaies, redonner un sens à sa vie.

— Savez-vous comment vous allez l'appeler ?

— Oui, je vais l'appeler Jean-Jacques en souvenir de deux de mes frères disparus.

— C'est un très joli prénom. Et un bel hommage aussi. Ils le protégeront de là où ils sont, j'en suis certaine. Je vais aller voir s'il est réveillé et notre directrice viendra vous l'apporter. Vous n'avez besoin de rien ?

— Si, de mon fils.

L'infirmière lui sourit et sortit de la pièce.

Marie-Ange ne pouvait pas se rendormir, elle aurait voulu partager sa joie avec Paul. Où était-il ? Un voile de chagrin vint assombrir son visage, comme une averse d'orage soudaine. Elle entendit des pas dans le couloir. Une dame distinguée tenait un bébé dans ses bras. C'était le sien, elle le ressentit au plus profond de son corps, de son ventre, de son âme. Elle n'avait jamais éprouvé une telle sensation.

— Bonjour Marie-Ange, voici votre fils, nous allons l'installer et vous allez essayer de lui donner le sein.

— Bonjour, mon fils. Tu es tellement beau. Je suis ta maman. Je t'aime.

La dame les laissa tous les deux faire connaissance. Marie-Ange voulait le sentir, le caresser, lui parler. Elle avait tellement de choses à lui raconter. Jean-Jacques, lui, cherchait surtout à accéder à son sein. Elle l'y porta délicatement et la magie s'opéra immédiatement. Le nourrisson avait trouvé la source de la vie et s'y abreuvait goulûment.

Pendant qu'elle l'allaitait, la directrice prit la parole.

— Bravo, vous y êtes arrivée du premier coup. Je m'appelle Ramata Ingabire, j'ai la difficile mission de faire fonctionner ce centre de soins.

Marie-Ange l'écoutait distraitement.

— Puis-je vous demander si vous connaissez le père de votre enfant ? Vous n'êtes pas obligée de me répondre, mais c'est notre procédure.

— Oui…

— Pensez-vous le revoir ?

— Je ne sais pas… Je ne suis pas sûre.

— Je vois. Pensez-vous pouvoir subvenir aux besoins de votre enfant, lui offrir une belle vie ?

— Je vais tout faire pour y arriver. Et puis mon frère Paul m'aidera.

— Avez-vous d'autres membres de votre famille vivants pour vous aider ?

— Non…

— Je vois. Vous savez, élever un enfant de la guerre quand on est une mère seule n'est pas une chose facile. Ici, nous proposons aux mères qui veulent que leur enfant ait une belle vie de faciliter leur adoption en Europe, loin de la guerre et de la misère. C'est une décision difficile, prenez le temps d'y penser, nous en reparlerons.

Hébétée, les yeux hagards, Marie-Ange serra instinctivement son fils contre elle.

— Je vous remercie mais cet enfant est le fruit de l'amour et je prendrai soin de lui toute ma vie, peu importe les efforts et les sacrifices. Il est tout pour moi désormais, et je serai tout pour lui.

La directrice la regarda longuement, visiblement suspicieuse.

— Je comprends. Prenez le temps d'y réfléchir avec votre frère, ne vous décidez pas trop rapidement sans penser à son bonheur. Et puis, vous savez, votre fils est métis, il risque d'avoir une vie difficile ici.

— Madame, l'amour n'a pas de couleur, nous sommes tous des enfants de Dieu.

Marie-Ange commençait à s'agacer de son insistance. Pouvait-on à ce point être amputé du cœur ?

— Votre enfant a fini de téter, je vais le poser dans son lit à côté de vous. Il est né prématuré de quelques semaines, il a besoin de dormir et de prendre des forces.

Elle l'installa sous une couverture et sortit. Marie-Ange aurait voulu qu'elle ne le touche pas. Elle ne pouvait pas quitter son fils des yeux. Non, il n'aurait pas une plus belle vie loin d'elle. Non, elle ne l'abandonnerait pas. Non, elle ne se laisserait convaincre par aucun argument, elle préférerait manger de la terre toute sa vie plutôt qu'être séparée de son fils. Elle ne quitterait plus jamais sa famille.

— Un jour, nous irons en France pour retrouver ton père, je t'en fais la promesse.

Quelques minutes plus tard, Paul arriva enfin. Il s'arrêta devant le berceau et prit la main de sa sœur.

— Il est beau ton fils. Alors quel prénom as-tu choisi ?

— Il s'appelle Jean-Jacques…

— Alors il sera fort, drôle et intelligent comme nos deux frères réunis !

— Oui, j'en suis sûre. Elle souriait en pensant à eux et en imaginant son fils adolescent.

Ils restèrent de longues minutes sans rien dire, goûtant le bonheur silencieusement. Puis Paul reprit la parole :

— As-tu rencontré la directrice ?

— Oui, je ne l'aime pas, elle m'a proposé de faire adopter Jean-Jacques. Jamais je ne l'accepterai.

— Ne t'inquiète pas. J'irai au village vendre les terres de notre famille pour payer l'hôpital. Notre vie n'est plus là-bas de toute façon. J'espère même qu'il restera un peu d'argent pour l'école de Jean-Jacques.

Elle le regardait avec un regard plein de reconnaissance. Il avait toujours été là pour elle.

— Si Dieu le veut, tu auras bientôt la chance d'avoir un fils ou une fille à ton tour, lui dit-elle. Je t'aiderai à trouver à l'église une belle femme qui sera heureuse d'avoir un mari comme toi.

— Si Dieu existe vraiment, peut-être mettra-t-il sur ma route une personne aussi parfaite que toi, petite sœur. Je vais aller voir la directrice, repose-toi pendant que le petit dort.

Paul marchait d'un pas décidé vers le bureau de la responsable. Il ne croyait pas en Dieu, mais la foi de Marie-Ange lui donnait confiance. Cet enfant leur offrait un but et un avenir. Il allait pouvoir tourner la page du passé, chasser ces cauchemars qui le poursuivaient chaque nuit et se détacher de l'enfer qu'il voyait chaque jour. Il espérait enfin trouver du répit ailleurs que dans l'alcool. Il arriva au bureau, frappa et entra quand on le lui indiqua.

— Bonjour, madame.

— Bonjour, asseyez-vous. Votre neveu est magnifique. J'ai échangé avec votre sœur, elle m'a confirmé qu'elle souhaitait le garder, je ne vous poserai plus la question. Vous savez, c'est difficile pour moi aussi d'enlever un enfant à ses parents, mais nous pensons d'abord à lui et à son avenir. Je ne suis pas une mauvaise personne, je fais simplement mon travail du mieux possible, dans une mauvaise période.

— Nous allons vous payer. Comme je vous l'ai dit, dès que ma sœur pourra sortir et s'occuper seule de l'enfant, je partirai vendre nos terres.

— Je vous fais confiance, et je vais veiller à ce qu'on vous fasse un prix raisonnable. J'ai compris que vous n'avez plus d'autre famille et que vous êtes au FPR, alors nous allons faire au mieux.

— Je vous remercie, répondit-il, surpris malgré tout par ce changement d'attitude.

Dans la pièce où se trouvaient Marie-Ange et son fils, les cris du nourrisson retentirent. Sa mère le remit aussitôt au sein. Prends tout ce que tu veux, pensa-t-elle. Il faut que tu grandisses et que tu deviennes fort. Quand tu seras grand, je te raconterai qui étaient tes grands-parents et tes oncles et tantes. Tu aurais aimé les connaître, tu sais. Ton papi était très intelligent. Ta mamie était douce et elle était la meilleure cuisinière du village. J'espère que tu pourras dire la même chose de moi plus tard. Tes oncles étaient drôles et très malins. On n'arrêtait jamais de jouer et de rire. Tu verras, je retrouverai ton père et toi aussi tu auras plein de frères et sœurs pour t'amuser et grandir avec eux. Et puis, il y a Paul. Il t'emmènera dans notre village, pour que tu voies la terre de tes ancêtres, là où nous avons grandi, là où ont été plantées tes racines, là où les collines succèdent aux collines.

Jean-Jacques l'écoutait sagement, les yeux mi-clos, sans cesser de téter.

XV
UN DOUX POISON

Dès que Marie-Ange et le petit Jean-Jacques furent installés dans leur maisonnette, Paul partit en direction de leur village d'origine pour s'occuper de la vente de leurs terrains. La jeune mère se consacra tout entière à ce minuscule fils qu'elle avait mis au monde et qui semblait avoir toujours faim. Elle le nourrissait aussi souvent que possible et s'endormait dès qu'il fermait les yeux, épuisée. Elle rêvait aussi à leur avenir commun, imaginant cette naissance comme une renaissance pour elle et son frère. Elle espérait que ce bébé l'aiderait à formuler ses projets d'avenir et que Paul réussirait enfin à fuir ses démons. La présence de son neveu l'aiderait peut-être à modérer sa consommation d'alcool, et peut-être elle-même parviendrait-elle à le convaincre d'aller à l'église et de se confier au prêtre. Elle savait que seul le pardon délivrerait son frère des fantômes qui le détruisaient peu à peu et Marie-Ange ne voyait pas d'autre moyen que la foi pour y conduire Paul. Après quelques jours, alors qu'elle somnolait dans le canapé, un homme se présenta à sa porte, l'air grave.

— Bonsoir, Marie-Ange. Je suis Joseph, je travaille avec Paul, annonça-t-il, les yeux fuyants.

— Bonsoir, répondit-elle avec méfiance.

Elle n'avait pas l'habitude de parler avec des inconnus et cette situation étrange à cette heure tardive ne lui disait rien qui vaille.

— Je viens de la part de ton frère. Il a de gros problèmes…

— Mon frère ? Qu'est-ce qui se passe ? s'inquiéta aussitôt Marie-Ange.

Elle ne comprenait pas, il était censé se trouver au village, pourquoi cet homme lui parlait du travail à la prison ?

— Assieds-toi, je vais tout t'expliquer.

Ce qu'il lui raconta alors la laissa épouvantée. Son frère adoré, son cher Paul, qui devait revenir avec de quoi payer la clinique et peut-être les études de son neveu, son protecteur de toujours, croupissait dans une prison réservée aux soldats du FPR. L'homme qui disait s'appeler Joseph y était gardien. Il avait reconnu Paul, dont il avait été le collègue, quelques mois auparavant. Celui-ci l'avait chargé de venir annoncer la terrible nouvelle.

— Mon frère en prison ? balbutia la pauvre Marie-Ange, mais pour quelle raison ?

— Meurtre

Le sol sembla se dérober sous les pieds de la jeune mère. Elle entendit la suite des explications à travers un brouhaha de pensées affolées. Son frère avait revu les parents qui leur restaient au village et un cousin lui avait appris, comme une bonne nouvelle, que le meurtrier de leurs deux frères avait été arrêté. Paul avait alors demandé à le rencontrer, prétextant vouloir lui accorder son pardon. On l'avait alors conduit dans la prison où le tout jeune homme était enfermé. Le meurtrier n'était qu'un gamin, qui n'avait exprimé qu'un seul regret : ne pas avoir pu terminer le travail en assassinant le reste de la famille. C'est alors que Paul, encore saoul de la veille, l'avait égorgé avec un tesson de bouteille qu'il avait sorti d'une de ses poches.

Marie Ange crut mourir en écoutant le sordide récit. Son frère, parti chercher de quoi assurer leur avenir, avait effectué un aller simple en enfer. Il s'était condamné lui-même et allait les entraîner, son fils et elle, dans sa chute.

Je peux t'arranger une visite, demain, vers midi, si tu veux, termina le funeste messager, navré devant le désespoir de la jeune mère, dont le dénuement était évident.

— Avec les collègues, nous pourrons organiser une rencontre avec ton frère. Il faudra que tu sois forte.

Marie-Ange ne voulait plus être forte. Elle voulait que le cauchemar cesse enfin et qu'elle puisse vivre heureuse. Pourquoi Dieu voulait-il tant la mettre à l'épreuve ? Seule la présence de son fils lui permit de ne pas s'effondrer après le départ de l'homme.

Le lendemain, après avoir confié son nouveau-né à une voisine, elle prit la route de la prison. Sur place, elle retrouva Joseph qui l'attendait.

— Vous avez trente minutes, lui précisa-t-il, c'est tout ce que nous pouvons faire.

Elle pénétra dans une pièce exiguë où Paul était assis, bouffi par les larmes et l'alcool. Il la prit dans ses bras.

— Ma petite sœur, je suis désolé. Je voulais essayer de pardonner, mais je n'ai pas réussi. Il m'a traité de cafard, nous a tous traités d'insectes qu'il aurait fallu exterminer.

De gros sanglots le secouèrent, à moins que ce ne soient des tremblements de rage.

— Il m'a dit que seuls les lâches pardonnaient… puis il m'a raconté… il m'a tout raconté, se reprit Paul, épargnant sa petite sœur dans un ultime réflexe.

Sa vie allait sans doute s'achever mais il ne voulait pas lui confier ce que ce gamin de seize ans à peine lui avait jeté au visage : qu'il avait pris du plaisir à couper lentement leurs frères à la machette, qu'il avait mis le feu à l'église le lendemain, qu'il avait ri en entendant les victimes hurler de douleur.

— C'était un démon. Crois-moi, déclara-t-il, d'un ton farouche, avant de s'effondrer à nouveau. Je ne me souviens même plus de ce que j'ai fait, comme si c'était quelqu'un d'autre qui avait agi à ma place.

— Oh, Paul, j'aurais dû venir avec toi, répondit Marie-Ange en sanglotant.

— Tu n'y pouvais rien. Dieu l'a peut-être voulu ainsi, car je n'étais plus capable de pardonner. Mon âme était déjà morte, tu sais, je n'étais plus moi-même depuis longtemps. Et puis, l'homme que j'ai tué ne méritait pas le pardon.

— Non, tu aurais pu avoir une nouvelle vie. Rester avec moi et Jean-Jacques, être comme un père pour lui.

— C'est trop tard… Et puis on ne sait jamais, peut être que je ne serais condamné qu'à quelques années de prison…

— Oui, il faut garder espoir ! Les juges comprendront sûrement que tu es un homme bien.

— Écoute-moi attentivement, reprit-il en la regardant droit dans les yeux. Au cas où ça ne soit pas le cas, sache que j'ai vendu nos terres à notre oncle Aristide. Il a promis de rembourser l'hôpital et de verser tous les ans de quoi payer les études de Jean-Jacques. Il respectera sa parole.

Marie-Ange essayait d'écouter, malgré les pleurs qu'elle ne pouvait retenir. Les minutes passèrent à une vitesse folle. Quand Joseph réapparut, il lui sembla qu'elle venait à peine d'arriver.

— Allez, il faut partir maintenant ou alors je vais avoir des problèmes.

Paul prit sa sœur dans ses bras et la serra aussi fort qu'il le put.

— Prends soin de Jean-Jacques. Il est l'avenir de notre famille. Je suis sûr qu'il aura un destin extraordinaire.

— Je te le promets…

— À bientôt, ma sœur adorée.

— À bientôt, mon frère chéri.

Joseph dut presque arracher Marie-Ange à l'étreinte de son frère et l'aider à sortir de la prison. Elle pouvait à peine marcher, vacillant sous les coups du sort s'acharnant contre eux.

Quelques jours plus tard, Paul fut condamné à la peine capitale et exécuté pour l'exemple. Il fallait faire cesser les vengeances personnelles pour que la paix revienne.

XVI
SURVIVRE DANS L'ARÈNE

Marie-Ange resta seule avec son fils. Il était la planche de salut qui l'empêchait de sombrer, son espoir d'une vie meilleure, la continuité des siens. Elle trouverait peut-être en le regardant grandir un détail physique ou une expression qui pourrait ressembler à l'un d'entre eux. Elle leur devait de se battre pour lui offrir une belle vie. Et pour cet officier, dont elle ne connaissait que le prénom mais qu'elle avait aimé même quelques instants. Elle ne savait rien de l'amour à part ce qu'elle en avait lu dans les livres et leur brève histoire pouvait y ressembler. Elle repensait à lui épisodiquement et s'accrochait à l'idée de le retrouver. Pour elle, pour son fils, pour coller à la fable qu'elle lui raconterait, à celle dont elle voulait se persuader. Hélas, plus le temps passait, moins elle était sûre de pouvoir le reconnaître. Ses souvenirs comme ses certitudes s'effaçaient peu à peu.

Pour le moment, elle devait survivre et trouver un moyen de subvenir à leurs besoins. Elle avait reçu de son oncle, qui avait tenu parole, un peu d'argent de la vente du terrain. Il avait appris la mort de Paul et s'était hâté de lui venir en aide. Cet argent devait servir à payer l'hôpital, mais elle en avait un besoin vital. Quelques jours après les funérailles, elle se décida à aller voir l'élégante directrice. Après une longue attente, elle fut introduite dans son bureau :

— Bonjour, Marie-Ange. J'ai appris pour votre frère, c'est une triste nouvelle.

— C'était quelqu'un de bien, mais la colère l'a rendu fou.

— Qu'allez-vous faire maintenant ? Avez-vous changé d'avis concernant votre enfant ?

— Non, madame, je viens vous demander un délai pour le paiement. Je n'ai plus que l'argent que je vous dois pour survivre.

— Je comprends votre situation, mais je ne peux pas faire crédit comme je le veux et à qui je veux, l'hôpital a besoin de cet argent pour vivre.

— Je peux peut-être faire quelque chose pour vous, ajouta la directrice après un silence. Je peux suspendre votre dette jusqu'à ce que vous soyez capable de retourner travailler puis vous embaucher à l'hôpital pour que vous puissiez nous rembourser petit à petit. Nous aurons sûrement un poste à pouvoir dans l'équipe de ménage.

— Oh madame, oui ! répondit Marie-Ange, les larmes aux yeux. Je vous remercie infiniment, c'est Dieu qui vous a mise sur ma route.

Elle sortit un peu rassurée de l'entretien et sourit à Jean-Jacques alors qu'il commençait à pleurer pour réclamer son dû.

— Mais quel goinfre tu es ! Tu vois mon fils, il n'y a pas que des gens méchants sur cette terre, il faut garder espoir en l'humanité, cette dame est notre ange gardien !

Jusqu'au premier anniversaire de son fils, la vie de Marie-Ange se résumait donc à prendre soin de lui, et de son maigre pécule qu'elle devait faire durer le plus longtemps possible. Au marché, elle essayait de trouver les prix les plus bas, les négociait en acceptant les produits abimés ou bien attendait la fin de la journée quand les vendeurs commençaient à brader leurs marchandises. Elle était devenue experte en la matière. Le seul plaisir qu'elle pouvait s'offrir était d'aller chanter à l'église. Dès les premières notes de musique, un frisson parcourait son corps, elle sentait monter du fond de ses entrailles l'envie de mêler sa voix à celle des autres. À travers sa bouche grande ouverte, elle avait l'impression de laisser s'échapper ses problèmes. Elle finissait chaque messe épuisée, mais heureuse, comme purgée de toute pensée négative.

Jean-Jacques grandissait bien. Il se nourrissait abondamment. Cependant il avait un sommeil troublé, semblait faire des cauchemars, pleurait et s'agitait beaucoup. Marie-Ange, qui n'avait pas beaucoup d'éléments de comparaison, pensait que cela était normal.

Comme il était relativement calme pendant la journée, Marie-Ange se décida à prendre la direction de l'hôpital. Elle était reconnaissante envers madame Ingabire et tenait à être honnête avec elle. Elle travaillerait dur pour la remercier de sa générosité.

La directrice ne put la recevoir mais son assistante lui indiqua que des consignes avaient été données pour qu'elle puisse intégrer l'une des équipes de nettoyage.

Bien calé dans le dos de Marie-Ange, Jean-Jacques était bercé par ses mouvements et somnolait. Sa mère, quant à elle, n'avait pas la chance de pouvoir se reposer de ses nuits sans sommeil. Elle était si fatiguée qu'elle s'était déjà endormie dans une réserve ou une chambre où elle s'était assise quelques instants. Heureusement, son fils, contrarié par la position statique, fonctionnait comme une alarme et la réveillait systématiquement après quelques minutes.

Ses voisines et amies de l'église la voyaient s'épuiser ainsi à la tâche chaque jour avec un mélange d'admiration pour son immense courage, et de crainte pour sa santé. Elles ne savaient pas vraiment comment l'aider, devant elles-mêmes faire face à leurs propres problèmes. Certaines lui avaient déjà conseillé de prendre un homme qui pourrait subvenir à ses besoins. Un homme riche de préférence, un militaire ou un homme d'affaires. Elle était belle, elle n'aurait aucune difficulté à les étourdir. Marie-Ange les écoutait, sans les entendre.

Les mois passèrent. Chaque journée était à la fois un dur combat et une tendre relation entre une mère et un fils qui ne se quittaient jamais. Ils étaient fusionnés. Jean-Jacques devenait de plus en plus lourd à porter. Mais sa mère ne se plaignait jamais. Elle aimait tant sentir sa chaleur dans son dos, percevoir ses mouvements, entendre ses balbutiements au plus près de ses oreilles. Elle savait qu'elle serait bientôt privée de ce plaisir, d'autant plus qu'il avait très rapidement appris à marcher. Alors que les autres bébés de son âge tanguaient dangereusement, il s'avançait parmi eux avec assurance.

C'était un beau bébé métissé. Marie-Ange n'était pas dupe des conversations chuchotées dans son dos, dans son quartier, à l'église ou à son travail. Oui, elle l'avait eu avec un Blanc. Non, elle n'avait pas été violée. Elle aurait voulu le hurler à la face du monde, mais n'en avait pas l'énergie. Et puis à quoi bon ? Les gens penseraient de toute façon ce qu'ils voulaient.

Économisant chaque mois sur son salaire, elle avait fini par rembourser les frais de son accouchement. Le trajet, les horaires et le poids de son fils étaient de plus en plus difficiles à supporter. Elle avait payé sa dette et aspirait à trouver un travail qui pourrait mieux lui convenir. Ses talents de négociatrice, qu'elle avait développés en discutant âprement chaque achat pour ne pas grever son maigre budget, ainsi que sa beauté, avaient tapé dans l'œil de l'un des plus importants commerçants du marché de Kimironko. Chaque fois qu'il la croisait, il lui proposait en plaisantant de l'embaucher.

— Ça me coûtera moins cher que de tout te vendre à moitié prix ! disait-il en riant.

Elle alla le voir et s'assura qu'elle pourrait venir avec son fils avant que celui-ci n'intègre l'école. Trop heureux de pouvoir compter sur un tel élément, son futur patron accepta immédiatement.

Au marché, Marie-Ange semblait avoir trouvé sa vocation. Les clientes, et quelques rares clients, venaient surtout pour elle car elle était vive dans les échanges et douée en calcul. L'étal dont elle avait la charge était parfaitement ordonné. Les fruits et légumes regroupés par couleurs formaient une harmonie subtile. Ils étaient la preuve de l'abondance divine dont bénéficiait le Rwanda. Des patates douces obèses, des haricots longs comme des doigts, des mangues toujours à point, des bananes interminables, des avocats disproportionnés, seuls les ananas étaient tous petits, mais si concentrés en sucre qu'ils avaient un goût de bonbons. Elle variait chaque jour sa présentation en fonction des arrivages, peignant une toile de primeurs qui éblouissait son fils. Son plus grand bonheur était cependant de pouvoir passer ses journées avec Jean-Jacques. Elle s'émerveillait de chaque progrès. Il était souriant et paraissait curieux de tout. Du bout de ses petits doigts potelés, il voulait toucher tout ce qui était à sa portée. Sa mère le surveillait toujours d'un œil et le ramenait au point de départ quand il partait trop loin.

— Jean-Jacques, reviens ici s'il te plaît. Ne t'en va pas trop loin. Reste avec maman.

Elle le voyait découvrir le monde et tenter de se connecter au langage. Ses yeux neufs semblaient découvrir une telle variété de choses qu'il s'y perdait un peu. Mais petit à petit, les mots devinrent justes, puis formèrent des phrases.

— Maman j'ai vu un mouton ! J'ai vu une poule ! J'ai vu un cochon !

Tout était prétexte à une nouvelle excursion hors des limites autorisées.

— On ira les voir ensemble après.

— Mais après ils seront plus là !

Les années passèrent vite, Marie-Ange savait que Jean-Jacques allait devoir intégrer l'école. Elle redoutait ce jour. Mais elle tenait à ce qu'il puisse s'y instruire et s'offrir un autre destin que le sien. Elle sentait qu'il avait des capacités. Tout le monde le lui disait : Il n'est pas bête ton fils, dis donc ! Il a déjà tout compris, il n'arrête pas de poser des questions.

Lorsqu'il eut six ans, Marie-Ange l'inscrivit à l'école du quartier. Elle avait contacté son oncle qui avait confirmé qu'il prendrait en charge les frais. « Une parole est une parole ». Mais il précisa que tout le reste sera à la charge de Marie-Ange.

— Tu devrais prendre un homme, lui avait-il aussi conseillé à la fin de sa lettre.

Un homme oui, mais lequel ? Elle voyait bien qu'elle plaisait aux hommes. Au marché, certains venaient la voir et restaient là à essayer de plaisanter alors qu'elle avait du travail. À l'église aussi, certains s'intéressaient plus à elle qu'au salut de leur âme. Ça la flattait, ça l'amusait, mais ça ne l'intéressait pas. Elle sentait aussi que son enfant à la peau claire faisait l'objet d'interrogations, de réticences. Qu'importe ! Et quel intérêt d'avoir un homme si c'était pour lui faire à manger, le ménage et la lessive pendant qu'il irait boire avec ses amis ? Elle voulait être amoureuse, pas juste être une épouse.

Marie-Ange avait acheté de belles chaussures et un cartable neuf à son fils. L'uniforme était fourni par l'école. L'idée d'être enfermé dans une salle de classe n'enchantait guère Jean-Jacques, qui ne connaissait que les plaisirs d'une vie libre.

— Maman, je préfère rester avec toi.

— Tu ne vas pas commencer, hein ! L'école c'est merveilleux, tu vas apprendre des choses incroyables. Et quand tu seras grand, tu pourras choisir le métier que tu veux comme piloter des avions ou devenir médecin.

— Mais moi je veux juste rester avec toi.

— Bon, allez maintenant, il faut y aller, tu vas être en retard. Amuse-toi bien et fais-toi plein de copains, mais pas trop de copines, c'est ta maman, ta chérie ! lui dit-elle avec un grand sourire qui cachait ses inquiétudes et sa mélancolie.

Elle ne lui fit qu'un seul baiser et lui tourna le dos après l'avoir poussé derrière les immenses grilles qui marquaient l'entrée de ce nouvel univers.

XVII
L'ENVOL

Tout paraissait disproportionné, la taille des bâtiments, l'immensité de la cour, le nombre infini d'enfants, l'intensité des sons et des mouvements… Jean-Jacques se sentait seul et perdu parmi la foule et les cris.

Il se dirigea vers un grand monsieur qui semblait accueillir et répartir les élèves selon leur âge.

— Tiens, nous avons un petit cul blanc cette année ! Tu cherches ta classe, j'imagine ? Comment t'appelles-tu ?

— Jean-Jacques Mugisha, lui répondit-il sans avoir vraiment compris ce qu'on venait de lui dire.

— Laisse-moi regarder. Tu es là-bas, dans le dernier bâtiment, avec monsieur Bizima. Dépêche-toi ! Tu vas être en retard !

L'enfant fit volte-face et se mit à courir vers sa classe où les autres étaient déjà en rang par deux en attendant les instructions du maître. Il se joignit à la file. Quelques instants après, un garçon le rejoignit. Il le regarda puis cria pour que tout le monde l'entende.

— Au secours, je vais pas commencer l'année avec un Blanc raté !

Tous les enfants se retournèrent et éclatèrent de rire, par mimétisme, sans même comprendre pour la plupart.

Jean-Jacques se sentit comme fusillé par des dizaines de paires d'yeux. Il ne savait pas quoi répondre. Il était différent des autres enfants et sentait confusément qu'il allait le payer cher.

— Ça suffit, du calme ! La voix du professeur couvrit les rires. Rentrez en classe en silence !

La file s'était allongée et calmée. Ils rentrèrent sans bruit et prirent place au hasard, proches de leurs amis pour ceux qui en avaient.

Ils étaient trois par table. Jean-Jacques, lui, se retrouva seul. Deux filles arrivèrent en dernier et n'eurent pas d'autre choix que de se joindre à lui.

La journée fut interminable. Surtout les récréations. Il essaya de rester dans un coin pour ne pas attirer l'attention et réussit si bien que personne ne vint lui parler. Il ne savait pas s'il devait en être soulagé ou triste.

Quand il fut libéré, Jean-Jacques courut aussi vite que possible vers le portail. Sa mère était là.

— Alors mon chéri, ça s'est bien passé ? Tu t'es fait des amis ?

Il attendit de s'être un peu éloigné de l'école et éclata en sanglots.

— Non, maman. Je ne veux pas y retourner.

— Qu'est-ce qui s'est passé ?

— On m'a appelé le « Blanc raté », tout le monde s'est moqué de moi et personne n'est venu me parler.

— Moi je crois qu'ils sont jaloux parce que tu es le plus beau.

Pris de hoquets, il ne pouvait plus parler. La tristesse et la déception qu'il avait contenues toute la journée l'empêchaient désormais de parler.

— Allez, viens ! Je vais t'offrir un gâteau, celui que tu aimes tant. Ne t'inquiète pas, c'est le premier jour, c'est toujours comme ça. Après ça va aller mieux et tu vas te faire des amis.

XVIII
OSTRACISATION

Les jours passèrent et pourtant rien ne s'arrangea. Plus le temps passait et plus il devenait difficile de se lier d'amitié. Les groupes s'étaient déjà formés, les affinités se créaient, sans lui.

Si la plupart des enfants étaient indifférents, l'un d'entre eux avait décidé de faire de Jean-Jacques son souffre-douleur. Il s'appelait Pierre. Il avait l'arrogance de ceux qui ont tout, la force, la confiance et l'argent. Son père, le colonel Mugabe, était un militaire haut gradé. Même les professeurs n'osaient pas le contrarier. Depuis le premier jour de classe, Pierre l'avait baptisé le « Blanc raté » et avait décidé que ce sobriquet lui collerait à la peau. Jean-Jacques passait ses récréations à éviter son bourreau et ses sbires, tous prêts à le martyriser pour faire rire leur chef.

Au début, chaque soir, il revenait plein de rage, en pleurs, et racontait tout à sa mère qui l'écoutait patiemment mais ne savait pas comment l'aider. Devait-elle le cajoler au risque de le rendre plus faible ? Elle se sentait désemparée et avait expliqué la situation au prêtre qui lui avait conseillé de s'en remettre à Dieu. Elle s'était aussi renseignée sur le petit Pierre, fils du colonel Mugabe, seigneur de guerre tout puissant. Même si elle allait voir le professeur ou le directeur, personne n'oserait se dresser contre lui. Elle avait donc pris le parti d'encourager son fils à résister, lui conseillant de ne se battre qu'en dernier recours. Elle lui martelait tous les jours la même phrase en espérant qu'il puise au fond de lui-même les ressources pour tenir :

— Ne pleure pas, bats-toi, personne d'autre que toi ne va t'aider.

Jean-Jacques ne se plaignait plus le soir. Il s'était inventé un ami imaginaire, avec qui il s'entendait à merveille. Il racontait à sa mère leur loyauté indéfectible, les jeux qu'ils imaginaient, les repas qu'ils partageaient. Elle était ravie.

Mais au fil des semaines, sa situation ne cessait d'empirer. Les enfants qui étaient restés jusque-là indifférents commençaient aussi à se prendre au jeu. Pour briller aux yeux de Pierre, les garçons redoublaient d'inventivité pour s'attaquer physiquement ou moralement à Jean-Jacques. La première année, les insultes se limitaient à « Blanc raté ». Puis vinrent les « bâtard », le « Français », le « traître », le « Blanc fragile » et tant d'autres.

Les mots ne le blessaient plus. Une flèche de plus ou de moins… Qu'importe ! Il s'intéressait principalement à l'intensité avec laquelle ils étaient prononcés, elle était annonciatrice de la suite. Sur un ton neutre, ces insultes étaient une façon de le saluer. Jean-Jacques avait même réussi à percevoir un peu d'empathie dans certaines injures. On te traite de Blanc raté, mais au fond, on n'a rien contre toi. Lorsque les qualificatifs étaient crachés avec hargne, il fallait fuir. Il était une gazelle entourée de lions bien nourris, qui ne voulaient pas le dévorer, mais ne se privaient pas de se montrer cruels. Son instinct animal, son système d'alerte interne, lui permettait de survivre.

Pendant les quatre années qu'il passa dans cette école Jean-Jacques ne fut pas toujours dans la même classe que son bourreau. Cela lui permettait de souffler un peu pendant les cours. Durant les récréations, il avait repéré quelques endroits où il pouvait se faire oublier. Quand il était découvert et que certains voulaient en venir aux mains, il ne reculait pas si le combat lui paraissait équitable. Il prenait des coups, mais en donnait autant. Et si les harceleurs étaient trop nombreux, il courait. La nature lui avait donné le don de courir vite, très vite. Personne ne pouvait le rattraper.

Pour éviter l'école, il inventait de nombreuses maladies. Une fois sur deux, sa mère le forçait malgré tout à y aller. Que ferait-il de sa vie s'il devait fuir tout le temps ? Et puis, tu as ton meilleur ami là-bas, non ? Elle commençait à douter malgré tout de son existence, car à chaque fois qu'elle voulait l'inviter, il trouvait toujours une excuse pour décliner. Elle voyait bien que son fils sortait seul de l'école, parfois sous les cris et les insultes.

Plus jeune, il l'avait questionnée sur son père :

— Maman, pourquoi je n'ai pas de papa ?

— Tu sais mon chéri, il y a eu la guerre dans notre pays, beaucoup d'enfants comme toi n'ont plus leur papa parti au paradis… avec la famille de ta maman.

— Ça veut dire qu'on ne les reverra jamais ?

— On les verra dans très longtemps, mais leurs esprits vivent avec nous. C'est dur à t'expliquer pour le moment, mais si l'on pense très fort à eux, ils ne sont pas vraiment morts.

— Mais moi, je ne peux pas penser à eux parce que je ne les ai jamais vus, maman.

Cette explication un peu floue lui avait convenu un temps. Mais le harcèlement qu'il subissait en permanence à propos de son origine et de sa différence relançait sans cesse ses interrogations. Il avait fini par comprendre ce qu'était un bâtard, un fils de Blanc.

— Maman, pourquoi tout le monde dit que mon père est un Blanc ? demanda-t-il un soir. Pourquoi tu ne me montres pas sa photo ? Pourquoi les autres enfants n'ont pas un père blanc ?

Marie-Ange prit une grande inspiration et glissa ses mains autour de celles de son fils.

— Je crois qu'il est temps que je te raconte tout. Le seigneur ne voudrait pas que je te mente. Pendant la guerre, nous avons fui notre village. C'était une période très difficile, il y a eu beaucoup de souffrance. Grâce à Dieu et avec l'aide de mon frère Paul, nous avons pu échapper aux massacres. Après avoir marché plusieurs jours, nous avons rejoint un camp de réfugiés. Nous étions protégés par des soldats français. C'est là-bas que j'ai rencontré ton père. Il faisait partie de l'armée française. Il m'a sauvé la vie et nous sommes tombés amoureux. Malheureusement, il a dû rapidement partir pour protéger d'autres personnes et nous ne sommes plus revus.

— Ça veut dire que mon père n'est pas mort ?

— Je ne sais pas.

— Mais il faut qu'on le retrouve alors !

— Un jour, je te le promets, nous retrouverons ton père et nous formerons une belle famille, tous les trois. C'est pour ça que je ne me marierai pas avec un autre homme.

— Donc je ne suis pas un bâtard ?

— Non, tu es le fruit de l'amour, un garçon merveilleux et très beau. Les autres enfants t'embêtent parce qu'ils sont jaloux de ta beauté.

— Je préférerais être moche…

— Ne dis pas ça. Si Dieu t'a fait venir au monde comme ça, c'est qu'il y a une bonne raison.

— Moi je voudrais juste avoir des copains.

Jean-Jacques en savait un peu plus sur son père. Suffisamment pour ne plus croire ce que les autres enfants lui répétaient à longueur de journée. Heureusement, la compagnie des filles lui était plus agréable. Si la plupart n'osaient pas s'approcher du paria, elles ne participaient pas à la curée masculine. Il faut dire qu'en grandissant, Jean-Jacques devenait de plus en plus beau et sa couleur de peau les intriguait. Il ne semblait pas être comme les autres garçons, ses origines étaient entourées de mystère.

L'une d'entre elles finit par avoir le courage de venir lui parler. Elle s'appelait Édith. Elle aussi avait perdu son père pendant la guerre. Sa mère s'était remariée avec un militaire que la jeune fille n'aimait pas. Elle avait confié à Jean-Jacques qu'il la regardait bizarrement et que ça lui faisait peur. Édith était la plus belle de la classe, de l'école même, peut-être. Les autres enfants ne lui reprochaient pas de parler avec le « bâtard » tant son assurance naturelle les désarçonnait. Même Pierre ne trouvait pas toujours les mots face à elle.

Cette amitié naissante fit rager Pierre. Édith ne semblait intéressée que par le « Blanc raté » et il finit par comprendre que plus il s'acharnerait sur lui et plus Édith lui en voudrait. Or, il voulait lui plaire. Il trouva donc une autre victime expiatoire.

Grâce à sa nouvelle alliée, Jean-Jacques sentait enfin l'étau se desserrer autour de lui. Il semblait que tous s'étaient lassés de leur haine quotidienne. Imitant toujours docilement leur leader, ils l'avaient reportée sur une autre victime. Celui-ci n'était pas un métis, mais un garçon frêle, aux traits fins et aux manières un peu plus douces que la plupart des autres garçons. Ses bourreaux l'appelaient « la fille ». Jean-Jacques était partagé entre l'envie de lui venir en aide et celle de pouvoir enfin profiter de sa nouvelle quiétude. Pouvait-il d'ailleurs sauver son remplaçant ? Il avait appris à ses dépens que les groupes se nourrissent de la haine pour masquer leurs propres vulnérabilités. Tant pis pour le plus faible du troupeau, voué au sacrifice.

Pierre décida de se rapprocher de Jean-Jacques pour le défier loyalement au sport. Mais ce dernier le battait fréquemment, il était plus rapide et plus vif. En classe aussi Jean-Jacques pouvait enfin laisser exprimer son talent. Édith était impressionnée et se mettait souvent à ses côtés. Pierre faisait ce qu'il savait faire de mieux : le pitre. Ses blagues faisaient rire tout le monde. Il n'hésitait pas à aller chaque jour un peu plus loin pour qu'Édith continue à le trouver drôle. Il frôlait souvent la limite, mais il avait bien compris que, les professeurs craignant son père, il ne risquait pas grand-chose.

Un jour, Pierre eut l'idée de mettre de la colle sur la chaise du maître de classe. Le professeur rentra dans la classe et ne tarda pas à s'asseoir, provoquant le fou rire général. Il se releva alors d'un bon, mais la chaise resta collée à son postérieur. Toute la classe était hilare. Édith aussi. Elle regarda Pierre qui lui fit un clin d'œil. Le professeur fou de rage détacha la chaise et sortit en hurlant « vous allez me le payer cher ! ». Il revint quelques minutes plus tard, accompagné du directeur.

— Ce que vous venez de faire est impardonnable, tonna ce dernier. Nous allons trouver le coupable et le punir durement pour l'exemple. Je vais vous laisser réfléchir une heure dans la classe. Ensuite, je reviendrai et je veux avoir le nom du coupable. Sinon vous serez tous punis et je convoquerai chacun vos parents.

Les deux hommes sortirent en claquant la porte.

Un lourd silence se fit. À dix ans, ils étaient pour la première fois de leur vie face à un choix cornélien. Tous craignaient Pierre et personne n'osa le dénoncer. C'est lui qui prit la parole en premier :

— Ne vous inquiétez pas, on ne risque rien. Par contre, le premier qui cafte, il va souffrir toute sa vie.

— Si tu ne risques rien, pourquoi tu ne te dénonces pas ? lui lança Édith.

— Il faut qu'on soit tous ensemble, moi j'ai fait ça pour vous faire rigoler.

Jean-Jacques ne disait rien, mais une idée était en train de germer dans son esprit. À la grande surprise de ses camarades, il prit la parole :

— Je vais dire que c'est moi.

Il n'y avait aucun bruit, mais le silence parut plus léger.

— Pourquoi tu ferais ça ? demanda Édith.

— J'en ai marre de l'école.

Tous auraient pu trouver cette explication évidente s'ils n'avaient pas eu à affronter leurs parents. Lui voyait plusieurs opportunités dans cette décision. Il deviendrait peut-être leur héros et il pourrait retrouver sa liberté dehors.

Pierre se rapprocha de lui, le prit par le bras et l'entraîna dans un coin de la classe.

— Tu es fou, lui dit-il tout bas. Tu vas te faire tuer par ta mère.

— Ça, c'est mon problème.

— Si tu es décidé, alors vas-y ! Mais personne ne t'y oblige !

Le départ de Jean Jacques lui laisserait le champ libre auprès d'Édith. Il partirait en martyr, mais il partirait quand même.

— Je te promets de devenir ton ami, continua-t-il, plus personne ne t'insultera, tu as ma parole. On se verra le soir et le week-end, tu pourras intégrer notre bande.

— OK.

Les deux garçons se serrèrent la main en se regardant fixement. Malgré son apparente certitude, Jean-Jacques se demandait s'il avait pris la bonne décision. Il eut un flash en voyant sa mère lui dire « ton grand-père disait toujours d'écouter son instinct ! ». Il sourit en pensant qu'il ne se risquerait pas à évoquer ces judicieux conseils quand il lui annoncerait son renvoi ce soir.

Quand les adultes revinrent, Jean-Jacques se dénonça comme prévu. Le professeur fut surpris et le directeur soulagé. Il lui demanda de le suivre dans son bureau pour le renvoyer.

Jean-Jacques traîna l'après-midi dans les rues avant de rentrer. Sa mère était déjà chez eux. Il lui raconta tout, le renvoi et toutes les années de harcèlement et d'indifférence. Sa mère comprit qu'il ne servirait à rien d'aller voir le directeur pour que Jean-Jacques poursuive sa scolarité. Et comme si rien ne pouvait empêcher le destin de s'accomplir, son oncle venait de l'informer que les récoltes s'annonçant très mauvaises, il n'allait pas pouvoir payer les frais d'inscription de l'année suivante.

— Je ne m'opposerai pas à ton choix à deux conditions, répondit-elle finalement. Premièrement, tu vas travailler avec moi au marché. Deuxièmement, nous étudierons ensemble le soir et le week-end. Je ne veux pas que tu deviennes un ignorant. Nous apprendrons le français et l'anglais, pour que tu puisses lire et écrire correctement. Il n'y a pas de meilleur professeur qu'un livre. Et ça n'est pas négociable.

XIX
FREE AS A BIRD

Le jour n'était pas encore levé. Marie-Ange regardait son fils dormir avant de le réveiller. Un shoot de bonheur pour commencer la journée. Qu'est-ce que tu es beau ! pensait-elle. Il viendrait au marché, ce n'était pas si grave, beaucoup d'autres enfants n'avaient pas la chance d'aller à l'école. Et elle pourrait le voir tous les jours de nouveau.

— Mon bébé, tu as déjà dix ans, chuchota-t-elle en lui caressant les cheveux. Allez, réveille-toi, nous allons travailler !

Jean-Jacques ouvrit les yeux et lui sourit. Pour la première fois depuis très longtemps, il était content de se lever. Il se dressa d'un bond, s'habilla rapidement et grignota ce que sa mère lui avait préparé. Ensuite, il alla se brosser les dents. Comme à son habitude, il se rinça d'abord la bouche, puis frotta ses dents.

— Pourquoi fais-tu ça ?

— Je ne sais pas pourquoi, c'est comme ça.

— Tu sais bien que ça gaspille de l'eau.

— C'est moi qui vais la chercher !

— Ça n'est pas une raison, l'eau c'est précieux !

Elle avait beau chercher parmi ses frères et sœurs, elle ne souvenait pas de quelqu'un ayant une telle manie. Ça doit venir du côté de son père, comme le fait qu'il soit gaucher ! Souvent en le voyant faire telle ou telle chose, elle reconnaissait un trait de personnalité d'un des membres de sa famille. Elle était heureuse de pouvoir établir ces connexions avec eux, de les garder vivants dans sa mémoire. Tout ce qu'elle n'arrivait pas à expliquer devait provenir du côté paternel : Les Blancs et leurs étranges habitudes ! Elle s'en voulait d'avoir ces pensées, car son fils était aussi l'un d'eux. Autour d'elle, la haine était encore palpable à l'égard des Français tenus pour responsables d'une grande partie de leurs malheurs. Le président Kagame avait banni le français de l'école, les chansons ne s'écoutaient plus qu'en anglais. Marie-Ange ne s'étendait pas sur le père de son fils.

Les premiers jours, Jean-Jacques resta près de sa mère en essayant de l'aider autant que possible en effectuant quelques courses. Encore marqué par la difficile expérience de l'école, il ne voulait plus s'aventurer trop loin tout de suite. Le marché grouillait de vie. Il y avait beaucoup d'orphelins, des gamins des rues. C'était un autre monde. Ils portaient un autre uniforme, celui de la misère : vêtements usés, sales ou déchirés. Il lui semblait avoir été propulsé tout en haut de la hiérarchie sociale. Les insultes fusaient, certains se battaient, souvent pour rire et parfois non. Tous voulaient la meilleure place pour porter les paquets, une petite pièce ou juste de quoi manger. Il y entendait malgré tout beaucoup de rires. Il prit le temps d'observer, de voir qui étaient les leaders, les plus bagarreurs, les plus drôles. Lui serait le plus rapide.

Le week-end suivant, Pierre vint se promener. Au marché comme à l'école, il était le patron. Les enfants accoururent pour le saluer, profiter de ses blagues, mais aussi des bonbons qu'il distribuait généreusement. Il se dirigea immédiatement vers Jean-Jacques.

— Alors mon ami, tu es heureux ici ? Tu sais que tu as de la chance d'être dehors. Nous, on reste enfermés comme des prisonniers toute la journée.

— Oui, je préfère être là aussi. Maman, je te présente mon copain Pierre.

— Ah, c'est toi ! Contente de te connaître, se força-t-elle à dire en repensant à tout ce qu'il avait fait subir à son fils.

— Enchanté, madame, lui répondit-il avec un sourire énigmatique.

—Alors, Jean-Jacques, tu connais tout le monde ici ?

— Non, pas encore, je viens juste d'arriver.

— Viens, je vais te présenter !

Jean-Jacques le suivit dans les dédales de Kimironko. Une foule d'enfants les escortaient en courant et en riant. Enfin, il était au centre de tout, au plus près de la lumière, plus personne ne l'ennuierait. Sa nouvelle amitié était un sésame qui lui ouvrait les portes d'un monde encore inconnu. La journée passa dans un tourbillon d'énergie. Il avait ouvert ses sens aux odeurs des étals, toutes se mélangeaient pour créer une saveur unique et épicée. Les conversations, les rires, les longues négociations, les cris amusés ou colériques, tout cela ressemblait à une mélodie nouvelle et enchanteresse. Il avait joué avec les autres à en perdre le souffle, il n'avait pas eu une seconde de répit.

Pierre finit par partir et tout le monde se dispersa. Jean-Jacques retourna voir sa mère. L'inquiétude se lisait sur son visage.

— Où étais-tu ?

— J'ai passé la journée avec les copains. Je ne me suis jamais autant amusé.

— Bon, c'est bien, je suis contente pour toi, mais reviens me voir de temps en temps pour que je sois rassurée.

— Oui, maman, j'y penserai la prochaine fois, je te le promets.

Dès le lendemain, il quitta sa mère à peine arrivé sur place pour rejoindre ses nouveaux amis. Il avait compris qu'il pouvait gagner quelques pièces en portant les sacs de femmes riches qui faisaient les courses. Il était souvent choisi, car il sortait du lot.

— Allez, toi, le métis, viens, tu vas porter mes sacs !

Les vendeuses du marché qui étaient amies avec sa mère l'appelaient « le beau métis ». Ça changeait du « Blanc raté » ou du « bâtard ». Il prenait chaque jour un peu plus confiance en lui. Il était aussi très fier de pouvoir rapporter un peu d'argent à sa mère. Elle le payait en retour d'un immense sourire et le gratifiait d'un câlin qu'il avait pourtant de plus en plus de mal à accepter en public.

— Alors mon fils, tu ne veux plus que ta mère te prenne dans ses bras devant tes amis, tu as honte de moi ?

— Mais non, maman, c'est pas ça. Mais je suis grand maintenant et puis tu sais, il y a beaucoup d'autres enfants qui n'ont plus leur maman, je ne voudrais pas leur faire de peine.

— Tu es un petit malin toi…

Il lui sourit, l'embrassa et s'enfuit en courant. Sa mère sourit également. Elle se rappela cette phrase que son propre père prononçait souvent concernant l'éducation de ses enfants : Il faut savoir leur donner des racines, et des ailes. Son oisillon était en train d'apprendre à voler.

Après avoir transporté des sacs de course toute la matinée, Jean-Jacques allait jouer le reste de la journée avec les autres. Tout le monde le voulait dans son équipe de foot. Il était très rapide et gaucher, une denrée rare. Il lui arrivait même de composer les équipes, de décider du sort de chacun. Son avis commençait à compter. Sauf quand Pierre était là. Dans ce cas-là, il s'effaçait et redevenait un de ses fidèles lieutenants.

Sa mère avait aussi remarqué qu'il essayait de rester autant que possible au soleil. Elle avait compris qu'il cherchait à avoir la peau plus sombre, qu'il voulait effacer sa différence et se fondre dans la masse. Un soir, alors qu'elle avait dû lui passer de la crème sur sa peau brûlée, elle lui demanda doucement :

— Pourquoi fais-tu ça ? Tu devrais m'écouter un peu plus, tu sais ! Ta mère ne dit pas que des bêtises.

— J'en ai marre d'être le seul à avoir la peau claire.

— Tu voudrais être quelqu'un d'autre ? Ça ne sert à rien, il faut aimer la personne que tu es.

— C'est facile à dire pour toi maman, tu es comme tout le monde ici. Moi je ne suis ni noir ni blanc, ni d'ici ni de là-bas.

— Tu es toi-même, noir ou blanc, ce n'est pas important. Tu es mon fils que j'aime. Tu es Jean-Jacques, le plus rapide de Kigali, tu es celui qui fait rire ses amis et rougir les filles. Que veux-tu de plus ? Au contraire, tu as beaucoup de chance d'être unique. Allez, viens sous la lumière, nous allons lire ensemble, n'oublie pas ta promesse !

Il se rapprocha de sa mère, l'air pensif, pas convaincu. Ils ouvrirent le dernier livre qu'elle lui avait offert pour son anniversaire. Un ouvrage en français qui s'appelait *Le Petit Prince.* Il le lisait lentement, en interrogeant souvent sa mère sur la signification de tel ou tel mot.

— Tu vois, ce petit prince, il est un peu comme toi. Un garçon rêveur qui vient d'une autre planète.

Il revoyait aussi parfois Édith au marché. Elle passait rapidement avec des amies ou ses parents, souvent en compagnie de Pierre. Leurs regards se croisaient, mais ils s'adressaient peu la parole. Jean-Jacques se sentait comme paralysé au moment de lui parler et ne trouvait que des banalités à lui dire : Il fait chaud, il pleut… Ça la faisait sourire. Elle l'avait surnommé « Monsieur météo ». Un jour, elle lui avait lancé en riant, après une énième considération sur le temps :

— Il va falloir que tu apprennes à raconter d'autres choses aux filles, sinon tu ne vas jamais pouvoir te marier !

— Je… je sais… mais… je ne sais pas ce qui vous intéresse… avait-il bégayé.

C'était quand même plus simple avec les garçons. Les filles lui paraissaient venir d'un monde différent. Elles étaient intéressantes à regarder, mais à chaque fois qu'il s'approchait d'elles, il avait l'impression de perdre tous ses moyens. Et puis, il ne voyait vraiment pas ce qu'il pourrait leur raconter toute la journée.

— Elle te plaît bien, cette petite Édith, lui avait dit un jour sa mère, à qui décidément rien n'échappait.

— Non pas du tout ! Je la connais depuis l'école, c'est tout.

— Si jamais un jour tu as besoin de conseils, n'oublie pas que ta mère a aussi été une fille quand elle était plus jeune, lui répondit-elle avec un sourire appuyé d'un clin d'œil.

— Mais non, maman, il n'y a rien à imaginer.

Pendant que Jean-Jacques grandissait, Marie-Ange voyait aussi Kigali changer de visage. La ville était pleine d'une folle énergie, les gens travaillaient comme des forcenés pour la reconstruire, la moderniser et l'embellir. Des Rwandais du monde entier étaient revenus apporter leur savoir-faire, leur motivation et, pour certains, leur argent. Le président Kagame avait ramené l'ordre, le Rwanda était passé de l'horreur au miracle, de la guerre totale à la paix prospère.

Le génocide faisait toujours partie de l'histoire du pays, il était ancré dans la mémoire, consciente ou non, de chacun, et il allait falloir plusieurs générations pour en effacer les cicatrices. Mais le gouvernement avait paré au plus pressé et, avec l'aide des Églises évangélistes, ils avaient pu promouvoir la force du pardon. Parallèlement à cela, il avait mis en place les « Gacaca », des tribunaux populaires qui avaient permis de vider les prisons. Marie-Ange, comme tous les autres Rwandais, assistait régulièrement à la repentance des anciens bourreaux. Elle y emmenait parfois son fils.

— Si nous oublions notre passé, nous serons condamnés à le revivre, lui disait-elle souvent.

Jean-Jacques n'avait pas connu cette période terrible de l'histoire de son pays, mais il en avait compris l'ampleur et l'horreur, bien que peu de gens voulussent en parler. S'il lui arrivait d'aborder ce sujet, ses interlocuteurs se fermaient invariablement et leurs yeux se perdaient dans le vague. De toute façon, il préférait penser au jour présent. Certaines nuits pourtant il faisait le même cauchemar. Il était poursuivi par son double qui tenait dans les mains une machette. Il courait aussi vite que possible, mais « l'autre » courait aussi vite que lui. Il finissait par se réveiller en sursaut et en sueur.

XX
FAUX JUMEAUX

Chaque journée paraissait ressembler à la précédente, pourtant Marie-Ange et Jean-Jacques ne voyaient jamais le temps passer. Chacun d'entre eux à leur façon était devenu une des « figures » du marché.

Marie-Ange était belle, toujours enjouée et sérieuse à la fois. Elle savait conseiller de manière infaillible sur le degré de maturité de chaque fruit et légume. Ses clients étaient fidèles et réguliers. Elle avait également beaucoup d'amies avec lesquelles elle aimait discuter, plaisanter et échanger les petites histoires du marché, ces rumeurs qui couraient de bouche en oreille en se déformant au passage. Même si elle n'avait jamais voyagé hors du Rwanda, elle semblait connaître le monde qu'elle avait arpenté au fil de ses lectures. Elle profitait de chaque instant de répit pour se plonger dans les livres ou les magazines que lui prêtait gracieusement Victor, le libraire dont l'étal était une encyclopédie. Grâce à son réseau tentaculaire, tous les livres de Kigali, plus ou moins usés, finissaient entre les mains du vieil homme. Tous avaient déjà eu mille vies, Victor leur en offrait une de plus.

Les célibataires lui tournaient autour, mais peu d'entre eux osaient l'approcher. Elle les intimidait. Que pourraient-ils raconter à cette femme qui semblait tout savoir ? Comment l'impressionner alors qu'elle paraissait si sûre d'elle ? De toute façon, elle n'avait d'yeux que pour son fils. À ses amies, qui la pressaient de se marier, elle répondait en riant :

— Trouvez-moi un homme, qui soit plus beau, plus drôle et plus doux que mon enfant, et je l'épouse tout de suite !

Jean-Jacques grandissait et l'arrivée de l'adolescence avait encore magnifié ses traits. Il avait gardé un visage d'ange et ses yeux brillaient de malice. Il était désormais au centre de l'attention de ses camarades, parmi ceux qui comptent et qui décident. Son passé d'élève harcelé était bien loin. Il lui arrivait parfois de devenir lui-même le harceleur. Il fallait rester en haut de la pyramide du pouvoir, quel qu'en soit le coût. Il l'avait appris au contact de Pierre.

Non content d'être systématiquement choisi en premier pour porter les paniers des riches clientes du marché, il avait organisé une petite entreprise avec de plus jeunes porteurs dont il sous-louait la main-d'œuvre. Les affaires marchaient bien, mais il avait de plus hautes ambitions. Il voyait bien que sa mère ne gagnait pas grand-chose et il rêvait de lui offrir une vie meilleure. Attentif à ce qu'il se passait autour de lui, il avait remarqué que d'autres commerces étaient plus lucratifs. Il n'avait pas encore les clés pour en ouvrir les portes.

Pour accéder à l'étage supérieur, il aurait besoin de son ami Pierre. Quand celui-ci le rejoignait au marché, Jean-Jacques lui cédait immédiatement sa place de chef. Pierre était tout ce qu'il aurait aimé être, sûr de lui, libre de penser ou faire ce qu'il voulait. Il imposait une obéissance servile autour de lui par sa force de caractère et un ascendant qu'il tenait de la certitude que rien ne pouvait lui arriver. Son père, le colonel Mugabe, régnait en maître sur cette partie de la ville. Il faisait partie du cercle proche du président dont le parti n'avait pas d'opposition.

Mais Jean-Jacques n'était pas seulement attiré par le pouvoir de son ami. Il avait l'impression de trouver un complément à sa personnalité, le frère qu'il n'avait jamais eu. Il sentait qu'ils s'étaient énormément rapprochés, qu'il impressionnait son ami par son courage et ses qualités sportives. Mais en amitié comme en amour, Pierre était frivole, il ne paraissait pas vouloir dépendre d'une seule personne. Il voulait être adoré sans avoir à donner autant en retour.

Un jour pourtant, Pierre le prit à part :

— Tu n'en as pas marre de porter des sacs de courses toute la journée pour gagner une misère ?

— Si, et j'aimerais bien faire autre chose, mais quoi ? répondit Jean-Jacques feignant la naïveté.

— Si tu es sage, je pourrai t'aider, mais il ne faut rien dire à ta mère.

— Promis !

— Bon, rejoins-moi demain en début d'après-midi derrière le parc, je te présenterai quelqu'un.

Jean-Jacques eut du mal à trouver le sommeil cette nuit-là. Il sentait qu'il touchait au but sans pouvoir déterminer si c'était bien ou mal. Garder un secret avait cela d'excitant.

Il venait de fêter ses quatorze ans avec sa mère. Elle lui avait offert de nouveaux vêtements pour les dimanches à l'église. Petit, il adorait l'y accompagner, mais maintenant qu'il devenait un jeune homme, Jean-Jacques traînait de plus en plus les pieds le dimanche matin.

— Maman, je suis vraiment obligé d'y aller ?

— Oui, mon enfant, ce n'est pas moi qui vais prier pour toi.

— Mais si je n'ai rien fait de mal, je pourrais peut-être n'y aller qu'une semaine sur deux ?

— Ah oui, tu as mieux à faire ?

— Il faut que je retrouve Pierre…

— Ah, encore celui-là, tu ne veux pas te trouver d'autres amis ?

— Pourquoi, tu ne l'aimes pas ?

— Disons que je ne suis pas sûre qu'il te tire vers le haut. Eh oui, je dois avouer que je n'aime pas trop ses manières à se prendre tout le temps pour un chef, c'est bien le fils de son père !

— Il a de la chance d'en avoir un, lui…

— Toi aussi tu en as un, et on le retrouvera un jour.

— Maman, s'il te plaît, arrête de me répéter ça, je suis grand maintenant. J'ai compris qu'on ne le retrouvera jamais. On ne sait pas où il habite. On n'a même pas assez d'argent pour sortir de Kigali, alors comment veux-tu aller en France ? Je ne suis plus un bébé à qui tu peux faire croire n'importe quoi !

— Ton problème, c'est que tu manques de foi en Dieu. Moi je crois qu'il t'a fait naître pour une bonne raison et que ton heure viendra. Il faut juste que tu sois un peu patient. Maintenant, tu viens avec moi à l'église et après tu iras voir ton ami.

— OK maman, j'y vais pour te faire plaisir, mais je pars dès que c'est fini.

Marie-Ange, sous son apparente fermeté, se sentait mélancolique. La messe avait toujours été leur rituel. Ils se faisaient beaux, allaient chanter en chœur. Pendant quelques instants, le temps semblait suspendu, chacun oubliait ses problèmes et vibrait à l'unisson. L'église était pleine de couleurs et de joie. Les ondes positives passaient d'âme en âme, comme si toutes étaient connectées entre elles par un courant magique. Mais ce jour-là, Jean-Jacques semblait absent et, à peine la cérémonie terminée, sprinta jusqu'à leur maison sans l'attendre. Très vite, Jean-Jacques remit sa tenue de la semaine et fila rejoindre son ami.

— Alors, on a failli t'attendre, lui dit Pierre qui venait pourtant également d'arriver. Je te présente Aimé, c'est un ami de ma famille.

Ils se saluèrent. Aimé devait avoir vingt ans. Son visage était marqué par quelques cicatrices et il lui manquait une incisive. Il avait le regard d'un adulte.

— On m'a dit que tu étais courageux et rapide.

— Je suis le plus rapide de Kigali.

— C'est bon, t'emballe pas non plus, dit Pierre d'un ton agressif. On n'est pas là pour jouer. Aimé va te faire bosser, mais maintenant tu vas devoir arrêter de répondre comme un enfant !

— OK, convint Jean-Jacques, vexé.

— Tu verras, c'est pas compliqué comme travail, t'as juste à faire tout ce que je demande et ça va bien se passer, reprit Aimé. T'auras que des livraisons à faire. C'est bon pour toi ?

— Oui, ça me va.

Au grand jour, il continua à orchestrer sa petite entreprise de port de sac des riches clientes. Mais, à l'abri du regard de sa mère, Jean-Jacques commença à faire des livraisons pour Aimé. On lui confiait des colis, il les portait à l'adresse indiquée. Il ne posait pas de questions et ne cherchait pas à savoir ce qu'il y avait dedans. Il était ponctuel, efficace et discret. C'était un complément de revenu. Il en redonnait une partie à sa mère, mais pas trop pour ne pas éveiller ses soupçons. Il mettait le reste de côté, espérant que cela pourrait lui servir pour aller en France, le pays de tous les possibles, le pays de son père ! Il s'était fait la promesse d'y aller et il irait, peu importe ce qu'il devrait faire pour y arriver.

— On m'a dit que tu faisais du bon boulot, lui dit un jour Pierre.

— Je fais ce qu'on me demande.

— Viens à la maison dimanche prochain, je te présenterai mon père. Je lui ai parlé de toi, il est curieux de te rencontrer.

Jean-Jacques ne savait pas quoi répondre. Il était flatté et un peu inquiet. Comment allait-il devoir s'habiller ? Il savait que sa mère ne serait pas très contente, mais il ne comprenait pas pourquoi elle n'aimait pas le père de Pierre. Le colonel Mugabe était pourtant connu et respecté.

— Si ça lui plaît d'être pauvre en rêvant que Dieu la sorte de là, moi je vais me débrouiller autrement, se dit-il tout en se sentant coupable de cette pensée.

Le dimanche suivant, Jean-Jacques retourna se changer après la messe. Il rangea soigneusement ses habits du dimanche pour enfiler plutôt les vêtements « à la mode » qu'il avait achetés en secret avec une partie de ses économies. Il se rendit devant les grilles de la villa des Mugabe. Le gardien le regarda suspicieusement.

— Bonjour, je viens voir Pierre.

— Ah bon, tu es sûr qu'il est au courant ? Habituellement, on ne le dérange pas le dimanche.

— Oui, c'est lui qui m'a dit de venir.

— Attends-moi ici petit, je vais voir.

À son allure, le gardien estima qu'il pouvait dire vrai. Il revint au bout de quelques minutes.

— Allez, entre. Tu es attendu. Viens avec moi, je vais t'accompagner.

Il le suivit le long de l'interminable allée. Plus il avançait et plus la maison lui semblait immense. Elle possédait un nombre infini de fenêtres sur deux étages. Il y avait d'innombrables colonnes qui lui faisaient penser à un temple. Elle était peinte en blanc et bleu ciel. Il avait l'impression que cela venait d'être fait tant les couleurs étaient éclatantes. Des palmiers géants l'encadraient et des parterres soignés l'entouraient. Cela lui paraissait irréel et tellement éloigné de l'endroit où il vivait.

Pierre l'attendait sur l'immense perron. Il lui semblait minuscule dans un tel décor.

— Sois le bienvenu à la maison ! Alors tu la trouves comment ?

Il se doutait bien que Jean-Jacques n'avait jamais rien vu de tel.

— Elle est magnifique, répondit celui-ci, intimidé.

— Oui, c'est vrai. Allez, viens ! Je vais te présenter à mon père, il est en train de prendre le café dehors avec des amis. Il a hâte de te rencontrer !

Jean-Jacques sentit ses mains devenir moites et ses pensées tressauter comme une boussole qui aurait perdu le nord.

— Ah bon, tu lui as parlé de moi ? De quoi veut-il me parler à ton avis ? Je ne vais pas savoir quoi dire !

— Eh bien, commence par lui dire bonjour ! lui répondit Pierre en rigolant.

Quatre hommes qui devaient avoir entre quarante et cinquante ans étaient attablés dans le jardin sous l'ombre d'un parasol hors norme qui était à l'image des convives. Tous avaient des carrures d'athlètes arrondies par les excès que leur permettait leur position sociale. Les deux jeunes gens s'approchèrent, guidés par des rires puissants. Tous les quatre se tournèrent en les voyant arriver.

— Alors, c'est ton ami le Français, dit celui qui devait être le colonel.

— Oui, papa, même si je crois que je le parle mieux que lui, répondit Pierre.

— Approche-toi, n'aie pas peur, on n'a rien contre les Français ici. On les aime bien, même s'ils ont choisi le mauvais camp, reprit son père hilare.

— Bonjour monsieur, dit Jean-Jacques du bout des lèvres. Je ne suis pas Français et je ne connais même pas mon père.

— Tu n'es pas le seul, tu sais, et parfois il vaut mieux ne pas le connaître, n'est-ce pas Pierre ? lui glissa-t-il avec un clin d'œil complice. On m'a dit que tu faisais du bon travail, c'est bien, on a besoin de gens sérieux comme toi. En plus, tu as l'air d'être un beau jeune homme, bien éduqué. Il faudra que j'aille féliciter ta maman.

Ses invités éclatèrent de rire.

— Merci, monsieur, répliqua Jean-Jacques, trop impressionné pour relever la blague graveleuse.

— Vous pouvez aller vous amuser. On se reverra tous les deux. On a toujours besoin d'un bon garçon comme toi. En plus, tu es métis, tu vas pouvoir nous rendre service vis-à-vis des Blancs.

— Je ne demande qu'à travailler pour vous !

Pierre le tira par le bras.

— Viens, on va aller à la piscine.

— Je ne sais pas nager.

— C'est pas grave, tu vas me regarder.

Jean-Jacques passa l'après-midi dans ce lieu féerique où des serviteurs lui apportèrent tout ce dont il avait envie avant même qu'il ne le demande. En rentrant chez lui le soir, il se dit qu'il n'avait jamais vécu de journée aussi extraordinaire.

XXI
VERS LES PÉRILLEUX SOMMETS

Tout à ses nouvelles activités, Jean-Jacques délaissait petit à petit son premier commerce. Il ne voulait plus être porteur, cela était indigne du statut qu'il avait patiemment construit. Cela lui avait pris quatre années. Tout juste consentait-il désormais à distribuer les rôles, organiser l'ordre des priorités. Il n'y passait que ce qu'il fallait de temps pour entretenir sa rente et sa façade.

Sa mère commençait pourtant à avoir des doutes. Ses absences de plus en plus longues, ses vêtements de plus en plus neufs, son attitude de plus en plus distante. Ils avaient cessé de lire ensemble le soir, Jean-Jacques préférait passer du temps dehors avec ses amis. Le lient si fort qu'ils avaient tissé était en train de se détendre. Elle mettait cela sur le compte de l'adolescence. Quand elle en discutait à l'église avec ses amies qui avaient des enfants du même âge, toutes les phrases se terminaient par « Ah, ces ados ! » ou bien « Quand on pense à tout ce qu'on a fait pour eux, ils ne veulent même plus qu'on les embrasse en public ! ». Elles riaient toutes solidairement, même si intérieurement elles revoyaient avec nostalgie défiler les images de leurs petits garçons autrefois si dociles.

Marie-Ange avait quand même fini par demander à son réseau d'indicateurs d'avoir un œil sur Jean-Jacques. C'était en réalité des dizaines de paires d'yeux, toutes ses amies disséminées aux quatre coins du marché, qui s'étaient mises à scruter ses allers et retours et ses nouveaux camarades. Tous étaient liés au clan Mugabe. Leurs activités n'étaient pas très claires, « à la limite de la légalité », termes utilisés la plupart du temps pour définir ceux qui ont un pied de chaque côté de la frontière de ce qui est autorisé et de ce qui ne l'est pas. Marie-Ange ne pouvait pas s'empêcher de penser que Jean-Jacques était en train de prendre une voie qui ne correspondait pas à celle qu'elle avait rêvée pour lui. Il allait avoir dix-huit ans, le plus bel âge, et celui de tous les dangers.

Le soir, elle ne pouvait s'endormir profondément tant qu'elle n'avait pas entendu la clé dans la serrure de leur maison. Un cliquetis familier qui la rassurait, suivi par d'autres bruits qui la berçaient, un grand verre d'eau bu d'un trait, des vêtements qu'on enlève délicatement pour les poser sur une chaise et le doux froissement des draps dans lesquels se glissait son enfant. Il était plutôt raisonnable, ne faisait pas d'excès. Un jour pourtant, il rentra plus tard que d'habitude. Il mit plus longtemps à ouvrir la porte, bruyamment. Marie-Ange l'entendit tituber et faire tomber plusieurs objets dans la pièce principale en allant se coucher sans se déshabiller. Elle eut peur et sortit de sa chambre :

— Tout va bien, Jean-Jacques ?

— Mais oui, ne t'inquiète pas maman.

— Je m'inquiète et je m'inquièterai toujours pour toi, je suis ta mère.

— Oui, c'est bon, je sais, mais ça va, je vais me coucher.

Elle avait en mémoire les dégâts que l'alcool avait faits sur son frère Paul. Elle ne savait pas comment aborder le sujet avec son fils ni si c'était le meilleur moment, mais ne put s'empêcher de lui formuler des recommandations.

— Fais attention à ne pas trop boire quand même, mon chéri. C'est dangereux, tu sais. Avec qui tu étais ? Encore Pierre et ses amis ?

— Ne me prends pas la tête. Ce sont mes amis et on a juste fait une petite fête.

— Je sais, mais je me soucie de ton avenir, et je n'aime pas trop tes nouvelles fréquentations.

Jean-Jacques commençait à s'agacer de la tournure des évènements. Il venait de passer une super soirée et elle était en train de tout gâcher !

— De quoi tu me parles ? Je travaille, je gagne même peut-être plus que toi.

— Justement, comment tu gagnes cet argent ?

Sous l'effet de l'alcool, Jean-Jacques n'avait plus envie de se cacher. Une petite voix lui glissa cependant de ne pas accabler sa mère.

— Je travaille avec Pierre. Nous faisons du commerce, rien de grave. J'en avais marre de porter les paquets, je suis trop grand. Tout ce que je veux, c'est me faire du fric.

— Tu n'as que ce mot-là à la bouche alors que je te parle d'avenir. Tu devrais reprendre des études pour trouver un métier honorable.

— Honorable ? Pour vivre avec juste de quoi manger et dormir ? Non, merci !

— Il vaut mieux être pauvre que malhonnête. Je t'ai élevé comme j'ai pu et c'est comme ça que tu me remercies ?

— Excuse-moi maman, je ne voulais pas dire ça, mais là tu viens me parler alors que je suis fatigué. C'est pas le moment !

— Ça ne l'est jamais avec toi, ajouta-t-elle plus doucement, soulagée d'avoir pu sortir ce qu'elle avait sur le cœur, sans que le conflit se soit envenimé.

— Allez, bonne nuit…

Jean-Jacques passait le plus clair de son temps libre avec Pierre. Il était son meilleur public, son bras droit, son confident, son porteur. Ils avaient besoin l'un de l'autre pour différentes raisons. Pierre avait trouvé une personne entièrement soumise à ses désirs, toujours d'accord, qui mettait en valeur ses idées. Une forme de miroir magique qui nourrissait son ego en lui répétant à longueur de journée qu'il était le plus drôle, le plus beau et le plus intelligent. Jean-Jacques, quant à lui, brillait un peu, éclairé par l'aura de son ami. Grâce à cette proximité, il se sentait séduisant, riche et fort par procuration. Est-ce la définition de l'amitié ? Sans doute que non, mais ça leur convenait à tous les deux.

Jean-Jacques ne cherchait pas à connaître la nature exacte des affaires du père de son ami. Il voyait bien qu'il devait rester discret sur les colis qu'il portait. De la contrebande sans doute, il n'était pas dupe. Une fois, il avait posé la question à son copain.

— Mon père dit toujours qu'on ne fait pas de contrebande, mais juste du commerce, avait répondu celui-ci en riant. C'est quoi la différence ? C'est la loi ? Et qui fait la loi ? C'est lui !

Le colonel Mugabe avait aussi appris à connaître et à apprécier celui qui semblait être le meilleur ami de son fils. Il avait vu sa mère au marché, une femme belle, indépendante qu'il aurait bien prise comme maîtresse. Il essaya même de l'approcher par l'intermédiaire de Jean-Jacques.

— Alors, jeune homme, tu fais désormais partie des habitués de la maison ! Si tu n'étais pas métis, je pourrais presque te confondre avec un de mes enfants.

— Je vous remercie monsieur de m'accueillir chez vous.

— Ah, mais ce n'est pas moi qui t'accueille, c'est mon fils ! Vous avez l'air de bien vous entendre tous les deux. Pour une fois qu'il supporte quelqu'un.

— Vous avez de la chance d'avoir un fils comme lui.

— C'est vrai, il est malin comme son père ! Et toi, de qui tiens-tu tes qualités ? De ta mère ? Il faudra que tu viennes un jour avec elle, d'ailleurs !

— Oui monsieur, je vais lui en parler, répondit Jean-Jacques, qui n'en avait pourtant aucune envie.

Il était toujours aussi impressionné par cet homme de pouvoir qui paraissait pourtant humain et accessible. Oui, il préférait passer du temps dans son palace plutôt que dans le petit espace qui leur servait de maison. Ici, il se sentait considéré, même les domestiques commençaient à l'appeler lui aussi « monsieur ».

Édith aussi avait bien grandi et était devenue une jolie jeune femme. Elle s'amusait de la timidité de Jean-Jacques, qui contrastait avec sa beauté. Pierre, quant à lui, n'était pas timide. Il avait la plus belle maison, il lui fallait aussi la plus belle fille. Édith était ainsi devenue sa petite amie officielle. Jean-Jacques, lui, était l'ami le plus proche de sa fiancée, son confident. Pierre s'amusait de cette relation, mais n'en était pas jaloux. De tous, c'était Jean-Jacques le plus jaloux, le plus possessif en amitié. Sa relation avec Pierre était exclusive et il souffrait souvent de le voir rire avec d'autres copains. Pierre était infidèle, en amitié comme en amour. Il n'hésitait pas à tromper Édith à la première occasion.

— Tu crois, toi, à l'amitié entre un homme et une femme ? demanda-t-il un jour à Jean-Jacques, alors qu'il venait tout juste d'embrasser une fille sous le regard désapprobateur de son camarade.

— Oui, je crois qu'on peut être amis sans avoir de désir.

— Moi, je crois que tu veux coucher avec Édith, mais que tu n'oses pas te l'avouer.

— Non, jamais. C'est mon amie, c'est tout. Et puis, elle est avec toi non ?

— Ah, tu vois, si elle n'était pas avec moi tu coucherais avec elle !

— Non, mais je ne suis pas comme toi, moi.

— Ah oui, c'est vrai, monsieur est un romantique ! Tu ferais mieux de te dépuceler. Regarde autour de toi, elles veulent toutes coucher avec toi.

— Tu fais chier, tu sais que je veux le faire avec la bonne personne.

— T'es peut-être pédé ? Déjà que t'es blanc, ça va faire beaucoup !

— Crois ce que tu veux, lui répondit Jean-Jacques pour essayer de clore le débat.

Non, les hommes ne l'attiraient pas. Édith, oui peut-être, mais il n'était rien, n'avait rien, qu'est ce qui pourrait bien la séduire chez lui ?

Laborieusement, Jean-Jacques resserrait chaque année ses liens avec Pierre et sa famille en essayant de se rendre indispensable. Étant présent de plus en plus souvent dans la villa, il avait pu analyser la relation du père et du fils. Il n'avait pas de référence, lui qui n'avait jamais connu le sien. Il comprit rapidement que personne n'impressionnait autant Pierre que son géniteur. Tout ce que Pierre faisait avait pour but d'attirer son attention et de le rendre fier. Pourtant, le colonel était dur et se moquait souvent de lui en public. Rien de ce qu'il faisait n'avait l'air assez bien.

Plus d'une fois, il avait vu son ami vexé par les remarques paternelles, se renfermer et aller se défouler sur des femmes, des plus faibles ou parfois sur lui. Il laissait faire, ça avait l'air si compliqué de plaire à son père que parfois Jean-Jacques se demandait si ça n'était pas mieux de ne pas en avoir. Ou bien d'en avoir un, mais imaginaire et lointain comme le sien.

Parallèlement, Jean-Jacques était devenu le spécialiste des livraisons chez les Blancs.

— C'est mieux que ça soit toi qui y ailles, ils seront plus en confiance.

— OK, je veux bien, mais je ne les connais pas, moi, je n'en ai jamais vu, avait-il répondu la première fois.

— Ne t'inquiète pas, on va juste t'acheter de nouveaux vêtements tout neufs et tu vas passer pour un de leurs.

— Mais je ne sais même pas quelle langue ils parlent.

— T'auras pas à parler, juste à livrer. Et puis t'es un vrai caméléon : blanc avec les Blancs, noir avec les Noirs, ajouta Pierre en riant.

À chaque fois qu'on lui rappelait sa différence, Jean-Jacques souffrait de ne pas se sentir vraiment appartenir à l'un ou l'autre camp.

Au fil du temps, Jean-Jacques s'était rapproché du colonel, qui n'hésitait pas à le citer en exemple devant son fils. Il le faisait pour titiller l'ego de ce dernier, mais cela ne faisait qu'attiser sa rancœur. La complicité de Jean-Jacques avec Édith s'était également enracinée. Il ne comprenait pas comment son ami pouvait tromper une femme aussi belle et intelligente. Il mourait d'envie de lui avouer ce que son fiancé faisait. Il était tiraillé. Et Pierre le sentait. Son amitié avec Jean-Jacques commençait d'ailleurs à lui peser, mais il ne savait comment s'en défaire. Tous deux étaient âgés de vingt-trois ans, ils se connaissaient depuis trop longtemps et comme deux frères qui se verraient trop souvent, leurs relations étaient devenues électriques.

Un après-midi comme les autres, le colonel les appela alors qu'ils étaient au bord de la piscine.

— Les garçons, venez ! J'ai quelque chose à vous dire.

Ils accoururent aussi vite qu'ils le purent. Le colonel était avec ses amis, en train de discuter à voix basse. Ils avaient l'air sérieux et pour une fois ne cherchèrent pas à plaisanter.

— Asseyez-vous à notre table, dit-il d'une voix autoritaire.

Il fixa Jean-Jacques pendant quelques instants qui parurent une éternité.

— J'ai une mission très importante à te confier.

— Pourquoi pas à moi ? s'offusqua Pierre aussitôt.

— J'ai besoin de quelqu'un qui ressemble presque à un Blanc pour aller en Europe.

— Y a pas besoin de ressembler à un Blanc pour aller en Europe ! Pourquoi tu ne me fais pas confiance ?

— Tu commences à m'agacer. Tu crois que je dois me justifier devant mes amis ? Allez, sors de cette table, va jouer ailleurs, c'est un endroit pour les grandes personnes ici.

Pierre se leva d'un bond, jeta sa chaise en arrière de rage et fixa longuement Jean-Jacques.

Ce dernier, pour la première fois depuis bien longtemps, vit de la haine dans son regard. Les yeux écarquillés, Jean Jacques aurait voulu lui dire qu'il n'y était pour rien, qu'il lui avait toujours été fidèle mais son ami s'éloigna sans un mot, d'un pas furieux.

— Ce n'est pas grave, ne t'inquiète pas, ça lui fait du bien ! reprit le colonel. Maintenant, écoute-moi bien. On va te faire tous les papiers pour que tu ailles en France, je veux que tu portes des documents là-bas. Ça sera simple, tu verras, tu n'auras qu'à passer la douane et quelqu'un t'attendra à l'aéroport. Tu resteras quelques jours à l'hôtel et tu me ramèneras les documents. C'est bon pour toi ?

— Oui… bien sûr… bredouilla-t-il.

On lui offrait enfin une mission digne de lui mais aussi un billet pour la France, le pays de son père. Le prix à payer était de sacrifier, temporairement ou pas, son amitié avec Pierre. C'était un prix raisonnable jugea-t-il.

— Très bien, on te précisera le jour bientôt. Va rejoindre ton copain qui doit être en train de pleurnicher. Dis-lui que si sa mère avait été blanche c'est lui qui y serait allé, ça va le consoler.

Jean-Jacques courut rejoindre son ami au bord de la piscine.

— Pierre, qu'est-ce que tu voulais que je dise ?

— Tais-toi, j'en ai marre de toi.

— Mais j'y peux rien moi !

— Ta gueule, je t'ai dit. Casse-toi, maintenant. Et arrête de tourner autour d'Édith aussi.

— …

— Allez, barre-toi. Je t'ai assez vu. Tu croyais quoi ? Qu'on était frères ? Que tu pouvais venir ici me piquer ma copine et mon père ? Retourne dans ton taudis !

Jean-Jacques comprit qu'il ne servait à rien d'argumenter.

Il ramassa ses affaires et partit.

Il avait perdu son meilleur ami, mais il allait partir en France. Ses sentiments étaient contradictoires. Pour se donner du courage il essaya de visualiser à quoi pouvait ressembler son père.

TROISIÈME PARTIE

XXII
LE GRAND VOYAGE

La veille du départ, quelqu'un était venu lui apporter ses papiers en ordre et les billets d'avion.

— Pour le reste, et surtout les documents que tu dois transporter, on te les donnera devant l'aéroport trois heures avant d'embarquer, ne sois pas en retard.

Je ne suis jamais en retard, pensa Jean-Jacques quand son interlocuteur eut disparu.

Partant pour un long voyage, il avait dû expliquer à sa mère sa mission, lui avouer qu'ils l'avaient choisi parce qu'il était métis, mais qu'il ignorait ce que contenaient ces documents. Il ne cessait de la rassurer : on lui avait promis qu'il ne risquait rien.

— Et tu les crois toi, ces gens ? Tu ne te demandes pas pourquoi ils ne font pas ce voyage eux-mêmes ?

— Je leur fais confiance, maman. Je connais Pierre depuis l'école et son père est un membre respecté du gouvernement.

— Il n'est respecté que parce que les gens le craignent, et son fils, il est comme lui, peut-être même pire…

— Maman… arrête, je vais y aller de toute façon, je veux essayer de retrouver mon père, je veux voyager, je veux voir la France, je n'ai pas l'intention d'avoir une vie étriquée.

— Comme la mienne ? Comme celle d'une mère qui a sacrifié sa vie pour celle de son fils ? Merci pour ta gratitude !

— C'est pas ce que j'ai dit…

— Tu n'as pas besoin de le dire, je sais bien ce que tu penses. Fais ce que tu veux, tu es grand, j'essaie de te prévenir que ces gens-là ne sont pas recommandables.

— Oui, je le sais, je ne suis pas naïf. Mais je veux m'en sortir, alors je n'ai pas le choix. Avec de la chance je retrouverai peut-être mon père. Tu ne te rappelles pas ta promesse ? Je pourrai faire des recherches quand je serai là-bas. As-tu des informations, des pistes par lesquelles commencer une fois sur place ?

— Tu sais déjà tout, mon fils, prononça-t-elle, émue de cette quête impossible que son enfant était sur le point d'effectuer.

Tous deux gardèrent le silence quelques secondes, puis Marie-Ange fit une fois de plus le récit que Jean-Jacques pourtant connaissait par cœur.

—Ton père s'appelle Enguerrand, un prénom peu commun que je n'ai jamais oublié. Il était officier en 1994, quand les Français ont protégé le camp de Nyarushishi. C'est là que nous nous sommes rencontrés… mais il a dû partir rapidement après notre rencontre et il ignore qu'il a un fils. Je ne savais pas comment le retrouver, où et comment chercher. Je n'avais pas les moyens non plus. Peut-être que j'avais peur qu'il ne nous accepte pas dans sa vie. Puis le temps est passé si vite… Je me suis occupé de toi en rêvant que je le croiserais un jour, que lui-même essaierait de me retrouver. Mais je suis sûre que tu vas trouver sa trace, ajouta-t-elle avec un sourire triste, et qu'il sera heureux et fier de te rencontrer, n'importe quel papa aimerait avoir un fils comme toi.

— J'aurai quelques jours à Paris pour réussir. Je ne sais pas à quoi m'attendre ni comment il pourrait réagir si jamais je le retrouve, mais j'en ai besoin. Tout le monde a un père, et moi je dois rencontrer le mien pour mieux me comprendre. Depuis que je suis tout petit, j'ai l'impression qu'il me manque une partie de moi, confia soudain Jean-Jacques à sa mère, dont les yeux brillaient de larmes. Je rêve souvent que je rencontre un inconnu qui me ressemble. Même en pleine journée, j'ai parfois le sentiment que je vais le croiser au détour d'un carrefour, qu'il est là, dans la foule, tout près de moi. Il m'est arrivé de suivre des Blancs en croyant qu'il était revenu me chercher. C'est absurde, parce qu'il ne sait pas que j'existe, mais c'est plus fort que moi.

— J'ai peur pour toi, mais tu me rends aussi fière. Je prierai pour toi. Dieu nous aidera.

Elle l'embrassa tendrement et prit le temps de savourer chaque baiser posé sur cette peau qui perdait pourtant peu à peu sa douceur enfantine.

Le lendemain matin, Jean-Jacques s'était levé tôt pour être à l'heure. En silence, sa mère lui avait préparé un petit déjeuner léger et ses gâteaux préférés. Elle lui avait glissé aussi un petit mot qu'elle avait écrit la veille : « Le cœur de l'homme médite sa voie, mais c'est l'Éternel qui dirige ses pas ». Ils n'avaient pas besoin de se parler. Peut-être craignaient-ils que l'émotion soit trop forte, alors ils se regardaient en silence les yeux humides. Sa valise était prête, Marie-Ange lui avait posé plusieurs fois les mêmes questions sur son contenu en lui dressant la liste de tout ce qu'il aurait pu oublier. Même s'il lui répondait d'un ton agacé, il se sentait rassuré par cet inventaire répétitif. Oui, il était prêt, sa valise aussi. Il était temps de partir.

L'aéroport se situait à l'extérieur de la ville, à une dizaine de kilomètres. Il n'y avait jamais été, c'était même la première fois qu'il sortait de Kigali. Il irait en Matatus, il avait attentivement étudié le trajet la veille. Serré à l'intérieur du petit bus, il voyait défiler les rues de sa ville par la fenêtre poussiéreuse. Des essaims de mototaxis semblaient l'escorter tel un cortège policier protégeant un homme politique important. Il sourit à cette pensée.

Il arriva un peu en avance au point de rendez-vous sur le parking de l'aéroport. Après quelques minutes d'attente, il reconnut une silhouette familière qui avançait vers lui une mallette à la main. Pierre. C'est lui qui venait lui apporter les documents. À quelques mètres de distance, Jean-Jacques le voyait sourire. N'était-il plus fâché ?

— Salut Pierre !

— Salut le grand voyageur ! Alors tu es prêt ?

— Oui… Tu sais pour la dernière fois, je suis désolé.

— C'est bon, oublie. Je t'en veux pas. Mon père m'a demandé de te donner les papiers et les dernières instructions. Tiens, prends déjà la mallette. Attention, interdiction de l'ouvrir. Tu veilles dessus comme si c'était ton enfant. Une fois que tu as passé les douanes, tu vas vers la sortie, quelqu'un t'attendra avec un panneau à ton nom. Vérifie que c'est la bonne personne. C'est simple, il s'appelle aussi Jean-Jacques. Il te donnera toutes les indications sur ton séjour, enfin, tes vacances, quoi ! Tu restes quelques jours là-bas, tu visites, tu rencontres des filles, ensuite ils te réservent un billet retour et tu ramènes la mallette, débita Pierre d'un ton enjoué. C'est simple, non ?

— Ça a l'air. Mais t'es vraiment sûr que je ne risque rien ? demanda Jean-Jacques, que l'immédiateté de son départ rendait anxieux.

— Tu peux nous faire confiance, non ? Depuis combien de temps on se connaît ? En plus, tu es à moitié blanc, au pire tu n'auras que des moitiés de problèmes, ajouta son ami avec un fin sourire.

— Oui, c'est vrai. Tu sais, je veux profiter de ce voyage pour essayer de retrouver mon père, pas pour m'amuser.

— OK, mais fais-le discrètement et surtout n'oublie pas de rentrer, sinon ça se passera mal pour toi.

— Je n'ai pas l'intention de vous trahir, et je n'abandonnerais jamais ma mère.

— C'est bien, t'es un bon fiston ! Ah, attends ! J'allais oublier, fit Pierre en levant la main. On m'a donné ce numéro de téléphone pour toi. Si jamais tu avais un gros problème. J'espère que tu n'en auras pas besoin. Allez, bon voyage, *brother* !

Jean-Jacques se dirigea vers la porte d'entrée principale en serrant fermement la mallette. Il passa les premiers contrôles de sécurité et pénétra dans le hall. Il comprit rapidement qu'il était entré dans un monde qui n'était plus le sien. Il se sentait plus perdu que s'il avait été au fin fond de la forêt. Comment se repérer ? Ses yeux cherchaient à lire les panneaux pour fournir des données cohérentes à son cerveau, mais celui-ci était submergé de signaux et de codes inconnus. Après avoir essayé de comprendre seul quelques minutes, il repéra un panneau sur lequel était écrit le mot « informations ». Assise sous celui-ci, une jeune femme lui expliqua calmement où il devait aller et ce qu'il devait faire. Il se répéta ces instructions plusieurs fois pour ne pas oublier. Première étape, l'enregistrement, puis les contrôles, puis l'embarquement. Tout compte fait, ça n'avait pas l'air si compliqué. En suivant rigoureusement ces indications, il finit par se retrouver assis dans l'avion, à côté du hublot, en attente du décollage.

Il voyait l'aile et les réacteurs. Il ne pouvait s'empêcher de se demander comment cette machine pouvait bien tenir sur de l'air, du vide. Les bateaux naviguent sur de l'eau, ils flottent, les voitures roulent sur des routes, mais les avions… c'était un mystère pour lui. Les derniers retardataires embarquèrent et le personnel ferma les portes. Un homme blanc d'une quarantaine d'années vint s'asseoir à côté de lui en le saluant poliment. Jean-Jacques pensa à son père. Lui aussi était venu de loin, il devait être courageux pour avoir fait la guerre. Malgré tout ce que disent les Rwandais sur les Français, ils ne devaient pas être tous pourris, il devait sûrement y en avoir quelques-uns de bons, comme partout. Il savait que c'était la Légion étrangère qui avait protégé le camp où sa mère s'était réfugiée. Il ignorait ce que ça voulait dire exactement, mais il connaissait l'unité que dirigeait son père et se persuadait qu'il pourrait retrouver sa trace une fois sur place. Mais, au hasard de recherches qu'il avait pu faire ces dernières années, il était aussi tombé sur des histoires de viols perpétrés par des légionnaires restés impunis. Était-ce pour cela que sa mère n'avait pas cherché à retrouver son père ? Il ne pouvait s'empêcher d'y penser, même si elle avait toujours parlé d'une rencontre amoureuse.

L'avion se mit en branle, coupant court à toutes ses interrogations. Il se cramponna aux accoudoirs et s'enfonça dans son fauteuil. Son voisin le regarda et lui demanda :

— Première fois ?

Jean-Jacques hocha la tête sans pouvoir parler. Il écoutait avec attention les démonstrations de sécurité sans comprendre à quoi pouvait servir un gilet de sauvetage s'ils venaient à s'écraser. Son cœur battait au rythme de djembés endiablés. Il ferma les yeux pendant le décollage et les rouvrit quand ils eurent cessé leur phase ascendante. Quel spectacle magnifique ! Nos mille collines, pensa-t-il. Ça y est, je vole comme un oiseau au-dessus de mon pays. Il se détendit petit à petit, voyant que tout autour de lui les gens parlaient, dormaient ou regardaient des films. Tout semblait normal. Il alluma son écran et en choisit un lui aussi, le plus drôle possible.

Quelques turbulences l'avaient fait sursauter alors qu'il avait fini par s'endormir devant le troisième film. Il s'était réveillé d'un coup et se souvenait encore de son rêve. Il venait de s'asseoir et le passager à côté de lui était son sosie, Jean-Jacques faisait comme s'il ne l'avait pas remarqué et ne répondait pas à ses questions. En regardant par le hublot, le jeune homme vit que l'avion était en train de descendre sous les nuages.

— *Cabin crew, please prepare for landing.*

Une légère effervescence avait gagné la cabine. Tout le monde rangeait ses affaires sous la supervision des membres d'équipage. Comme il s'était assoupi, Jean-Jacques vérifia que sa mallette était toujours là. C'était le cas. Il ne put s'empêcher de penser à ce qu'il pouvait bien y avoir à l'intérieur. « Juste des documents ». Il se répétait les mots de Pierre pour se rassurer. Mais il entendait aussi la voix de sa mère : « pourquoi n'y sont-ils pas allés eux-mêmes ? » Il ne voulait pas paniquer, puisque de toute façon il ne pouvait plus faire demi-tour. Il essayait de penser à autre chose, à quelque chose de positif, et visualisa le sourire d'Édith.

L'avion se posa en douceur. Jean-Jacques se joignit aux quelques autres passagers qui applaudissaient.

Allez, c'est maintenant que ça se joue, pensa-t-il.

À l'arrivée, il eut beaucoup de mal à comprendre les panneaux, mais il suivit le flux des voyageurs. Il s'accrocha aux quelques visages qu'il avait aperçus dans l'avion, et notamment celui de son voisin. Arrivé au contrôle, une hôtesse lui demanda s'il avait un passeport européen. Comme ce n'était pas le cas, il dut rejoindre la longue file des voyageurs internationaux. L'attente fut interminable, il n'y avait que trois guichets ouverts pour un nombre incalculable de passagers. Plusieurs vols avaient dû arriver en même temps de différentes destinations dans le monde. Jean-Jacques n'avait jamais vu autant de visages si différents ni entendu autant de langages inconnus. Certains voyageurs devaient venir d'Amérique, ils ressemblaient aux Indiens des bandes dessinées qu'il lisait avec sa mère. En s'approchant, il vit qu'il régnait une certaine animation derrière les postes de contrôle. Il y avait d'autres équipes de policiers avec des chiens.

Je n'ai que des papiers, je ne risque rien, se répétait-il. C'était enfin son tour. Il était impatient de passer, mais inquiet à l'idée de se faire contrôler.

— Bonjour, monsieur.

— Bonjour, lui répondit le douanier en le fixant avec un regard suspicieux. Quel est l'objet de votre voyage en France ?

— Je suis venu pour faire du tourisme et voir des amis.

L'officier des douanes prit le temps de regarder attentivement son passeport et son visa. Jean-Jacques savait que le colonel avait fait en sorte que tout soit en ordre, il n'avait pas de doutes là-dessus. Et pourtant, il eut l'impression que cela durait une éternité. Après une longue attente, où il s'efforça de faire le vide pour ne montrer aucune émotion, son interlocuteur lui rendit ses papiers et lui fit signe de circuler. Son regard semblait signifier « Attention, je t'ai à l'œil. » Jean-Jacques, soulagé, put enfin sourire. Il remercia le douanier et s'empressa de franchir le portique avant que ce dernier ne change d'avis. Une fois de l'autre côté, il vit que tous les passagers devaient passer devant un nouveau contrôle où des chiens reniflaient les bagages.

Une dernière étape et c'est bon, se dit-il. Il s'avança et tendit avec confiance sa mallette. Le malinois se mit immédiatement à aboyer et à sauter dans sa direction, obligeant son maître à tirer sur la laisse de toutes ses forces. Tous les regards se tournèrent vers lui. Jean-Jacques sentit ses jambes défaillir. Tandis qu'un policier se dirigeait vers lui.

— Bonjour monsieur, veuillez nous suivre, nous allons effectuer un contrôle de vos sacs dans la pièce à côté.

— Oui, mais ce ne sont que des documents.

— Parfait, dans ce cas ça ne sera pas long, ne vous inquiétez pas.

Une fois arrivé dans la pièce, le plus jeune des deux douaniers lui demanda sa mallette et partit l'ouvrir sur une table à côté. Jean-Jacques ne voyait pas ce qu'il était en train de faire, son dos large lui masquait ses manipulations. Soudain la fouille s'arrêta.

— Michel, viens voir ce que j'ai trouvé…

Son collègue accourut aussitôt.

— Bingo ! Bravo ! Allez, c'est toi qui vas te taper la procédure et le procès-verbal, c'est le meilleur moyen d'apprendre.

Il se tourna vers Jean-Jacques qui restait muet.

— Je crois que t'es parti pour passer de belles vacances à Paris, mon coco. Mon jeune camarade va te préparer un petit programme sympathique !

XXIII
EMBASTILLÉ

Jean-Jacques était sonné. Il ne chercha pas à se révolter, tant ce qu'il était en train de vivre lui semblait irréel. Comment leur dire qu'il n'avait même pas ouvert la mallette et n'avait aucune idée de ce qui pouvait bien s'y trouver ? Il essaya de mobiliser ses forces pour s'exprimer clairement. Pourtant, dans un tel contexte, le trajet entre son cerveau et ses cordes vocales était semé d'embûches. Les mots se perdaient en route, ne formaient plus que des phrases vides de sens, tronquées et balbutiées du bout des lèvres.

— Je ne sais pas ce qu'il y avait dans cette mallette, je vous jure, on me l'a remise avant mon départ. Il y a peut-être un malentendu.

— Ne te fatigue pas mon ami, on vient de trouver de la drogue, regarde ! lança le plus âgé des douaniers en lui montrant le sachet blanc. T'as quand même pas de bol, on venait pour l'avion de Cuba et on est tombé sur toi !

Jean-Jacques ne parlait pas parfaitement le français. Il ne l'avait pratiqué qu'avec des Rwandais. En situation de stress et face au débit rapide de son interlocuteur, il n'avait pu capter qu'un mot sur deux. Par contre, il avait compris tout de suite en voyant le paquet de drogue que la situation était très grave.

— Mais, monsieur, ce n'est pas possible, je ne sais pas qui a pu mettre cela dans ma mallette.

— Eh bien, commence à chercher, parce que tu vas bientôt pouvoir expliquer tout ça au juge. Mon collègue va te lire tes droits, tu vas être placé en garde à vue.

Le plus jeune douanier s'approcha :

— Monsieur Jean-Jacques Mugisha, à compter de ce jour, lundi vingt-cinq avril deux mille seize, vous êtes en garde à vue… avocat… téléphoner… médecin…

Au milieu de ce tourbillon, il avait réussi à capter quelques mots, les plus importants. Il se souvint qu'il avait dans sa poche un papier avec le nom d'une personne et un numéro de téléphone. Il le prit et le tendit à son interlocuteur :

— Monsieur, s'il vous plaît, pouvez-vous appeler cette personne ? Il fera venir un avocat.

— On va voir ce qu'on peut faire.

— Qu'est-ce qu'il va se passer pour moi maintenant ?

Jean-Jacques avait en tête la dureté des lois de son pays concernant le trafic de drogue.

— Vous allez rester en garde à vue pour deux ou trois jours. Nous allons vous interroger. Ensuite, vraisemblablement, le procureur ouvrira une information judiciaire. J'espère que vous avez un bon avocat.

— Excusez-moi, mais ça veut dire quoi ?

— Ça veut dire qu'il va y avoir une enquête, que ça risque de prendre du temps, et que vous allez sûrement rester en prison en attendant.

— Combien de temps ? Je suis venu ici pour retrouver mon père, et puis ma mère risque de s'inquiéter.

— Ah ça, il fallait y réfléchir avant ! Il est possible que ça dure plusieurs mois. Vous vous êtes mis dans un sale pétrin.

Jean-Jacques essayait de lutter contre le désespoir qui le gagnait, il ne pouvait pas arrêter le flot des larmes qui envahissaient ses yeux. Les dernières digues de sa fierté avaient cédé. Ses bras ballants pendaient inanimés de chaque côté de son corps voûté. Le jeune douanier le regardait avec pitié et fatalisme : il avait commencé il y a à peine six mois et presque tous les jours il croisait les mêmes destins brisés. Des hommes et des femmes qui allaient connaître la prison parce que la misère les avait poussés à transporter de la drogue contre une poignée de billets. Lui était là pour empêcher qu'elle finisse dans les veines ou le nez d'autres jeunes, et vienne fracasser d'autres vies. Ce qui revenait à essayer de vider la mer avec une petite cuillère.

— Vous voulez un verre d'eau ?

— Oui, je veux bien…

Il sortit de la pièce et rejoignit son collègue qui l'attendait avec une troisième personne, vraisemblablement leur chef. La porte était restée ouverte et Jean-Jacques entendit quelques bribes de conversation :

« Première fois… drogue en provenance du Rwanda… drogue très coupée… quoi d'autre dans la mallette ?... des noms, des passeports, des comptes bancaires… appeler le numéro… ambassade… un avocat… bizarre, cette histoire… »

Quelques minutes plus tard, le douanier revint avec un verre d'eau.

— Tenez. Nous avons pu joindre le numéro que vous m'avez donné. Un avocat va bientôt arriver, quand il sera là, nous procéderons à l'interrogatoire.

À ces mots, Jean-Jacques reprit espoir. Avec un avocat, tout redevenait possible, il trouverait bien les mots, lui, pour leur expliquer qu'il n'y était pour rien. Ils le laisseraient sûrement sortir rapidement. Il essayait en même temps de retracer le parcours de cette mallette que Pierre lui avait donnée sur le parking de l'aéroport. Il ne l'avait pas lâchée du trajet. Il s'était assoupi pendant le vol, mais comment imaginer que quelqu'un aurait pu l'ouvrir sans le réveiller ou se faire repérer par les autres passagers ? C'était quasiment impossible. Ils l'avaient bien eu en lui faisant croire qu'il ne risquait rien, sans doute pour qu'il ne panique pas.

L'attente lui parut interminable. Il avait hâte d'expliquer à cet avocat qu'il était innocent. Il ne savait pas s'il devait mentionner le colonel et son fils. Était-ce les trahir ? N'était-ce pas eux qui l'avaient trahi ? Quand il sera dehors, il tirera cette histoire au clair !

La porte s'ouvrit et le fit sursauter. Le douanier le plus âgé passa la tête dans l'embrasure :

— Jean-Jacques Mugisha ! Ton avocat est là.

Ils avancèrent dans les couloirs puis le douanier ouvrit la porte d'une pièce exiguë équipée seulement d'une table et de deux chaises.

— Maître, il est à vous ! On repasse vous voir dans trente minutes pour commencer ! À tout de suite.

Un homme élégamment vêtu l'attendait, assis sur une chaise. Il devait avoir une trentaine d'années. À la surprise de Jean-Jacques, il était noir. Il ne s'était pas imaginé qu'on puisse être noir et avocat dans ce pays. Il ne savait pas si c'était une bonne nouvelle, si ça allait l'aider. Il semblait différent de ces riches qu'il avait pu croiser à Kigali, il avait un regard déterminé et des traits qui donnaient une impression de douceur.

— Bonjour, je suis maître Emman…

L'homme ne put finir sa phrase. Sa bouche était restée ouverte, mais aucun son n'en sortait. Ses yeux étaient écarquillés comme s'il avait vu une apparition divine. Jean-Jacques tendit la main pour serrer celle de l'avocat. Elle était douce et fine, des mains qui ne travaillent pas la terre, sans cal ni éraflure.

— Excusez-moi, c'est fou comme votre visage ressemble à celui de quelqu'un que je connais ! expliqua enfin l'avocat. Il paraît qu'on a tous sept sosies dans le monde. Je suis maître Emmanuel N'Diaye. Si vous le voulez, je serai votre conseil. J'ai été envoyé par la personne que vous avez fait appeler après votre arrestation.

— Monsieur, je ne sais pas qui a mis la drogue dans la mallette, je suis innocent ! s'empressa de lui indiquer Jean-Jacques.

— Vous avez été pris en possession de drogue. Ça arrive tous les jours ici, et tous les jours, les gens comme vous qui sont arrêtés disent les mêmes choses. Les personnes qui vous ont arrêté vont faire leur travail, qui est de vous envoyer en prison et d'essayer de comprendre d'où vient cette drogue qui était dans votre valise. Ils ne vont pas vous libérer juste sur parole.

— Mais vous êtes avocat, vous allez m'aider ?

— Oui, je vais essayer, mais ils ne sont pas obligés de nous croire, lui expliqua Emmanuel N'Diaye avec pédagogie. Il y a malheureusement des procédures à suivre qui risquent d'être longues.

L'avocat ne pouvait s'empêcher de scruter ce visage qui lui paraissait si familier. Le temps était compté, ils n'avaient que quelques minutes pour préparer l'interrogatoire à venir. En face de lui, Jean-Jacques était groggy, comme s'il venait de prendre une avalanche de crochets en plein visage.

— Écoutez-moi, nous avons peu de temps. Il n'y a pas grand-chose à faire maintenant, simplement répondre aux questions en montrant votre bonne volonté et en continuant de jurer que vous êtes innocent. Contentez-vous d'en dire le minimum. Saviez-vous ce que contenait la mallette ?

— Non, monsieur, on me l'a donnée avant de prendre l'avion, répondit Jean-Jacques, penaud. J'aurais dû écouter ma mère.

— Rassurez-vous, vous n'êtes pas le premier à ne pas écouter votre mère ! On est tous passés par là. Ne donnez pas trop de détails sur l'origine de cette mallette, moins vous donnez de pistes, moins ils pourront faire durer la procédure. Restez sur votre version : on vous a remis la mallette et vous étiez payé pour la transporter. Vous ne saviez pas ce qu'il y avait dedans. Plus vous en serez convaincu, plus vous serez crédible.

— Mais c'est la vérité !

— Eh bien, tant mieux. Nous allons ensuite étudier le dossier et faire le maximum pour vous sortir de là.

Quelques instants après, les deux représentants des forces de l'ordre revinrent et commencèrent l'interrogatoire. Ils n'apprirent pas grand-chose de nouveau. La version du prévenu était plausible, mais ils l'avaient déjà entendue des centaines de fois. Certains cachaient la drogue dans leurs affaires, d'autres l'ingurgitaient. Il était quand même plus rare qu'elle soit aussi mal cachée. Il y avait aussi tous ces papiers étranges retrouvés dans la mallette. Ils allaient bien sûr creuser cette histoire.

— Nous en avons terminé, Maître, nous vous tiendrons informé d'une éventuelle nouvelle audition ou du déferrement de votre client.

Jean-Jacques suivait ces échanges, ahuri. Les termes utilisés lui étaient totalement inconnus, il n'avait croisé aucun d'entre eux dans les livres en français qu'il avait lus avec sa mère. Ses yeux allaient de son avocat aux douaniers avec inquiétude, essayant de capter une expression de visage qui pourrait lui faire comprendre la suite. L'avocat se tourna vers lui.

— Je vais devoir partir. Pour le moment, ils vont vous garder dans une cellule à côté d'ici. Si vous avez un problème, demandez-leur d'appeler un médecin, ou de me joindre directement. Ne vous inquiétez pas, je vais suivre l'affaire de près.

Jean-Jacques acquiesça en silence et détourna le visage en se grattant l'arrière du crâne. Emmanuel N'Diaye se leva et prit congé. Les douaniers guidèrent leur prisonnier vers la cellule qui lui était destinée, un petit espace quasiment vide. La porte se referma derrière lui.

XXIV
ENTRE QUATRE MURS

Dans cette pièce exiguë, il n'y avait rien d'autre à faire qu'à attendre. Il s'installa sur la couchette qui lui avait été attribuée et fixa le plafond. Il essayait d'y voir la réponse à ses problèmes en y projetant les dernières heures du film de sa vie, analysant chaque scène pour voir un détail qui aurait pu lui échapper. Jean-Jacques réfléchissait sans parvenir à dormir malgré son épuisement. Toute sa vie, il avait attendu de rejoindre le pays de son père et il s'y trouvait enfermé comme un animal.

Le lendemain, après une longue nuit sans sommeil, on vint le chercher.

— Ton avocat est là.

Jean-Jacques n'avait pas pu se changer et l'odeur aigre de la peur lui collait à la peau. La belle chemise blanche qu'il avait achetée pour l'occasion était aussi froissée que son visage. Ses yeux étaient rouges et secs. Son seul espoir était que cet avocat fasse reconnaître son innocence. Mais comment se fier à lui sans savoir qui l'avait mandaté et qui payait ses services ? Malheureusement, il n'avait pas les moyens de chercher une meilleure option.

— Bonjour, Jean-Jacques, comment allez-vous ? Vous tenez le coup ? demanda sans attendre Emmanuel en le voyant défait.

— Oui, ça va, mentit Jean-Jacques en s'asseyant lourdement, sans le regarder. Je suis innocent, donc mon esprit est serein.

— J'ai pu avoir de nouvelles informations. Comme je le craignais, une enquête va être ouverte, notamment pour importation de stupéfiants en bande organisée. Vous allez être déféré au tribunal et présenté à un juge d'instruction.

Les douaniers veulent en savoir plus sur l'origine de cette drogue, qui par ailleurs est extrêmement coupée et quasiment impossible à consommer. De plus, les documents que vous transportiez les intriguent beaucoup.

— Monsieur, je parle à peine le français. Et je ne comprends pas bien ce que vous me racontez.

— Pour vous traduire en des mots plus simples, ils veulent continuer l'enquête sur votre mallette et il y a de fortes chances qu'ils vous placent en détention provisoire.

— Et combien de temps cela peut-il durer ?

— Je dois être honnête avec vous, la justice est débordée et les enquêtes peuvent durer très longtemps. Il y a des prévenus qui restent en prison dans l'attente de leur procès pendant deux ans.

Deux ans ! Le petit pécule d'espoir qu'il avait pu reconstituer la nuit précédente disparut aussitôt. Tout son corps s'était contracté, il cacha sa tête entre ses poings serrés et hurla en kinyarwanda. Il concentra sa colère sur celui qui l'avait piégé. Il comprit aussitôt que le désir de vengeance lui donnerait la force de tenir.

Cette réaction surprit Emmanuel N'Diaye qui l'avait trouvé plutôt docile et abattu jusqu'ici.

— Je suis désolé, dit-il doucement.

— Ça n'est pas votre faute, c'est moi qui suis un idiot.

— Quelqu'un a sans doute abusé de votre naïveté. Pour le moment, nous allons essayer de voir ce qu'ils vont pouvoir trouver. Je pense qu'ils n'ont pas grand-chose contre vous, mais ils veulent vérifier que vous n'appartenez pas à une filière organisée. Ça prendra du temps, il va vous falloir être courageux et patient.

— J'ai été courageux toute ma vie, je vais continuer à l'être, pensa Jean-Jacques. Est-ce que je peux vous demander de prévenir ma mère ? demanda-t-il d'une voix triste.

— Oui, bien sûr, vous avez ses coordonnées ?

— Je les connais par cœur, si vous avez de quoi noter. S'il vous plaît, faites en sorte de ne pas trop l'inquiéter, elle n'a plus que moi.

— Je ferai de mon mieux, je vous le promets, conclut Emmanuel, avant de noter ce que son client lui dictait, et de prendre congé.

La machine judiciaire était lancée. Jean-Jacques avait compris qu'il venait de pénétrer dans un labyrinthe immense et sombre, et qu'il n'était pas près d'apercevoir le rai de lumière qui indiquerait enfin la sortie. Il se résigna à suivre sans comprendre toutes les étapes qu'ils appelaient ici « procédure ». Il allait être mis en détention provisoire. Ça voulait au moins dire que ça ne durerait pas indéfiniment, pensait-il pour préserver son espoir.

À des milliers de kilomètres de là, Marie-Ange essayait d'oublier à quel point l'absence de son fils lui pesait. C'est la première fois qu'ils étaient séparés aussi longtemps. Bien sûr, avant son départ, elle se rendait au marché quand il dormait encore et bien souvent il rentrait quand elle dormait elle aussi. Mais ils se croisaient chaque jour et ça suffisait à son bonheur. Depuis son départ, il ne lui avait donné aucune nouvelle. Ça ne lui ressemblait pas. Peut-être s'était-il fait voler son téléphone ? On lui avait dit que Paris était beaucoup moins sûre que Kigali.

Enfin, un matin, elle reçut un appel. Bien qu'elle fût en train de servir un client, elle se précipita pour décrocher.

— Allo ? répondit-elle, haletante.

— Bonjour madame, je suis maître Emmanuel N'Diaye, je vous appelle de la part de votre fils Jean-Jacques. L'avocat essayait de trouver le ton juste, le plus rassurant possible sans tomber dans l'excès d'une voix trop douce.

— Attendez, ne bougez pas ! Je n'ai pas entendu qui vous êtes, je vais me mettre dans un endroit calme. Le brouhaha était aussi fort à l'extérieur qu'à l'intérieur de sa tête.

Après avoir couru dans une ruelle adjacente, elle reprit, essoufflée :

— Monsieur, qui êtes-vous ?

— Je suis Emmanuel N'Diaye, l'avocat de votre fils, reprit-il en conservant exactement le même ton.

— L'avocat, pourquoi l'avocat ?! Passez-le-moi, s'il vous plaît !

— Je suis désolé, madame, je ne peux pas. Je dois vous annoncer une mauvaise nouvelle.

À ces mots, Marie-Ange se sentit défaillir. Elle s'assit sur le trottoir, à même le sol.

— Oh, mon Dieu, j'en étais sûre !

— Je vous rassure, il est en bonne santé, mais il a été arrêté par les douanes à son arrivée à Paris.

— Arrêté ? Mais mon fils est un agneau, il ne ferait pas de mal à une mouche. Il doit y avoir un malentendu.

— C'est ce que nous croyons aussi, nous essayons de prouver son innocence.

— Attendez, « nous » c'est qui « nous » ? Est-ce vous qui allez vous occuper de mon fils ? Je dois vous prévenir tout de suite, nous n'avons pas beaucoup d'argent.

— Rassurez-vous sur ce point, mes frais sont pris en charge par les personnes qui attendaient votre fils en France. Ils sont déterminés à le faire sortir le plus rapidement possible mais il faut bien comprendre que cela va prendre du temps.

Marie-Ange avait en tête les procédures interminables dans les prisons rwandaises après le génocide, tous ces hommes qui avaient attendu des années avant la tenue de leur procès. Beaucoup étaient morts avant.

Une angoisse sourde montait en elle, mêlée à la colère de ne pas avoir été écoutée par son fils. Elle n'avait jamais apprécié ce Pierre, encore moins son père. Combien de fois avait-elle essayé de prévenir Jean-Jacques ?

Comment aurait-il fallu que je le lui dise ? pensa-t-elle dépitée. De toute façon, il n'en aurait fait qu'à sa tête.

— Il n'a fait que transporter une valise sans savoir ce qu'il y avait dedans. De quoi est-il accusé ? reprit-elle vigoureusement.

— Il y avait de la drogue dans la mallette. Pas beaucoup, mais assez pour le faire incarcérer.

— De la drogue ? Elle prononça ces mots avec un subtil mélange de surprise et de colère.

— Oui, madame. Je vais faire de mon mieux pour faire libérer votre fils. Je vous tiendrai au courant de chaque étape, poursuivit l'avocat en tenant à rester rassurant.

— Il n'est pas question que je reste ici pendant que Jean-Jacques est en prison.

— Pour le moment l'enquête n'a pas encore commencé, il vaudrait peut-être mieux venir plus tard…

— Vous avez des enfants, monsieur ?

— Non…

— Alors vous comprendrez quand vous en aurez ! Envoyez-moi l'adresse de votre bureau, je viendrai à Paris aussi vite que possible.

Elle raccrocha et héla aussitôt une mototaxi pour se rendre à la maison du colonel.

— Bonjour, je viens voir le colonel Mugabe, annonça-t-elle au gardien.

— Il n'est pas là, madame. Vous avez rendez-vous ?

— C'est très important.

— Il y a beaucoup de gens qui veulent le voir et il ne reçoit que ses amis à son domicile. Si c'est professionnel, vous devriez aller à l'académie militaire. Il y est souvent pendant la journée.

Elle sauta à l'arrière d'une autre moto sans attendre la fin de la phrase. Arrivée à la caserne, elle dut se présenter devant la guérite.

— Que voulez-vous ? Les civils ne sont pas admis ici !

— Je suis venue voir le colonel Mugabe.

Les deux soldats de faction se regardèrent en souriant. Encore une conquête du colonel qui devait être sans nouvelles depuis plusieurs jours.

— Le colonel est très occupé, répondit sèchement le soldat qui lui faisait face.

— Allez le voir et dites-lui que la mère de Jean-Jacques Mugashi est là pour lui parler du voyage de son fils en France. Il est au courant.

Face à sa détermination, le soldat, qui ne voulait pas commettre d'impair et n'avait pas grand-chose d'autre à faire, décida d'envoyer son camarade porter l'information au colonel. Il demanda à Marie-Ange d'attendre. Quelques minutes plus tard, le colonel apparut en personne.

— Bonjour, lui dit-il en la prenant par le bras, allons un peu plus loin pour discuter.

— Je vous suis, j'espère que vous allez pouvoir m'expliquer ce qui est arrivé à mon fils, dit-elle sans pouvoir cacher sa colère ni son impatience.

— Madame, il faut me croire, je n'y suis pour rien dans cette histoire de drogue, reprit-il après avoir marché quelques mètres.

— Mais c'est vous qui lui avez confié cette valise !

— Oui, c'est vrai, mais elle ne devait contenir que des documents. Je ne sais pas qui a mis cette drogue dedans pour me nuire, mais je le retrouverai et il me le paiera cher.

— En attendant, c'est mon fils qui est en prison, pas le vôtre. Que va-t-il se passer maintenant ?

— Nous avons engagé un très bon avocat que nous connaissons bien. Il travaille pour le faire libérer. Il n'y a rien que je puisse faire de plus.

— J'ai peut-être une autre idée, rétorqua Marie-Ange qui avait eu le temps de cogiter à l'arrière de la moto et qui était prête à jouer son va-tout.

— Je ne vois pas d'autre solution.

— Aidez-moi à aller en France. Là-bas, je connais quelqu'un qui pourra nous aider. Moi je récupèrerai mon fils, et vous vos papiers.

Le colonel était surpris par le culot de cette femme. Personne n'avait jamais osé lui parler comme ça. Il se doutait bien qu'elle lui mentait à propos de ce mystérieux contact en France, mais il se sentait un peu responsable de la situation de son fils. Et puis elle lui plaisait vraiment… et il espérait qu'elle puisse se montrer reconnaissante, ensuite.

— D'accord, revenez me voir dans trois jours chez moi, en fin de journée. Nous aurons vos papiers et votre billet d'avion. Je préviendrai mes amis pour qu'on vous accueille à l'arrivée.

— Merci.

Trois jours plus tard, elle revint récupérer les documents. Le colonel vint les lui remettre en personne au portail. Alors qu'elle vérifiait que tout était en ordre, il lui prit maladroitement l'avant-bras.

— Je vous souhaite de réussir, pour vous comme pour moi, lui dit-il d'un ton qui sonnait comme un encouragement autant qu'une menace.

— Je lui avais dit de ne pas le faire, c'était plus fort que lui, il voulait à tout prix aller en France et essayer de retrouver son père.

— Il a pourtant déjà une mère formidable. Je vous laisse mon numéro de téléphone, tenez-moi au courant quand vous serez là-bas. Je compte aussi sur vous pour que cette histoire reste entre nous, je ne veux pas que mon nom soit mêlé à tout ça. Si j'apprends que vous en avez parlé je vous fais rapatrier illico, on est bien d'accord ? insista-t-il l'index pointé vers elle.

Marie-Ange acquiesça. Cet homme pouvait être aussi charmant qu'effrayant, il semblait capable de tout.

XXV
FRESNES

Arrivé à Fresnes, Jean-Jacques comprit immédiatement ce qu'Emmanuel N'Diaye avait tenté de lui décrire pour le préparer psychologiquement. Il avait face à lui un monstre froid de béton et d'acier.

Les autres prisonniers sont là pour expier des fautes, pensa-t-il. Sauf que moi je n'ai rien à me faire pardonner, à part d'avoir été naïf.

Il essaya d'écouter attentivement tout ce que le surveillant lui expliquait sur le fonctionnement de la prison, les horaires, les repas, les douches, les promenades. Il s'appliqua à conserver un visage neutre, comme s'il était indifférent au monde, aux autres, sans émotion. Ce serait son armure. À l'intérieur, ses proches vivraient avec lui, à l'extérieur, il serait lisse et attendrait patiemment une résolution positive de sa situation. Il avait déjà acquis des réflexes de survie pendant toutes les années où il avait été harcelé à l'école. Il savait que la patience était une vertu cardinale et qu'on ne pouvait compter que sur soi-même.

Seul le mot « bibliothèque » avait véritablement retenu son attention.

Il fut conduit vers sa cellule à travers le long couloir central. Il marchait lentement tout en observant ce nouvel environnement. Lui, qui avait toujours vécu dehors, ne pouvait plus voir le ciel, entendre les bruits de la rue, des voitures, les rires ou les discussions des passants, la vie. Tous ces bruits familiers étaient remplacés par des grincements de portes et des cris. Il attendait anxieusement de rencontrer ses codétenus.

Ils s'arrêtèrent devant la porte 421. Le surveillant l'ouvrit sur une pièce exiguë où se trouvaient déjà deux individus qui se tenaient chacun dans un coin. Jean-Jacques jeta un regard circulaire. L'espace était étroit. Trois lits superposés, une table, des toilettes dans un coin et un lavabo. Ses deux futurs camarades de chambrée ne souriaient pas. L'un était blanc, la peau couverte de tatouages, l'autre avait la peau noire et portait une barbe longue, filandreuse et peu fournie. Jean-Jacques s'avança vers chacun d'entre eux et se présenta. Personne ne lui posa de questions. Il alla poser ses affaires sur le lit du milieu qui était vide. La pièce sentait un mélange de nourriture, de sueur et de tabac, bien que la petite fenêtre soit ouverte sur des barreaux qui masquaient la vue.

En faisant son lit, Jean-Jacques pensait à ce que sa mère avait dit à son avocat. Quand celui-ci lui avait appris qu'elle avait manifesté le souhait de le rejoindre, il n'avait pas voulu y croire.

Comment pourra-t-elle faire pour obtenir les papiers et financer le voyage avec son maigre salaire ? Mais il ne pouvait s'empêcher d'espérer que son avocat trouve une solution. Il aimait bien dire et penser « mon avocat ». Avoir « son » avocat était déjà une preuve de réussite, peu importe le contexte. Il se sentait rassuré en sa présence, convaincu que celui-ci faisait le maximum et que l'issue de cette détention provisoire serait plus proche que lointaine.

Rapidement il apprit que ses compagnons d'infortune s'appelaient Miguel et Idriss. Le premier n'était pas très bavard et passait ses journées sur son téléphone. Il jurait souvent et ne paraissait pas avoir envie de se lier d'amitié avec Jean-Jacques. Le second s'était rapproché de lui. Sans le questionner sur les raisons de sa présence, il lui avait confié son histoire. Issu d'une famille nombreuse qui vivait dans une cité non loin d'ici, il était tombé pour trafic de drogue. Il n'y avait pas trop d'alternatives selon lui pour les « gens comme nous ».

Il avait eu la chance ici de rencontrer les bonnes personnes qui lui avaient ouvert les yeux et fait découvrir la religion. Il passait effectivement beaucoup de temps à étudier les textes sacrés de l'Islam.

— Demain, pour ta première promenade, je te présenterai mes amis, lui annonça-t-il.

La première nuit fut interminable. Sans cesse dérangé par les éclats de voix, les ronflements ou les raclements de gorges, Jean-Jacques ne parvint pas à fermer l'œil. Il se sentait oppressé dans cet espace étriqué, coincé entre deux lits. Ne sachant pas quand se terminerait son enfermement, il ne pouvait pas non plus se projeter sur un nombre de jours à décompter. Au réveil, il fit un brin de toilette. Ils se relayèrent aux toilettes derrière un drap qui leur procurait une intimité toute relative. Puis vint l'heure de la promenade.

— Allez, viens ! lui dit Idriss, on va se dégourdir les jambes.

Jean-Jacques le suivit dans le dédale des couloirs qui aboutissait à un espace ouvert sur le ciel, mais au sol et aux murs entièrement bétonnés. Tout était gris.

Ils se dirigèrent vers un petit groupe qui parlait en marchant. Tous portaient la barbe. Ils le saluèrent mais Jean-Jacques se sentit très vite mal à l'aise. Il resta quelques minutes à leurs côtés tout en observant les autres détenus regroupés en petits attroupements. Il se demandait bien avec lesquels il pourrait se détendre un peu, sans devoir rester sur la défensive. Son regard se porta sur ceux qui faisaient de l'exercice. Il pensa que le sport l'aiderait certainement à mieux dormir, ce qu'il expliqua aux amis d'Idriss pour justifier son départ. Très vite, il consacra toutes ses promenades à la course d'endurance et aux renforcements musculaires. Le reste du temps, il allait emprunter des livres à la bibliothèque. Il échangeait toujours avec Idriss en prenant soin de ne lui laisser aucun espoir de le convaincre. Cet Islam-là ne correspondait pas à celui qu'il avait rencontré dans les rues de Kigali qui lui semblait plus ouvert, et surtout plus joyeux. De toute façon, les religions ne le passionnaient guère. Malgré les tentatives de sa mère, il avait tendance à mettre dans un même panier tous ceux qui étaient prêts à abandonner leur libre arbitre contre quelques promesses qui ne reposaient sur rien de concret. Chacun son livre, chacun ses prophètes, qui étaient bien souvent les mêmes de surcroît. Il n'y voyait que l'occasion de rejoindre un clan pour s'opposer à un autre… L'inverse de ce qu'ils prônaient pourtant.

Même harassé par le sport et les yeux rougis par de longues heures de lectures, il ne parvenait à dormir qu'à la manière polyphasique des navigateurs, quand la fureur de Fresnes s'apaisait un peu au cœur de la nuit.

Après une première semaine d'enfermement, Jean-Jacques fut informé que son avocat venait lui rendre visite. Il avait hâte de le revoir, espérant qu'il serait porteur de bonnes nouvelles. Enfin, il fut conduit au parloir.

— Bonjour, Jean-Jacques, j'ai eu votre mère, elle m'a dit qu'elle serait là prochainement. Je ne sais vraiment pas comment elle a pu obtenir un visa en si peu de temps. Elle m'a également transmis tous les documents nécessaires afin que je puisse lui obtenir un permis pour vous rendre visite.

— C'est que vous ne connaissez pas encore ma mère, répondit Jean-Jacques en souriant.

Pourtant, lui-même était surpris par la tournure que prenaient les évènements. Comment avait-elle accompli ce miracle ? Son salaire de vendeuse sur le marché ne lui permettait même pas d'acheter un billet d'avion.

— Je ne l'ai eue qu'une fois au téléphone, j'ai l'impression que c'est une femme très déterminée. Et vous, comment allez-vous ? Vous arrivez à supporter tout cela ?

— Oui, je fais du sport et je lis. J'essaie d'éviter les ennuis en restant discret.

— C'est la meilleure stratégie, lui répondit Emmanuel, en scrutant son visage. Quand vous serez sorti, je vous présenterai quelqu'un, vous verrez à quel point vous vous ressemblez.

— J'espère le voir le plus tôt possible alors, ça voudra dire que je serai dehors.

— Sur le plan juridique, il n'y a pas grand-chose de nouveau pour le moment, mais nous allons préparer une première demande de mise en liberté. Je vous le redis, il va vous falloir être patient.

— Il y a plus de deux mille livres à la bibliothèque, je vais pouvoir m'occuper. Mais j'ai hâte de sortir pour retrouver ceux qui m'ont envoyé ici.

— Faites attention ! La vengeance est un poison qui pourrait vous renvoyer tout droit à la case départ, tenta de le prévenir Emmanuel qui avait déjà vécu bien des cas similaires.

—Je cherche avant tout à comprendre ce qui m'est arrivé, qui m'a piégé, et pour quelle raison ? Ensuite, je règlerai mes comptes avec les personnes concernées.

—Je pourrai obtenir le prochain parloir pour votre mère, dit l'avocat pour changer de sujet. J'ai déjà entamé les démarches. J'espère que sa venue nous portera chance.

— Ma mère ne croit pas à la chance, elle croit en Dieu et en la force de sa volonté.

L'avocat lui sourit, heureux de le voir ragaillardi.

Au même moment à Kigali, Marie-Ange venait de rejoindre l'aéroport, armée de son courage et de son visa. Elle n'avait jamais pris l'avion, elle n'était jamais sortie de son Rwanda. Elle n'avait aucun plan, aucune idée de ce qu'elle allait faire sur place. Elle plongeait dans l'inconnu sans avoir appris à nager. Elle savait pourtant qu'une fois proche de son fils, elle trouverait la force de lutter.

Marie-Ange vécut une expérience assez similaire à celle qu'avait vécue Jean-Jacques en prenant l'avion. L'émotion de rejoindre la France, la situation de son fils unique, toutes ses préoccupations disparaissaient à chaque turbulence. Elle se cramponnait aux accoudoirs comme si cela pouvait aider l'avion à résister. Quand le vol était calme, c'est son esprit qui était en proie à de multiples secousses. Elle qui n'avait jamais voyagé, elle aurait préféré un tout autre contexte pour une première fois. Tout la ramenait à ce qu'elle avait vécu pendant le génocide. Les évènements prenaient le dessus, inéluctablement, comme une rivière dont elle ne parviendrait pas à s'extraire du courant. Aurait-elle la force de s'en sortir une nouvelle fois ? Il allait falloir que Dieu l'aide à nouveau.

À l'arrivée, elle fut également contrôlée par les douanes et cela prit du temps à cause des plats traditionnels qu'elle avait apportés pour son fils dans de petits plats en plastiques hermétiques. Isombe, Ugali, Ibihaza, elle voulait que chaque bouchée ranime ses papilles, que l'odeur des épices emplisse ses narines, qu'il puisse fermer les yeux et s'imaginer dans les rues de Kigali, libre.

Enfin, chargée de ses valises bourrées à craquer de victuailles et de vêtements, elle put rejoindre le hall où l'attendait le contact missionné par le colonel, qui brandissait une petite pancarte où était écrit « Marie-Ange ». Un homme quelconque au visage inexpressif.

Il la débarrassa d'une partie de ses affaires et ils échangèrent des banalités. Elle fut conduite à l'Ibis Budget de Fresnes, l'hôtel le plus proche de la prison. L'homme la déposa devant puis s'en alla. « J'aurais aussi bien pu prendre un taxi pensa Marie-Ange. À moins que le colonel ne veuille absolument savoir où je réside…

Emmanuel N'Diaye l'attendait dans le hall. À la façon dont Marie-Ange était vêtue, il n'eut pas de mal à comprendre qui elle était. Ses habits larges et colorés tranchaient avec la grisaille ambiante.

— Bonjour, madame. Je suis maître N'Diaye.

— Bonjour, monsieur. Je dois vous appeler Maître ?

— Non, il n'y a rien d'obligatoire, faites comme vous le sentez. J'espère que vous avez fait bon voyage ? Venez, asseyons-nous, vous devez être fatiguée.

— J'aurais préféré venir en France dans d'autres circonstances, répondit-elle en le suivant vers la première table disponible du salon.

— Je suis venu vous remettre les formulaires pour que vous puissiez rendre visite à votre fils prochainement. Tout est en ordre. Faites attention à bien être à l'heure et à suivre attentivement les consignes. Vous serez fouillée ainsi que les affaires que vous lui apporterez. Je n'ai pas trop de temps aujourd'hui pour échanger avec vous, mais si cela vous convient, je viendrai vous voir après le parloir pour vous expliquer en détail la situation. Pour le moment, de toute façon, il n'y a rien de nouveau, il vous faudra faire preuve de patience comme le fait votre fils.

— Pouvez-vous me dire comment il va ?

— Je l'ai vu il y a quelques jours, je l'ai trouvé en bonne santé, il fait beaucoup de sport et lit énormément. Il me semble plus déterminé que résigné, mais je ne le connais pas aussi bien que vous et vous serez bientôt à même de juger de son état de santé physique et mentale.

— Mon fils a surmonté bien des épreuves, à l'image de notre pays.

Marie-Ange essayait de lire sur les traits de cet homme s'il lui cachait des informations mais il semblait sincère.

— Bon courage pour la visite, appelez-moi s'il y a le moindre problème.

Deux jours plus tard, Marie-Ange se leva très tôt, de toute façon elle avait à peine réussi à dormir. Elle était à proximité de son fils et pourtant elle ne s'était jamais sentie si éloignée de lui. Elle vérifia le sac qu'elle avait préparé, défait et refait plusieurs fois pour être sûre de ne rien oublier. De la nourriture, et quelques vêtements propres. Elle avait ajouté le livre du *Petit Prince* pour qu'il puisse s'évader, juste par la pensée.

Elle s'était présentée la première devant les grilles, bien avant leur ouverture. Appliquant à la lettre les conseils de l'avocat, elle avait suivi docilement le long processus pour pénétrer dans le bâtiment, subi patiemment l'humiliante fouille de son corps et de son sac. Plus elle approchait du parloir, plus ses mains tremblaient et sa gorge se nouait. Est-ce qu'elle allait trouver son fils changé ? Elle s'était fait la promesse de ne pas pleurer, c'est lui qui était enfermé et il avait besoin de puiser de la force en elle. Mais en avançant dans les couloirs, assaillie par l'odeur puissante de la prison et ses bruits déroutants, elle se sentait vaciller. La porte du parloir s'ouvrit sur son fils. Ses traits étaient tendus, mais il n'avait pas l'air affaibli. Elle se força à sourire pendant que ses larmes coulaient. Il souriait également. Elle ne voulait pas gâcher ce moment par des questions maladroites. Ils restèrent ainsi silencieux une minute, une éternité, rassurés tous les deux d'être à nouveau réunis, puis s'assirent. Marie-Ange prit enfin la parole :

— Comment vas-tu ?

— Ça va, maman, ne t'inquiète pas. Je fais beaucoup de sport et surtout je lis. J'imagine que ça te fait plaisir.

— C'est dommage d'avoir dû aller en prison pour recommencer à lire…

— Je ne sais pas ce que je fais ici. Pourquoi on a essayé de me piéger ? Et qui ? Je n'arrête pas d'y penser en boucle, ça m'obsède. Le colonel, Pierre, quelqu'un qui voudrait leur nuire ?

— Ça me paraît pourtant clair de mon point de vue, ça ne peut être que le colonel ou bien son fils, ton soi-disant meilleur ami. Je ne vois pas quel intérêt le colonel aurait à faire ça, d'autant qu'il a l'air de tenir aux documents qu'il t'a confiés.

— Donc pour toi c'est Pierre ? Tu crois qu'il a voulu faire passer de la drogue sans rien me dire ?

— C'est une possibilité. Je ne sais pas. Je n'ai pas de certitudes, juste une intuition.

Ils réfléchirent quelque temps en silence.

— Ton avocat dit que ça n'avance pas vite, ajouta Marie-Ange.

— La justice est débordée, ici.

— J'ai peut-être une idée. Je vais lui demander de nous donner un coup de main pour retrouver ton père. S'il est toujours militaire, il pourra nous aider. Si en France, ça marche comme chez nous, tu seras vite dehors.

— Pourquoi pas ? On peut essayer. J'imagine sa surprise si tu le retrouves. Apprendre qu'il a un fils et qu'il est déjà en prison, répondit Jean-Jacques dubitatif.

— Ne t'inquiète pas, je lui dirai que tu es innocent.

Les minutes passèrent rapidement et un gardien vint leur signifier la fin du temps imparti.

XXVI
COÏNCIDENCES

Comme à son habitude, Emmanuel rentrait tard dans son bel appartement du dix-septième arrondissement. Achille était déjà là, avachi dans le canapé en train de grignoter des chips en regardant une série Netflix.

— T'en as pas marre de regarder ça en bouffant des saloperies ?

— T'en as pas marre de te prendre pour mon père ?

Ils étaient ensemble depuis deux ans. Ils s'étaient rencontrés à la fac de droit. Emmanuel était le chargé de Travaux Dirigés d'Achille, ils s'étaient tout de suite plu. Pour l'un comme pour l'autre, la différence d'âge n'avait jamais été un frein, bien au contraire. Achille avait trouvé une boussole pour guider ses pas vers le monde adulte, mission que son père adoptif avait abandonnée très tôt. Et lui-même était un élixir de jouvence qui permettait à Emmanuel de lutter efficacement contre les assauts du temps.

Achille était encore étudiant. Il était aussi doué qu'il était fainéant, procrastinateur professionnel, indolent compagnon d'études, champion de belote toutes catégories et grand amateur de discussions interminables en fin de soirée. Il se demandait souvent ce qui, chez lui, pouvait bien attirer Emmanuel. Il ne prenait pas vraiment soin de son physique ni de son style, se laissait pousser la barbe et le ventre, fumait plus que de raison. Emmanuel lui passait ces petits défauts, il aimait son corps bien sûr, la douceur de sa peau, mais surtout son esprit, vif et ironique.

— J'ai revu aujourd'hui le client qui te ressemble un peu.

— J'espère qu'il n'est pas mieux que moi.

— C'est exactement ce que j'allais te dire, c'est toi, mais en mieux.

— Heureusement qu'il est en taule, je pourrais être jaloux. J'espère que tu ne vas pas demander à le voir dans l'espace famille.

— Il te ressemble physiquement, mais, rassure-toi, il est beaucoup moins drôle. Ce qui est étonnant, c'est que j'ai vérifié son acte de naissance hier et j'ai vu qu'il était né trois jours avant toi à Kigali.

— Il y a quand même beaucoup de Rwandais qui sont nés à Kigali, et puis nous, les Tutsis, on se ressemble tous. Nez et traits fins, grande taille, beaux et élancés, c'est pour ça qu'on a essayé de nous exterminer, non ?

— C'est quand même assez troublant. J'espère qu'il pourra sortir assez vite pour que tu puisses le rencontrer.

— En attendant, mon sosie, comme tu l'appelles, est actuellement en taule.

— Je le crois innocent.

— Oui, forcément, c'est ton job. Tous tes clients sont innocents ou en passe de le devenir. Mais tu ne veux pas plutôt me trouver un sosie artiste, chanteur, acteur de cinéma ? Là, je voudrais bien le rencontrer !

Emmanuel savait à quel point le parcours familial d'Achille avait été chaotique. Adopté à la naissance par une famille aisée, son père avait cédé au caprice de son épouse qui ne pouvait pas avoir d'enfant. Il avait fait jouer ses relations et sorti son carnet de chèques pour acquérir le plus bel enfant du Rwanda, un bébé métis qu'ils pourraient exhiber fièrement en société. Mais il avait rapidement constaté que les pleurs, les biberons et les couches ne le passionnaient pas. Il en avait donc laissé la charge à son épouse, promettant de s'occuper de l'enfant quand il serait plus grand. Mais à force de fuir le foyer, il avait fini par en fonder un autre. Sa mère adoptive avait vu en Achille la cause de l'échec de son mariage et s'était réfugiée dans la douceur ouatée d'une vie médicamentée. Le fils adoptif avait passé le plus clair de son temps avec ses grands-parents maternels, qui avaient toujours veillé sur lui avec attention et dévouement.

— Tout à l'heure, dans les embouteillages, j'ai eu une idée, renchérit Emmanuel, qui n'était pas du genre à abandonner.

— Vas-y, essaie de me faire rêver !

— Je dois rencontrer la mère de mon prévenu, tu ne voudrais pas assister à notre rendez-vous ? Ça peut être un cas intéressant pour toi et te permettre d'en apprendre un peu plus sur le Rwanda. Et puis on ne sait jamais, peut-être que ce type est un cousin ou un membre éloigné de ta famille.

—J'y ai vécu trois jours, au Rwanda, mais je peux déjà t'en faire un résumé rapide si ça t'intéresse vraiment : un petit pays verdoyant, qui s'est relevé d'un drame horrible de façon incroyable, avec de beaux gorilles et un président vénéré réélu à chaque élection avec quatre-vingt-dix-huit pour cent des suffrages. Et quand je voudrai en savoir plus, je demanderai à Google. Tu crois vraiment que tu pourrais croiser comme ça par hasard une personne qui aurait un lien avec moi ?

— Il n'y a jamais de hasard.

— Je te croyais un peu plus rationnel.

— Mais le hasard, le destin, c'est juste un calcul de probabilités. Et il y a bien des gens qui gagnent au loto, tu connais la probabilité de gagner au loto ? Elle est d'une chance sur plusieurs millions !

— La différence c'est que, eux, ils ont joué, et moi je n'ai pas envie de jouer. Je préfère avoir de beaux doutes qu'une mauvaise certitude. Et mon père, ça serait qui, un violeur ? T'as vu la famille que tu voudrais me refourguer, merci du cadeau !

— Bon, OK, mais réfléchis-y quand même, tu n'as pas grand-chose à perdre. Au pire, tu aideras juste une compatriote qui est perdue toute seule en France et qui cherche une belle âme pour la secourir. Allez, viens ! On va dîner.

Deux jours plus tard, c'est seul qu'Emmanuel se rendit à l'hôtel de Marie-Ange. Il n'avait pas réussi à convaincre son amoureux de se joindre à lui. Il ne lui en tenait pas rigueur, il savait qu'Achille disait toujours non d'abord, pour le plaisir de le contrarier, mais finissait souvent par se laisser entraîner.

Marie-Ange patientait à l'entrée. Elle n'avait pas osé aller au bar de peur de devoir consommer. Elle essayait de réduire ses dépenses au maximum, ayant compris qu'elle était en France pour quelque temps encore. Certes, le colonel lui payait l'hôtel, mais elle devait se nourrir et le coût de la vie ici n'était pas le même qu'au Rwanda.

Elle n'osait pas non plus sortir de l'hôtel. Tout juste consentait-elle à braver le froid et la pluie pour se rendre jusqu'au supermarché le plus proche, y acheter les victuailles les moins chères et retourner dans sa chambre. Elle avait apporté ses vêtements les plus chauds mais ils suffisaient à peine à la protéger. Le vent glacé la saisissait dès qu'elle franchissait le hall. Ses contacts avec les Français se limitaient au réceptionniste, aux caissiers et au vigile. La plupart ne correspondaient pas à l'image qu'elle s'en était faite. Ses journées s'étiraient lentement. Elle prenait un petit déjeuner aussi copieux et tard que possible puis prenait le temps de regarder les informations avant de lire l'un des livres que lui avait prêtés le réceptionniste. Elle, qui était habituellement si active, devait apprendre à diluer le temps, le laisser s'égrener lentement en attendant une hypothétique bonne nouvelle.

Cependant, elle était heureuse d'être venue soutenir Jean-Jacques, elle était à sa place et avait déjà traversé des épreuves bien plus dramatiques. Son fils ne risquait pas de mourir, juste de perdre du temps. Aussi, quand l'avocat de ce dernier se présentât, elle l'accueillit d'un sourire volontaire. — Bonjour, monsieur.

— Vous pouvez m'appeler Emmanuel, j'ai bien peur qu'on soit amené à se voir souvent et pendant plusieurs mois.

— Plusieurs mois, reprit-elle inquiète, tandis qu'elle serrait la main de l'avocat.

Elle songea qu'il était élégant et prévenant mais il la regardait sans chercher à la séduire, ni à instaurer une tension physique entre eux. Elle ne se souvenait pas avoir rencontré d'homme tel que lui dans son pays. Leurs échanges étaient doux malgré les circonstances. Il était plus jeune qu'elle, mais ça faisait longtemps que quelqu'un n'avait pas attiré son attention comme cela.

— Je pourrais vous appeler Marie-Ange ? demanda-t-il, sérieux.

— Oui, bien sûr. Vous avez de nouvelles informations ?

— Non, l'enquête suit son cours. Je crois que la drogue les intéresse autant que les différents documents retrouvés dans la mallette. Vous en connaissez la provenance ?

— La valise a été confiée à mon fils par le colonel Mugabe, un proche du pouvoir. Il fait aussi de la contrebande et divers trafics.

— Pensez-vous que ces documents puissent contenir des informations sensibles, de nature à mettre en danger votre fils ?

— Je n'en ai aucune idée.

Chaque question de l'avocat faisait naître de nouveaux doutes, de nouvelles craintes pour son fils. Jean-Jacques lui disait-il la vérité ou voulait-il la protéger ? Elle balaya ses interrogations en essayant de se concentrer sur la seule idée qu'elle avait eue pour influer sur le cours du destin.

— Si vous me le permettez, j'ai une demande à vous faire.

— Dites-moi.

— Vous avez vu que mon fils est métis. En réalité, son père est français, et c'est aussi pour essayer de retrouver sa trace que Jean-Jacques a accepté de faire ce stupide voyage. Pourriez-vous m'aider à le retrouver ? C'est un militaire qui a participé à l'opération Turquoise, il doit y avoir les moyens de trouver des photos qui me permettraient de l'identifier ?

— Oui, pourquoi pas ? répondit Emmanuel décontenancé.

Certes, il la trouvait sympathique et très courageuse mais il la savait également désargentée et n'imaginait pas ses donneurs d'ordre lui accorder une rallonge pour que cette femme retrouve un type croisé il y a si longtemps. Cette nouvelle mission risquait d'être chronophage.

— Vous avez d'autres informations qui me permettraient de savoir quelle était son unité pendant l'opération ?

— Il faisait partie des légionnaires qui ont protégé le camp du Nyarushishi, c'était un officier. Son prénom est Enguerrand.

Emmanuel avait entendu parler du génocide et de l'opération Turquoise. C'était une page d'histoire ancienne et controversée que l'on n'aborde pas dans les manuels de l'éducation nationale. Et un légionnaire, en plus ! Il connaissait la réputation sulfureuse de ce corps d'armée. Cet homme pourrait bien avoir violé Marie-Ange.

Il vit cependant dans cette recherche une opportunité pour embarquer Achille dans son sillage et lutter activement contre son oisiveté maladive tout en accomplissant une bonne action.

— Je vais demander à mon assistant d'effectuer des recherches et de trouver le plus de photos disponibles, si possible avec la mention des noms.

—Mais vous risquez d'être surprise.

— Pourquoi ? répondit Marie-Ange, intriguée et inquiète.

— Mon assistant est originaire du Rwanda et ressemble un peu à votre fils.

—Je suis curieuse de le rencontrer dans ce cas, répondit-elle avec un fin sourire.

— La prochaine fois je vous enverrai un taxi et nous nous verrons à mon cabinet. Puis nous irons déjeuner quelque part dans Paris. Ça vous fera du bien de sortir un peu.

Décidément, cet homme était charmant, romantique comme les Français avaient la réputation de l'être, pensa-t-elle. Ils se quittèrent en souriant, satisfaits tous les deux des perspectives offertes par leur prochaine rencontre.

XXVII
LE CHOC

Les visites étaient hebdomadaires. Marie-Ange devrait encore patienter avant de revoir son fils. Mais elle se sentait optimiste en attendant le taxi qui allait l'emmener au centre de Paris retrouver l'élégant Emmanuel N'Diaye. Elle espérait que son assistant avait pu retrouver la piste d'Enguerrand. La journée était ensoleillée, quelques oiseaux sifflaient, perchés dans les rares arbres qui avaient pu pousser sur cette terre de béton. Marie-Ange y voyait un clin d'œil divin : allait-elle enfin avoir droit à un petit coup de pouce du destin ? Le taxi arriva.

À son arrivée au cabinet, une secrétaire la fit entrer dans un petit salon d'attente. Son regard balaya la pièce. Le parquet ancien conservait une multitude de petites cicatrices témoignant des outrages du temps et de toutes les formes de chaussures qui l'avaient piétiné. Elle n'en avait pourtant jamais vu d'aussi beaux. Les murs étaient blancs, permettant aux contrastes des chaises et de la table noires et à la plante d'un vert éclatant de s'exprimer. Des tableaux multicolores, aux motifs et aux formes originaux, ornaient les murs. L'endroit était à l'image de son propriétaire, un équilibre parfait entre élégance et modernisme.

À peine quelques minutes après son arrivée, Emmanuel N'Diaye vint la chercher d'un pas alerte, le visage détendu.

— Bonjour, Marie-Ange, j'espère que vous allez bien ! Soyez la bienvenue à Paris ! J'ai de bonnes nouvelles pour vous : mon assistant est là et il a bien avancé dans ses recherches. Nous avons plusieurs photos à vous présenter, j'espère que vous pourrez retrouver le père de votre fils sur l'une d'entre elles.

— Il y a quelque chose de magique dans l'air ce matin, je l'ai senti en me levant et en regardant par la fenêtre. Dieu est là parmi nous.

— Eh bien, il ne sera pas de trop pour nous aider, répondit-il d'un air enjoué. Je vous avais dit que mon assistant ressemblait un peu à votre fils la dernière fois, vous allez me dire ce que vous en pensez !

Il la prit par le bras et l'entraîna dans le couloir qui menait à son bureau. Une épaisse moquette étouffait le bruit de leurs pas, comme s'ils marchaient sur la pointe des pieds pour ne pas réveiller un enfant. Marie-Ange avait avancé jusqu'à apercevoir la table où était installé Achille à travers la porte vitrée de son bureau. Il était de dos, penché sur son ordinateur et ne les avait pas vus arriver.

Il travaillait en se grattant l'arrière du crâne. Soudain, il leva la tête et Marie-Ange vit son reflet dans le miroir pendu au mur en face de lui.

Aussitôt, elle se sentit défaillir et elle agrippa le bras de l'avocat de ses deux mains. Elle sentait monter en elle un tremblement qui provenait du fond de son ventre, comme une série de contractions. Le jeune homme venait de les apercevoir et leur sourit. Il avait la même fossette que Jean-Jacques. Elle tremblait des orteils aux oreilles, son souffle était court et saccadé, son cœur au bord de l'implosion.

Emmanuel avait compris, mais n'osait rien dire. Achille scrutait maintenant cette femme d'un air surpris : faisait-elle un malaise ? Il lança un regard interrogateur à son compagnon. Celui-ci affichait un sourire figé et angélique qu'il ne lui avait jamais connu.

Les souvenirs surgissaient de la mémoire de Marie-Ange. Son ventre qui avait été si gros, toutes les complications qu'elle avait eues durant sa grossesse, jusqu'à cette césarienne. Et puis l'aide généreuse et prétendument désintéressée de la directrice. Comment s'appelait-elle déjà ? Ramata. Toutes les fois où celle-ci était revenue à la charge pour lui proposer de faire adopter son fils. Comment avait-elle pu faire cela ? Comment peut-on priver une mère de son fils, et inversement ?

Marie-Ange avait eu des jumeaux, deux enfants identiques.

— Merci mon Dieu, prononça-t-elle à voix haute.

Elle ne voulait plus lâcher le bras d'Emmanuel et le serrait à lui couper le sang. Elle détacha son regard d'Achille pour le tourner vers l'avocat. Elle cherchait à lire dans ses yeux une approbation, quelque chose qui lui confirme qu'elle ne rêvait pas. Elle y vit une joie sincère. Tout ceci était bien réel.

Achille commençait à s'inquiéter et à se demander si cette dame n'était pas en train de décompenser. Avec tout ce qu'elle a dû subir, ça n'était pas improbable. Il se leva et s'avança vers elle en essayant de lui sourire, faisant ressortir encore plus sa fossette que ne dissimulait pas sa barbe naissante. À côté d'elle, Emmanuel ne disait toujours rien. Achille avait même l'impression qu'il avait les yeux humides.

— Vous allez bien, madame ?

— Oui, très bien, je crois même que c'est le plus beau jour de ma vie.

— Ah oui, on me dit souvent ça quand on me rencontre, répondit-il, tentant de cacher son trouble.

Marie-Ange lui prit délicatement les mains et le regarda longuement dans les yeux en pleurant.

— Je suis ta mère…

À son tour, Achille sentit ses jambes se dérober sous lui.

— Pardon ? balbutia-t-il en fronçant les sourcils et en remuant légèrement le visage de gauche à droite.

— Tu es mon fils, le frère jumeau de mon autre fils, Jean-Jacques.

— Wow, ça fait beaucoup là ! Vous êtes ma mère et j'ai un frère jumeau ? Attendez, ce n'est pas possible !

— Si. On vous a séparés à la naissance, sans que je le sache. Pour de l'argent, il y a des gens qui en sont capables.

— Madame, ce que vous racontez est insensé ! J'ai été abandonné après le génocide et adopté en France. On ne m'a jamais parlé d'un frère.

— Attends, je vais te montrer sa photo.

Marie-Ange fouilla dans son sac pour en extraire un album. Il y avait là des portraits de Jean-Jacques classés par année, son trésor. Elle le tendit à Achille. Il les feuilleta dans l'ordre chronologique, prenant le temps à chaque cliché d'essayer de se souvenir de ses propres traits au même âge. C'était bien lui, avec les mêmes attitudes, mais avec un autre pays en toile de fond.

Marie-Ange s'approcha d'Achille et le prit dans ses bras, posant sa tête à la base de son cou. Ses bras à lui restèrent ballants. L'information était parvenue à son cerveau, mais il ne savait pas quoi en faire.

Délicatement, il la détacha et prit un peu de recul pour la regarder plus intensément et lui prit les mains. Cette belle femme noire d'une quarantaine d'années était donc sa mère ?

— J'ai du mal à y croire, vous savez. Emmanuel m'avait parlé d'un de ses clients qui me ressemblait comme un sosie, mais pas un instant je n'ai pensé à l'éventualité de retrouver un membre de ma famille, tout au plus un lointain cousin. Enfin, ça me paraît encore irréel ! Il faudrait peut-être faire un test génétique pour en être vraiment sûr.

— Mon cher enfant. Je te comprends, je suis moi-même tellement surprise de te voir là, devant mes yeux. C'est irréel, improbable, mais je n'ai aucun doute sur le fait que ce soit vrai. Tu n'en auras pas non plus quand tu verras ton frère en face de toi.

— C'est totalement dingue ! C'est une histoire de dingue !

— Mon Dieu quelle journée ! Je crois que je vais m'asseoir un peu pour me remettre de mes émotions !

— Asseyez-vous, je vais vous chercher une bouteille d'eau, lui glissa Emmanuel. Tu vois, Achille, je t'avais dit qu'il te ressemblait.

— Ils ont la même fossette quand ils sourient, souligna Marie-Ange.

— Je vais vous laisser faire connaissance. Je reviens dans une heure, je crois que vous avez pas mal de choses à vous raconter, reprit Emmanuel avant de s'éclipser en douceur.

Achille et Marie-Ange se regardèrent en souriant. Elle s'était assise, mais avait repris sa main qu'elle caressait de son pouce. Aussi loin que remontaient les souvenirs d'Achille, personne ne lui avait jamais caressé la main avec autant de douceur. Un afflux de questions le submergeait. « OK c'est ma mère, mais ne m'a-t-elle pas abandonné ? Et mon père, est-ce que c'est un violeur ? »

Marie-Ange sentait qu'elle allait devoir éclaircir beaucoup de zones d'ombres, expliquer clairement les évènements, détailler sa vie pour qu'il la croie. Elle n'avait rien à se reprocher, elle-même avait été dupée. Mais le moment était déjà capital et elle ne voulait pas le gâcher.

— J'aime beaucoup ton prénom, Achille. Le mien, c'est Marie-Ange. Je crois que je vais commencer par te raconter mon histoire, qui est aussi celle de ta famille, chuchota-t-elle.

— Oui, allez-y, j'ai l'impression d'avoir attendu ce moment toute ma vie.

— Je vais essayer d'être concise, de te dire les choses importantes que tu dois savoir sur ta famille. Je suis sûre que ça va t'aider à mieux comprendre une partie de toi-même. Je suis née dans une ferme située dans un petit village au nord du Rwanda.

Tous les souvenirs qu'elle gardait enfouis au fond d'elle étaient en train de remonter massivement. Les visages de chacun, des odeurs de cuisine, le bruit des outils de son père, tous ces bons moments, ces moments simples. Elle avait l'impression qu'avant le drame, il n'y avait eu que de bons moments d'ailleurs, comme si ce qu'elle avait vécu ensuite avait été le prix à payer de cette joie intense et quotidienne. Sa voix se fit plus grave et son visage triste alors qu'elle lui raconta le génocide.

Elle n'avait jamais confié ce qu'elle avait vécu. Au Rwanda, il fallait vivre avec, en silence. Comme tout le monde.

— Ton père et moi ne parlions pas la même langue, ne venions pas du même monde, poursuivit-elle. Un soir, il m'a sauvée alors que deux soldats français essayaient de me violer. Nous avons appris à nous connaître et… tout est arrivé très vite mais dans ce contexte de mort, il y avait urgence à vivre. Hélas, il a dû partir rapidement vers une autre zone du conflit et nous n'avons jamais pu nous revoir. Puis j'ai compris que j'étais enceinte. Il n'était pas possible de faire une échographie, le pays était en ruine. J'ai finalement subi une césarienne, sans cela nous serions morts tous les trois. C'est à ce moment-là qu'ils ont dû t'enlever. Au réveil, on m'a présenté un seul bébé, Jean-Jacques. Jamais je n'ai pensé que tu pouvais exister. J'en suis désolée…

— Vous ne pouviez pas savoir, réalisa Achille, bouleversé. Ce sont les gens qui ont fait ça qui sont abjects, c'est à eux de s'excuser, il ne faut pas inverser les rôles.

— Ils en répondront devant leur conscience toute leur vie, puis devront l'expliquer là-haut, répondit-elle en pointant l'index vers le ciel. Dieu veille sur nous, c'est certain. Comment expliquer sinon que nous ayons pu nous retrouver ici, aujourd'hui ? Il n'y a vraiment pas de hasard finalement, tout est entre les mains de l'éternel.

Si l'éternel avait pu m'inventer un destin un peu moins compliqué, je ne lui en aurais pas voulu, pensa Achille qui ne voulait pas vexer sa nouvelle mère en plaisantant sur la religion.

— Est-ce que la vie a été plus belle ici, comme me le promettait à chaque fois la personne qui voulait me prendre aussi Jean-Jacques ? demanda soudain Marie-Ange, les yeux pleins d'espoir.

— Je n'ai jamais souffert de la faim, j'ai pu combler tous mes besoins matériels également, faire de belles études puisque j'espère devenir avocat, commença Achille. Mais ma famille adoptive n'a pas été très aimante ni présente. Mon père était souvent absent et ma mère est tombée assez vite en dépression. Je ne me souviens plus à quel âge j'ai fini par comprendre que j'avais été adopté. Assez vite, je crois, comme nous n'avions pas la même couleur de peau. Quand mes parents ont divorcé, je suis resté avec ma mère. Ça ne l'a pas aidé à aller mieux, j'ai vu défiler plusieurs beaux-papas. Ce sont les parents de ma mère qui se sont réellement occupés de moi, j'étais même la plupart du temps chez eux. Dès que j'ai pu, j'ai pris un appartement à Paris pour venir étudier le droit. Ma jeunesse a été un long et lent naufrage. J'étais orphelin, métis, je pensais que j'étais le fruit d'un viol, et mes parents adoptifs ne s'occupaient pas de moi. Pas les meilleures conditions pour réussir son départ dans la vie n'est-ce pas ?

— Notre rencontre t'a permis d'en savoir plus sur toi-même, lui dit Marie-Ange en lui pressant la main. Tu as désormais une deuxième famille.

En écoutant Achille, Marie-Ange songea que décidément, personne ne pouvait garantir la réussite d'une trajectoire de vie. L'argent n'achetait pas tout et ne remplaçait jamais l'amour d'une mère.

— Est-ce que tu as une fiancée ? demanda-t-elle encore, avide de tout connaître de ce fils déjà adulte.

— C'est une question très indiscrète, plaisanta Achille. Non, je n'en ai pas pour le moment.

Celui-ci, prudent, préférait ne pas en dire trop, compte tenu de la passion de Marie-Ange pour Dieu et ses acolytes.

XXVIII
JE SUIS TON PÈRE

Jean-Jacques tournait en rond dans sa cellule comme dans sa tête. Après s'être épuisé à chercher en vain des indices virtuels sur celui qui l'avait trahi, ses pensées allaient maintenant vers son père. Il savait que Marie-Ange avait commencé les recherches. Avec sa ténacité et l'aide de cet avocat distingué, nul doute qu'ils allaient le trouver. Quel genre d'homme pouvait-il être ? Il l'imaginait droit et honnête, un homme d'honneur, un vrai militaire. Ouvert au monde également, puisqu'il avait eu une aventure avec une femme si différente de lui. Plus il y pensait, plus il sentait un vide se combler au fond de son âme.

Comme chaque matin, il se levait pour revivre la même journée. Repas, toilette, balades, sport et lecture. Il n'était toujours pas décidé à se sociabiliser. Aucun autre détenu ne lui paraissait digne d'attention. Par ailleurs, il n'avait pas l'intention de rester ici. Inutile donc de gaspiller son temps. Il restait patient et discret, échangeait quelques mots avec ses camarades de cellule, le strict minimum. Idriss avait tenté plusieurs approches infructueuses pour faire adhérer Jean-Jacques à sa vision de l'islam. Son âme restait inaccessible.

Grâce aux livres qu'il dévorait quotidiennement, Jean-Jacques arrivait à faire abstraction des bruits, des odeurs et du sentiment de claustrophobie. Tous les jours, il parvenait à s'échapper, à changer d'identité et de lieu pour devenir quelqu'un d'autre, quelque part ailleurs. Il progressait également très vite en français, n'hésitant pas à demander la signification d'un mot ou d'une expression.

— Vas-y, chuis pas Google, lui répondait parfois Miguel. Et arrête un peu de réfléchir, tu vas te faire mal au cerveau !

Jean-Jacques ne réfléchissait pas, bien au contraire, il laissait ses pensées s'envoler pour ne pas avoir à cogiter en attendant le prochain parloir. C'était ce qui le faisait tenir en attendant de voir sa mère ou son avocat. Il avait entendu au self des histoires de détentions provisoires qui avaient duré une éternité.

Pour tromper le sort, Jean-Jacques guettait les signes. En faisant tourner la queue d'une pomme, en voyant un insecte s'approcher de lui ou un oiseau passer au-dessus de la cour de la prison. Dès le réveil, il avait été assailli : un grand soleil, une conversation agréable avec Idriss, et des frites à la cantine. Il ne lui en fallait pas plus pour reprendre confiance.

À quelques kilomètres de là, dans le cadre sophistiqué et très ordonné du bureau d'Emmanuel N'Diaye, passé le temps de la sidération, les retrouvailles avaient soufflé un vent d'optimisme et d'allégresse. L'avocat était revenu s'asseoir à la table de réunion avec Marie-Ange et celui qui était son fils.

— Quelle histoire ! s'exclama Emmanuel. Je suis sûr que si je la raconte autour de moi, personne ne va me croire. Dès le début, j'ai su que vous pouviez avoir un lien de parenté, mais j'étais loin de me douter que vous pouviez être jumeaux. Il marqua une pause. De vrais jumeaux ! Invraisemblable ! Je n'en reviens pas.

— Je l'ai vu tout de suite, fanfaronnait Marie-Ange. Pourtant, je n'y avais jamais pensé auparavant. Mais je me rappelle que ton frère a longtemps eu un ami imaginaire et qu'il a fait des rêves ou des cauchemars à propos de son double jusqu'à l'âge adulte.

— Ça m'est arrivé aussi ! bondit Achille, je pensais que ça arrivait à tout le monde…

— Moi, je ne me souviens jamais de mes rêves, admit Emmanuel.

— Merci pour cette intervention, Maître, le taquina son compagnon, avec un sourire tendre.

Cette pique ironique et familière ne manqua pas d'interpeler Marie-Ange qui ne put s'empêcher de relever que les stagiaires jouissaient d'une vraie liberté de parole en France.

— Bon, je ne vais pas vous demander de me répéter l'histoire que vous venez de raconter à Achille, il me fera un petit résumé ce soir… Enfin, un autre jour, reprit Emmanuel, gêné. Revenons à la recherche du père de Jean-Jacques, et donc d'Achille. Prêt à continuer ?

— Oui, je crois que je suis prêt, répondit Achille. Je vais essayer en tout cas. En commençant les recherches, je me suis plongé dans une page d'histoire que j'ai voulu occulter. Je savais que cela faisait partie de mon parcours, mais je ne m'y sentais pas relié. Chercher la trace de cet homme au milieu de ce conflit a fait ressurgir beaucoup de questions. Je vous l'ai dit, j'ai toujours pensé que j'étais le fruit d'un viol.

— Jean-Jacques aussi a toujours eu un doute là-dessus, mais je peux te le jurer, je n'ai pas été violée et votre père vous le confirmera quand nous l'aurons retrouvé.

— J'ai hâte, murmura Emmanuel.

— En effectuant des recherches sur le camp de Nyarushishi, je suis pourtant tombé sur de nombreuses accusations de viol concernant l'armée française et notamment la Légion étrangère.

— Oui, certaines femmes qui avaient déjà été violées par les Hutus l'ont été à nouveau par leurs « sauveurs ». Certains hommes ont l'âme pourrie. Je suis croyante, vous savez, j'ai foi en Dieu, mais je me demande souvent : comment pourra-t-il pardonner ces hommes s'ils en faisaient la demande ?

L'ambiance était redevenue plus pesante.

— J'ai pu retrouver de nombreuses photos sur Internet et des sites d'archives spécialisés, reprit Achille. Il y en a malheureusement peu où les soldats sont nommés. Mais une fois que nous aurons identifié son visage, nous pourrons retrouver son nom. Je les ai toutes regroupées dans un dossier, si vous le voulez bien, je vais les faire défiler sur l'écran du bureau. Juste le temps de me connecter… et voilà, c'est parti !

Pour qu'ils puissent mieux les voir, Emmanuel avait baissé les stores. Ils étaient tous les trois assis face à l'écran, attendant religieusement ces clichés surgis d'un passé lointain et sombre. Achille appuyait doucement sur la flèche de droite en laissant un temps suffisant à Marie-Ange pour détailler chaque visage.

Chacun faisait ressurgir par dizaine les souvenirs de Marie-Ange. Elle repensait à sa famille, à son frère Paul, à cet officier dont elle espérait reconnaître le visage. On ne voyait que des soldats français, comme si les rescapés ne comptaient pour rien, enfermés derrière ces barbelés comme du bétail. La nausée acheva de la gagner quand elle crut reconnaître le visage hilare des deux soldats qui l'avaient agressée. Elle se crispa et respira d'un coup sec par le nez. Emmanuel avait ressenti son trouble :

— Tout va bien, madame ?

— Oui, ça va, continuons.

Achille continua à appuyer sur la touche avec la régularité d'un métronome. Les visages se succédaient, concernés, souriants ou curieux.

Tout à coup, Marie-Ange leva la main et cria.

— Stop ! C'est lui ! Le dernier à droite.

Le silence était assourdissant. Tous fixaient cet homme qui paraissait trop jeune pour être un officier et encore plus pour être père.

— Vous en êtes sûre ? lui demanda Achille.

Quatre soldats se tenaient épaule contre épaule avec une raideur toute militaire. Celui que Marie-Ange avait désigné comme étant son amant ressemblait à un adolescent. Il tenta de zoomer sur son visage. La photo n'était pas d'assez bonne qualité, ses traits étaient flous et pixélisés.

— J'en suis certaine. Je reconnais son visage comme si c'était hier.

Elle ferma les yeux et le revit par flash, dans l'obscurité quand ils avaient fait l'amour, puis en plein jour quand ils avaient échangé quelques mots et enfin ce regard furtif et mystérieux quand il avait quitté le camp. Oui, c'était bien lui.

— Dans la famille Achille, je voudrais le père ! tenta de plaisanter le jeune homme qui, dans la même journée, venait de retrouver ses parents et un frère jumeau.

Après avoir fixé le visage de ce jeune militaire, que le temps avait peu à peu flouté dans sa mémoire, Marie-Ange se tourna lentement vers son fils. À qui ressemblait-il ? Et ce père, quelle tête pouvait-il avoir après toutes ces années ? Et surtout quelle tête allait-il faire quand il apprendrait qu'il a deux fils, dont un en prison ! Les questions tournaient dans sa tête comme les boules d'un loto fou.

— Je continue, proposa Achille. On ne sait jamais, on pourrait retomber sur une photo avec son nom.

Il accéléra le défilement, mais à aucun moment ils ne revirent son visage.

— Alors, on fait comment maintenant ? On s'inscrit à l'arbre de Noël des anciens de la Légion ?

— Maintenant, on m'envoie la photo et on laisse faire maître N'Diaye qui a quelques amis proches dans l'armée. Et en attendant, je crois que nous allons pouvoir aller déjeuner et ouvrir une bonne bouteille de champagne pour fêter vos retrouvailles !

— Je ne fêterai rien du tout tant que mes deux fils ne seront pas réunis, rétorqua fermement Marie-Ange. N'oublions pas que Jean-Jacques est en prison et que nous avons comme mission de le faire sortir de là le plus rapidement possible.

XXIX
TROUVÉ !

Il restait trois jours avant que Marie-Ange puisse revoir son fils au parloir. L'un de ses fils. Ils étaient deux, identiques et si différents. Elle comptait passer le plus de temps possible avec Achille pour apprendre à le connaître et tenter de sonder son âme.

Achille, de son côté, avait envie d'en savoir plus sur ses origines, sa famille et son pays de naissance. Parviendrait-il à prononcer les mots « mon pays », « ma mère » ou « mon frère » ? Les fantômes du passé, sa quête permanente de sens, la douleur de ne compter pour personne… il avait presque réussi à tout enfouir au plus profond de lui. Sa « nouvelle » mère l'interrogerait aussi certainement sur sa vie sentimentale. Il n'était pas dans la norme, celle que la plupart des parents espèrent pour leurs enfants. Il n'avait pas eu à subir cette pression, surtout ici à Paris, personne ne s'intéressait à ses choix de vie. Il allait devoir désormais les justifier face à cette maman tombée du ciel.

Ils avaient prévu de se revoir le lendemain et d'aller se balader dans un parc. Ils avaient tous deux besoins de plein air, de s'oxygéner au milieu des arbres. Achille arriva en retard. Marie-Ange l'observa se diriger vers elle d'un pas gauche et lourd qui ne lui rappelait pas du tout celui, alerte et vif, de Jean-Jacques. Elle se réprimanda aussitôt et se promit de ne pas les comparer sur tout. Chaque enfant est différent, jumeau ou pas, elle devrait l'aimer comme il était.

— Bonjour, lui dit-elle en le prenant dans ses bras.

— Bonjour, désolé, je crois que je suis en retard. C'est un de mes défauts, répondit-il avec un grand sourire qui faisait ressortir sa fossette.

— C'est un petit défaut et je suis sûre que tu as plein de qualités…

— Certainement, il ne me reste plus qu'à les trouver, ajouta-t-il en appuyant sa réplique d'un rire bref.

— Quelle situation étrange nous vivons ! reprit-elle. Je n'ai pas pu dormir cette nuit, en pensant à ce qui t'est arrivé. Je m'en veux terriblement de ne pas avoir su ressentir ta présence en moi. J'aurais dû essayer de trouver des anciens qui auraient pu m'expliquer, j'aurais dû…

— Ce n'est pas à toi que je peux en vouloir, c'est au destin, à l'humanité aussi, qui a créé des gens capables d'arracher un enfant à sa mère et de le vendre à d'autres personnes qui s'en sont ensuite lassées. J'ai eu beaucoup de mal à dormir aussi. Je ne suis pas sûr d'avoir envie de te détailler ce qu'a été ma vie… J'ai grandi sans avoir la certitude d'être aimé, même de mes grands-parents. J'ai toujours eu l'impression qu'ils m'avaient recueilli par pitié. Ou devoir…

Marie-Ange devinait ses failles, percevait sa sensibilité exacerbée. Elle appréciait son talent oratoire, son goût pour les mots choisis et la facilité qu'il avait à exprimer ses pensées. C'était un garçon cultivé et intelligent sans aucun doute.

— C'est toi que je veux connaître, pas ton passé. Je veux te découvrir comme tu es aujourd'hui, maintenant, comme un être humain, un enfant de Dieu.

— Au risque de te décevoir, je dois te prévenir alors que je ne suis pas très croyant. J'ai compris assez tôt que Dieu ne m'avait pas réservé le meilleur parcours de vie possible.

— Je comprends tes doutes. Jean-Jacques aussi est sceptique à ce sujet. Mais qui d'autre que Dieu aurait pu décider de vous réunir ? J'espère que vous aurez la foi un jour, on dit qu'elle permet de soulever des montagnes.

— Au Rwanda, il faut plutôt soulever des collines, non ?

— Tu y es déjà allé ? lui répondit-elle, en souriant à sa réplique.

— Non, je devais attendre le moment propice. Parle-moi un peu de ton pays.

— De notre pays !

En déambulant dans les allées du parc, elle lui décrivit sa terre natale. Elle parlait de ce qu'elle connaissait, les bruits de la nature et ceux de la ville, les odeurs des épices, les couleurs des vêtements, la gentillesse des gens qui contrastaient tellement avec les évènements historiques effroyables qui avaient secoué le pays. Tout le pays s'était soudé derrière le Président Kagamé pour tourner la page et reconstruire un avenir radieux. Elle racontait aussi ce qu'elle avait appris en lisant les magazines au marché : les parcs nationaux, les forêts luxuriantes, les gorilles, l'immense lac Kivu. Achille ne pouvait s'empêcher de se demander comment un tel jardin d'Éden avait pu être le théâtre d'actes aussi inhumains. Ce contraste le frappait pour la première fois. Il faut dire que jusqu'ici il ne s'était jamais vraiment passionné pour le Rwanda. Pour lui c'était presque un pays d'Afrique comme un autre, avec des personnes et des sites merveilleux mais aussi sa corruption et sa police politique. Il voulait être avocat et ne pouvait pas concevoir que les pouvoirs politiques et judiciaires ne puissent pas être indépendants, comme dans les cours de droit public qu'il venait de suivre.

— J'ai l'impression de me promener en compagnie de la responsable de l'office du tourisme de Kigali.

— C'est un pays merveilleux. J'espère que tu viendras nous voir là-bas quand tout cela sera fini. Si tu ne veux pas parler du passé, parlons du présent. Est-ce que tu as une fiancée ? Un beau garçon comme toi doit crouler sous les demandes.

— Je ne m'attendais pas à ce que cette question revienne aussi vite, plaisanta-t-il. Non, pas pour le moment, je travaille beaucoup pour réussir mon diplôme d'avocat, je n'ai peut-être pas trouvé la personne idéale.

Sans attendre la réaction de Marie-Ange, qui ouvrait déjà la bouche pour lui répondre, il lui retourna la question.

—Et toi, tu t'es mariée ?

— Non, je n'ai pas non plus trouvé l'homme idéal, s'il existe vraiment…

— Alors nous sommes tous les deux des solitaires, et très heureux comme ça visiblement.

Achille ne savait vraiment pas comment aborder le sujet de sa vie amoureuse avec Marie-Ange. Il était en couple avec Emmanuel, mais chacun avait gardé son appartement. Ils voulaient rester libres et ne se voyaient que quand ils en avaient vraiment envie. Achille manquait de repères pour essayer de reproduire une vie de couple traditionnelle. Malgré son attachement à Emmanuel, l'engagement lui faisait peur au-delà de la raison. Son compagnon ne lui en tenait pas rigueur, il lui laissait le temps d'évoluer. De toute façon, leur vie était un tourbillon et leur organisation actuelle leur convenait à merveille.

Marie-Ange avait quant à elle sacrifié sa vie pour Jean-Jacques, elle n'avait eu d'autre ambition que celle du bonheur de son fils. Elle aurait voulu connaître d'autres hommes, ou au moins un, mais son enfant avait pris toute la place disponible dans son cœur. Jean-Jacques était aussi l'incarnation de tous les membres de sa famille disparue, leur continuité. Pour que tous leurs visages ne s'effacent pas une deuxième fois, elle avait voulu le protéger à l'excès. Et pourtant, elle n'avait pas réussi à l'empêcher de faire ce voyage et à se laisser embarquer dans cette histoire.

Pendant ce temps-là, Emmanuel s'activait en coulisse pour trouver au plus vite le nom de ce mystérieux père. Il voulait connaître la suite de cette histoire palpitante. Il était impressionné par la droiture et le courage de Marie-Ange et espérait que le père serait à la hauteur de cette femme exceptionnelle.

Le brillant avocat se glissait à merveille dans tous les milieux sociaux et professionnels. Il était beau, drôle, raffiné et issu de la « diversité ». Chaque soirée, dîner ou déjeuner, rencontre amicale ou amoureuse était l'occasion de tisser sa toile professionnelle. Il possédait une mémoire infaillible et parfaitement ordonnée, où il allait puiser, comme dans un annuaire, tous les contacts qu'il avait pu engranger. Il n'eut pas de mal à activer deux sources travaillant au sein de l'armée pour les mettre en quête de l'identité du père en leur envoyant la photo et le peu de renseignements qu'il détenait. Emmanuel se demandait qui lui fournirait l'information en premier : l'ami d'enfance d'un de ses camarades de promo rencontré lors d'un dîner ou bien ce jeune officier qui avait été son amant, des années auparavant ?

Dans l'attente de ces informations, Marie-Ange, Achille et Emmanuel faisaient connaissance. Emmanuel avait trouvé un restaurant rwandais où il les emmena dîner, un soir. Il voulait qu'elle retrouve les saveurs de son pays et que son amant puisse également les apprécier. Ils devaient aussi faire le point avant le rendez-vous au parloir avec Jean-Jacques, qui devait avoir lieu le lendemain. Puisqu'il n'y avait pas de nouveauté sur l'enquête, il était convenu que Marie-Ange s'y rendrait seule. La question qui les taraudait tous était de savoir s'ils devaient révéler au prisonnier l'existence d'un frère jumeau qu'il ne pourrait vraisemblablement pas voir tout de suite, puisque leur lien de parenté était improuvable. Après en avoir longuement discuté avec Emmanuel et Achille, Marie-Ange décida de ne rien dire. Jean-Jacques serait certainement déjà satisfait de voir qu'ils avaient trouvé la trace de son père.

Le lendemain, au parloir, elle vit apparaître son fils en forme et le sourire aux lèvres.

— Tu as l'air bien joyeux, mon fils, que se passe-t-il ?

— Je ne sais pas, maman, j'ai comme un bon pressentiment depuis quelques jours.

— Tu ne crois pas si bien dire, nous venons d'identifier ton père. Nous n'avons pas encore son nom, mais ça ne devrait pas tarder, selon ton avocat. Tiens, voici sa photo, elle date d'une vingtaine d'années.

Jean-Jacques prit la photo et l'observa longuement. S'il se savait métis, il était néanmoins un peu désorienté face au portrait de cet officier français qui contrastait tellement avec son apparence et tout ce qui définissait sa propre culture. Marie-Ange devina le poids de ses craintes. Elle se sentait également coupable de taire l'existence de son frère jumeau, craignant de faire le mauvais choix, mais elle s'en tint à la décision prise la veille.

— Il sera heureux de te rencontrer.

— J'espère que tu as raison. En le voyant, je me sens si loin de lui, si différent.

— Et pourtant c'est bien ton père, il n'y a aucun doute.

Si elle espérait pouvoir le retrouver, elle n'arrivait pas à se projeter sur ce qu'il avait pu devenir. Il s'était certainement marié et avait dû faire carrière dans l'armée. Un beau parcours professionnel et une belle famille, dans laquelle ses fils n'auraient pas leur place. D'ailleurs, il avait sans doute oublié jusqu'à son existence. Elle convoqua ses maigres souvenirs pour tenter de dessiner mentalement un portrait-robot vieilli de son visage. Il était aussi pixélisé que la photo qu'ils avaient tenté d'agrandir lors de sa projection.

— Il y a du nouveau du côté de l'enquête ? la pressa Jean-Jacques, interrompant ses rêveries.

— Non, pas encore. Je crois que cela va mettre beaucoup de temps, il va te falloir être patient même si j'ai confiance en ton avocat.

Face à cette évidence de plus en plus prégnante, ils ne surent d'abord comment reprendre le fil de cet échange sans perspective. Puis Marie-Ange lui posa quelques questions sur son quotidien, afin de diluer le reste de temps qui leur était imparti avant de se séparer, frustrés.

Il était optimiste et enthousiaste à l'arrivée de sa mère, elle repartait en le laissant en proie au doute. L'enquête n'avançait pas. Son père ne lui ressemblait pas. Le temps n'avait plus d'horizon. Il lui fallait regagner sa cellule étriquée, ses nuits chahutées et ses journées mornes, et attendre la semaine suivante en espérant une évolution positive. Il pensait de plus en plus à Pierre. Il ne voyait pas qui d'autre aurait pu glisser la drogue dans sa mallette. Il avait durement gagné son amitié au fil des années. Il avait toujours fait tout ce que son camarade lui avait demandé, s'était effacé devant lui pour les filles ou les honneurs. Comment Pierre avait-il pu lui faire ça ? Si c'était lui, il le paierait.

Sa mère aussi était déçue de cette rencontre. Toute à la joie de ses découvertes de la semaine, elle avait oublié à quel point il était important de nourrir les sentiments positifs de son fils. Elle se fit la promesse de lui parler d'Achille lors de la prochaine visite. Perdue dans ses pensées, elle regagna son hôtel sans rallumer son téléphone. Une fois rentrée et douchée, elle s'assit sur son lit et saisit l'objet pour faire un compte-rendu à Emmanuel et Achille. À peine l'avait-elle allumé que celui-ci vibra sans discontinuer : le colonel, Emmanuel et Achille avaient essayé de l'appeler plusieurs fois sans laisser de message. Seul Achille lui avait envoyé ce texte : « Ça y est, on l'a retrouvé. Appelez-moi ! ». Elle choisit de contacter d'abord son fils. Le colonel pouvait bien attendre.

— Allo, Achille ? Alors ça y est, tu as le nom de votre père ?

— Oui, nous l'avons identifié, répondit-il d'un ton morne.

— Que se passe-t-il ? Il y a un problème ? Il est mort ?

— Oui, il y a comme un petit problème et non il n'est pas mort, il est même en pleine forme !

— Tu peux arrêter tes énigmes et m'expliquer ce qu'il se passe ?

— Le mieux c'est que je t'explique cela de vive voix, j'arrive tout de suite !

Marie-Ange était abasourdie. Pourquoi tant de mystère ? Achille paraissait tellement perturbé qu'il n'avait même pas demandé de nouvelles de son frère. Morte d'inquiétude, elle remit encore son appel au colonel. Une heure plus tard, son téléphone vibra de nouveau. « Nous sommes en bas ». Elle descendit aussi vite que possible. Achille et Emmanuel l'attendaient, attablés à l'écart. Leurs mines étaient graves. Emmanuel sortit une photo qu'il tendit à Marie-Ange. Elle reconnut facilement le visage d'Enguerand, mais ses traits, et surtout son regard, avaient changé, comme s'il avait été victime d'un sortilège.

— C'est bien lui, mais on dirait une tout autre personne. Il a l'air dur, presque méchant.

— Voilà c'est exactement ça, reprit Emmanuel. Le père d'Achille et de Jean-Jacques se nomme Enguerrand Autin Tournier de Grandmaison. C'est un député d'extrême droite, assez virulent contre l'immigration. Il représente la droite traditionaliste, catholique, secrètement monarchiste. Il est certainement persuadé que sa particule lui confère un pouvoir surnaturel. J'en ai croisé beaucoup comme lui à la fac de droit, je ne les porte pas dans mon cœur. L'inverse est aussi vrai. Je ne suis pas certain qu'il soit très enclin à nous aider à libérer Jean-Jacques. Par ailleurs, je doute qu'il reconnaisse ses fils ou qu'il accepte de passer un test de paternité. Nous ne pourrons pas l'y contraindre.

— Je viens de retrouver mon père et j'ai déjà envie de le tuer, c'est très freudien, ça va faire plaisir à mon psy, murmura Achille. De toute façon, je n'ai plus très envie de le reconnaître non plus !

Marie-Ange restait silencieuse. Cet homme semblait être l'incarnation du mal, il paraissait si différent de celui qu'elle avait rencontré. Dieu me guidera, pensa-t-elle.

Chacun était plongé dans ses réflexions et de longues minutes s'égrenèrent dans un lourd silence. Marie-Ange releva lentement la tête et fixa tour à tour ses deux acolytes. Un sourire énigmatique apparut sur son visage. Non, elle n'allait pas abandonner comme ça. Elle n'avait pas fait tout ce chemin et tous ces sacrifices pour son fils et baisser les bras au moindre problème. Elle avait un plan.

— Moi, je crois au contraire qu'il va tout faire pour nous aider.

Achille et Emmanuel se regardèrent surpris.

— Je ne pense pas qu'il ait très envie que le monde sache qu'il a eu deux enfants avec une femme noire dans un camp réputé pour les viols qui y ont été perpétrés par l'armée française, expliqua-t-elle avec détermination. Je ne crois pas non plus qu'il voudra que l'on sache que l'un de ses fils est en prison pour trafic de drogue.

Achille et Emmanuel sourirent. Cette femme était décidément pleine de ressources. Il ne fallait pas la sous-estimer.

— Je crois que je vais finir par vous recruter au sein de notre cabinet ! s'exclama l'avocat.

— Je ne voudrais pas prendre la place de mon fils, répondit-elle avec un demi-sourire.

XXX
« TOUT LE MONDE SAIT COMMENT ON FAIT DES BÉBÉS, MAIS PERSONNE NE SAIT COMMENT ON FAIT DES PAPAS »

Emmanuel avait appelé l'assistante parlementaire d'Enguerrand pour lui faire passer un message qu'ils avaient élaboré ensemble la veille.

— Dites à M. le député qu'une vieille amie, à qui il a sauvé la vie au camp de Nyarushishi, aimerait le voir car elle a une importante nouvelle à lui révéler.

Il n'eut pas longtemps à attendre pour qu'on leur propose un rendez-vous « malgré l'emploi du temps chargé de monsieur le député ».

La rencontre aurait lieu dès le lendemain dans le salon privé d'un bar dont Enguerrand devait être un habitué. Il y a sûrement une deuxième entrée plus discrète, pensa Emmanuel, qui avait du mal à comprendre pourquoi Marie-Ange s'acharnait à imaginer que cet homme, bouffi de haine, pourrait être leur sauveur. Lui-même avait étudié le dossier de Jean-Jacques, il était banal et bien peu intéressant pour la justice, il y avait fort à parier qu'il serait dehors dans quelques mois. Malgré tout, Achille comme Jean-Jacques avaient bien le droit de vouloir rencontrer leur père, qu'il en vaille la peine ou non.

Il envoya un message à Achille et Marie-Ange pour leur demander s'ils étaient disponibles immédiatement pour une visioconférence.

— Bonjour à tous les deux. La réponse n'a pas tardé. Nous avons un rendez-vous demain soir à 21 heures au bar Le Bourbon, dans un salon privé. Visiblement, il n'a pas très envie qu'on nous voie tous ensemble alors qu'il ne sait pas encore de quoi il en retourne, l'instinct politique sans doute ! Il n'est pas au bout de ses surprises, papounet !

— On n'est pas dans une série Netflix, précisa Achille, que la situation semblait moins amuser que son amant.

— Oui, n'oublions pas que notre objectif est d'obtenir son aide pour faire libérer Jean-Jacques. S'il est député, ancien militaire et leader d'un grand parti, il doit disposer d'appuis très puissants, ajouta Marie-Ange.

Celle-ci pensa au colonel qu'elle n'avait toujours pas rappelé malgré ses nombreux messages. Dans le dernier, celui-ci lui annonçait lui couper les vivres s'il n'avait pas de nouvelles de sa part. Si elle obtenait l'aide d'Enguerrand, elle pourrait calmer le colonel plus facilement.

— Il est député d'un parti d'extrême droite, il n'est pas non plus omnipotent, souligna Emmanuel. Mais on ne risque pas grand-chose à essayer.

Le lendemain, ils se réunirent au cabinet d'Emmanuel un peu avant le rendez-vous. Achille et Marie-Ange avaient la mine grave et la parole rare. Emmanuel, quant à lui, paraissait plus enjoué, curieux de cette rencontre à venir. Retrouver ce député d'extrême droite dans un bar discret pour évoquer sa double paternité, voilà qui ressemblait à un film d'espionnage. Ils échangèrent sur la stratégie et la marche à suivre. Elle était relativement simple : laisser parler Marie-Ange qui avait pris définitivement la direction des opérations.

Le taxi se gara, après avoir sillonné les rues de Paris. Marie-Ange ne prêta aucune attention aux bâtiments chargés d'histoire. Elle était en mission.

Ils pénétrèrent dans un bar à la décoration surannée, faite de bois parfaitement huilé, de velours rouge légèrement taché et de lampes à la lumière orangée intimiste. La musique jazz dominait paisiblement le ronronnement des conversations. Pas un mot ne semblait prononcé plus haut que l'autre, l'endroit était chic et discret, un lieu propice à toutes les confidences. Un serveur en tenue soignée s'approcha :

— Bonjour, que puis-je faire pour vous ?

— Nous avons rendez-vous dans le salon privé.

— Ah oui, c'est vous, répondit-il d'un air surpris qui trancha avec son flegme apparent. Suivez-moi, monsieur vous attend.

Ils le suivirent à travers un couloir étroit. L'usure de la marqueterie au sol laissait imaginer combien de complots avaient pu être ourdis dans ces arrière-salles. Il frappa et attendit la réponse pour ouvrir la porte coulissante qui les séparait du petit salon.

Il était là, face à eux, seul. Un demi-sourire ou une demi-grimace accrochée aux lèvres.

Son corps s'était épaissi et son visage était marqué, pensa immédiatement Marie-Ange. Deux sillons s'étaient formés de chaque côté de sa bouche, accentuant son air dur. Il n'avait pas dû rire depuis bien longtemps. En regardant attentivement, Marie-Ange retrouva pourtant la trace de la même fossette qui donnait tant de charme à son fils, à ses fils.

Il la fixait de ses yeux vifs et perçants. Cette femme, dont il n'avait pas oublié le prénom, se tenait devant lui toutes ces années après… Pourquoi ne l'avait-elle pas contacté avant ? Et surtout dans quel but le contactait-elle aujourd'hui ? Pour de l'argent sûrement. Son regard glissa sur les deux hommes qui l'accompagnaient. Ce noir si élégant qui devait être l'avocat et ce jeune métis dont il se demandait ce qu'il faisait là. Un assistant sans doute. Quel âge pouvait-il avoir ? Il essaya de calculer brièvement le nombre d'années qui les séparaient de sa rencontre avec Marie-Ange afin d'écarter le plus vite possible l'hypothèse embarrassante qui était en train de germer dans son esprit.

— Entrez, je vous en prie. Asseyez-vous. Madame, quel plaisir de vous revoir ! Je dois vous avouer que je ne m'étais pas imaginé que ce jour viendrait.

— Moi, je l'ai toujours espéré.

Marie-Ange parlait lentement. Elle soupesait chaque mot tant ils étaient importants. Elle prit le temps de prendre place face à lui. Elle se sentait étonnamment sereine, beaucoup plus qu'elle ne l'avait imaginé.

— Vous n'avez pas changé lui dit-il, courtois et glacial.

— Un petit peu quand même. J'étais si jeune à l'époque. Je ne suis pas sûre de pouvoir dire la même chose vous concernant.

Enguerrand recula dans son fauteuil comme s'il avait été surpris par sa répartie.

— Ah bon, vous trouvez que j'ai tant changé que ça ?

— Extérieurement, un peu, intérieurement, je dois dire que je suis assez surprise par l'évolution de votre… carrière.

— Il ne faut pas croire tout ce qui se raconte. La réalité est toujours plus subtile que ce que les médias donnent à penser par leurs simplifications grotesques. Nous ne sommes pas des extrémistes, nous voulons juste appliquer d'autres méthodes pour essayer de réparer les décennies de gabegie et de perfidie de la droite comme de la gauche. Mais je doute que vous soyez venue pour parler politique. Je suis impatient d'en savoir plus sur votre parcours de vie et d'entendre ce que vous avez à me dire.

— Je n'y connais effectivement pas grand-chose en politique. Je vous souhaite d'avoir fait le bon choix, répondit-elle prudemment, n'ayant pas perdu de vue la finalité de leur rencontre.

Marie-Ange avait secrètement attendu ce moment toute sa vie. Elle l'avait rêvé tant de fois, sublimé, romancé. Elle avait imaginé bien des versions possibles à leurs retrouvailles, mais certainement pas celle-ci.

Enguerrand la fixait avec intensité et curiosité. Il s'en voulait encore d'avoir eu un rapport avec elle et contrevenu ainsi aux règles qu'il avait lui-même édictées. Mais elle était belle, encore aujourd'hui, elle avait dans le regard quelque chose de différent, une force et une assurance qui semblaient défier les hommes.

Emmanuel et Achille, assis de chaque côté de Marie-Ange demeuraient silencieux. Le second avait du mal à cacher sa nervosité. Il avait chaud et transpirait abondamment.

— Est-ce que vous avez des enfants, monsieur ? reprit Marie-Ange d'un ton qu'elle voulait le plus détaché possible.

— Non, malheureusement, Dieu n'a pas voulu m'offrir ce cadeau. Je consacre mon temps et mon amour à mon pays. Pourquoi cette question ?

Enguerrand avait conclu son exercice mathématique par la possibilité que le jeune homme qui se trouvait face à lui pouvait être son fils. Ça se tenait. Il ne voyait pas d'autres raisons à leur présence face à lui après tant d'années.

« Qu'est-ce qui m'a pris ce jour-là ?! »

— Eh bien, je vais aller droit au but. Vous avez en réalité deux fils. Je suis leur mère. L'un se prénomme Achille et se tient ici à mes côtés et l'autre est actuellement en prison et nous avons besoin de votre aide pour le faire sortir.

« Ce n'est finalement pas de l'argent qu'elle attend de moi. »

— Qu'est-ce que vous me racontez ? Qui pourrait croire à une fable pareille ? répondit-il en examinant Achille plus attentivement.

« Il va falloir que je me sorte de ce merdier »

— Il s'agit bien au contraire de la fable extraordinaire de deux frères jumeaux, nés de l'union d'une jeune femme rwandaise et d'un officier français et séparés à la naissance. Une histoire assez incroyable dont les médias seront certainement friands.

« Et voilà l'addition »

Enguerrand et Achille se fixèrent avec une intensité inouïe. Aucun d'eux ne voulut baisser les yeux.

Oui, ce jeune homme pouvait être son fils, même s'ils n'avaient à première vue rien en commun. Oui, si cette histoire se savait, cela pourrait nuire à son ascension, surtout s'ils laissaient planer un doute sur un possible viol. Tous deux savaient que ça n'avait pas été le cas, mais le doute est un poison. Son camp ne lui pardonnerait pas non plus une telle trahison. Deux fils métis, dont un en prison. Des jumeaux séparés à la naissance. Ils avaient les cartes en main.

Plus Achille regardait son père biologique, plus il sentait un sentiment de dégoût physique grandir en lui. Il n'était pas mieux que son père adoptif. Tous les pères sont-ils aussi incapables d'aimer, aussi égoïstes, ou bien le destin s'était-il particulièrement acharné sur lui ? La chanson de Stromae lui revenait en boucle : « Tout le monde sait comment on fait des bébés, mais personne ne sait comment on fait des papas… » Il eut un haut-le-cœur. Avant le rendez-vous, il avait espéré que cet homme serait différent de l'image qu'il renvoyait, il avait rêvé qu'ils se prendraient dans les bras.

— Excusez-moi, je dois aller aux toilettes, balbutia-t-il. Il courut dehors et vomit sur le trottoir, à quelques mètres du bar.

Enguerrand se tourna délibérément vers Emmanuel. Pour s'extirper de ce traquenard, il avait pris le parti de ne pas affronter Marie-Ange directement.

— Cher Maître, j'en déduis que vous êtes l'avocat. Qu'attendez-vous de moi ? Je suppose que vous ne souhaitez pas me faire chanter, ça serait contraire à votre déontologie ? Je suppose aussi que vous savez que si vous faites fuiter l'information, je la nierai et vous ne pourrez pas me contraindre à faire un test de paternité. Il est probable que vous passerez pour des affabulateurs, je pourrai même vous attaquer pour diffamation. Tout ceci pourrait peut-être même finir par me servir, *bad buzz is still a buzz* comme on dit, non ?

— Rassurez-vous, nous avons juste besoin de votre aide, répondit Marie-Ange à la place de son avocat. Aidez-nous à faire sortir mon fils de prison, après tout c'est ce que ferait n'importe quel père ! Ensuite, nous vous laisserons tranquille.

Le député se sentit soulagé. Mais sa longue expérience de la politique lui avait appris à ne jamais baisser la garde. Plus les signaux étaient au vert, plus il fallait redoubler de vigilance.

— Je dois pouvoir vous aider. Je vais demander à mes conseillers d'étudier le dossier, ce sont les meilleurs, je suis sûr qu'ils trouveront rapidement une solution. Rien d'autre ?

— Si, mon fils a passé sa vie à vous chercher, accordez-lui un rendez-vous, un premier et un dernier si vous le souhaitez. Il a pris beaucoup de risques pour venir vous voir, il me semble qu'il mérite de rencontrer son père. Il est innocent, croyez-moi, il a été piégé. C'est un garçon pur qui devrait être partout ailleurs qu'en prison.

— Je vais y réfléchir. Je ferai suivre ma réponse à votre avocat. Tout ceci est très nouveau pour moi, laissez-moi déjà digérer tout ce que vous venez de m'annoncer. Je ne veux pas prendre de décision précipitée.

Il avait l'habitude de laisser ses adversaires abattre leurs cartes et de prendre le temps d'étudier les risques et les opportunités avant d'agir. Enguerrand était un homme politique expérimenté, il savait jouer avec le temps.

— Quand pouvons-nous espérer une réponse ? enchaîna Emmanuel, alors qu'Achille était revenu s'asseoir à leurs côtés.

— Dès demain. Laissez-moi votre carte, je vous prie.

Marie-Ange avait laissé son avocat s'exprimer. Elle avait peur de finir par trop en dire, de ne pas se tenir à la partition qu'elle avait prévu de jouer. Elle se contenta de hocher la tête vigoureusement pour appuyer Emmanuel. Ses yeux n'avaient quitté Enguerrand que pour regarder Achille reprendre place parmi eux. « Ça fait certainement beaucoup pour lui » pensa-t-elle.

Enguerrand se leva et leur serra la main, en insistant plus longuement sur celle d'Achille, comme s'il avait voulu tester si sa poigne pouvait être digne d'un Autin Tournier de Grandmaison. La main du jeune homme était moite et fuyante.

Quelques instants après son départ, tous les trois se levèrent. Ils décidèrent d'aller marcher un peu dehors. Seul l'air des nuits parisiennes peut apaiser les cœurs meurtris. Marie-Ange était sonnée, déçue pour elle et son fils Jean-Jacques. Achille semblait avoir repris ses esprits.

— Après tout, j'ai l'habitude des pères foireux.

Emmanuel était absorbé par la prochaine étape. Comment le député allait-il bien pouvoir faire pour les aider, s'il décidait de le faire ? Quels étaient ces fameux « conseillers » censés être meilleurs que lui ?

Le lendemain, il reçut un mail en fin de matinée. Il appela immédiatement ses acolytes pour le leur lire. Enguerrand proposait de mettre à leur service l'un des plus grands cabinets de Paris, dirigé par son ami maître Albert Mollart. Il leur assurait qu'ils trouveraient très rapidement une solution et en assumeraient tous les frais. En contrepartie, il exigeait la signature d'un contrat dans lequel ils renonçaient à chercher à faire reconnaître sa paternité. Enfin, compte tenu des enjeux et des risques pour sa carrière, il ne souhaitait pas les rencontrer à nouveau ni faire la connaissance de Jean-Jacques. Il ajoutait que la paternité ne pouvait pas être pour lui qu'une donnée génétique, l'éducation et la transmission jouaient un rôle primordial, et il en avait malheureusement été privé. Il leur souhaitait une bonne continuation et une belle vie… bla-bla-bla…

— Bon débarras, réagit Achille.

— J'espère au moins que l'apport de ce cabinet va pouvoir nous aider à avancer, conclut Marie-Ange. Qu'en pensez-vous, Emmanuel ?

— Vous ne pouvez pas imaginer mon bonheur. J'ai toujours rêvé de travailler avec l'extrême droite, plaisanta-t-il. Je dois cependant reconnaître que ce cabinet d'avocats, et particulièrement maître Mollart, est reconnu pour être très bon, une pointure même. Pour autant, il n'y a pas de garantie qu'ils trouvent une solution. Dans tous les cas, s'ils doivent reprendre le dossier, c'est Jean-Jacques qui doit les désigner, il va falloir en parler avec lui.

Au fond de lui, il commençait à se demander s'il ne risquait pas de faire face un jour à un conflit d'intérêts en raison de ses liens avec le frère de son client. Personne d'autre n'était au courant qu'Achille et lui-même, mais la désignation de maître Mollart représentait une porte de sortie honorable.

XXXI
LIBÉRATION

L'étrange rendez-vous semblait avoir dilué leurs ardeurs initiales. Chacun d'entre eux éprouva le besoin de se retrouver un peu seul, sans doute le temps nécessaire pour digérer la déception qu'avaient ressentie Marie-Ange et Achille.

Emmanuel avait rapidement pris contact avec Jean-Jacques pour lui résumer la situation. Ils avaient retrouvé son père. C'était un homme politique connu. Il allait pouvoir les aider en confiant sa défense au meilleur cabinet d'avocats de Paris. Mais… car il y avait un « mais » de taille, son père était à l'extrême droite et refusait de rencontrer et de reconnaître son fils. C'était donnant-donnant, ils n'avaient pas vraiment le choix.

Emmanuel avait essayé d'être concis et pédagogue.

Jean-Jacques n'avait aucune idée de ce qu'était l'extrême droite mais son avocat l'avait résumé par « ils n'aiment pas les étrangers ». Il avait donc fait tout cela pour être rejeté par son père avant même qu'il ne le voie. Parce qu'il était Africain. À l'école, ses professeurs lui avaient pourtant appris que tous les Hommes venaient d'Afrique, le berceau de l'humanité.

— Qu'en pense ma mère ? avait-il demandé.

— Elle a donné son accord.

Marie-Ange avait approuvé. L'avocat trouvait que cela était une bonne chose. Tous, y compris son père, avaient décidé de la marche à suivre sans le consulter. De retour dans sa cellule, Jean-Jacques emprunta un téléphone pour consulter Google à propos de son père dont il connaissait désormais le nom complet. Il comprit rapidement qu'il n'aurait pas sa place auprès de lui.

Dès son retour, l'avocat avait envoyé une copie de l'ensemble des éléments en sa possession à maître Mollart. Celui-ci lui avait répondu plein d'assurance et un soupçon de dédain « Nous allons trouver une solution, ne vous inquiétez pas. » Emmanuel savait comment fonctionnaient ces cabinets, une armée de jeunes loups allait éplucher le dossier dans le moindre détail, lire et relire toutes les pages, confronter chaque piste à l'infinie jurisprudence disponible. Ils ne lâcheraient pas l'os tant qu'ils n'auraient pas atteint la moelle. Ils allaient chercher une faille, un infime interstice dans laquelle une troupe en robe noire allait s'engouffrer jusqu'à ce que tout s'effondre.

N'avait-il pas lui-même négligé de s'y pencher avec minutie, tant il avait été happé par l'histoire incroyable de cette famille et de leurs retrouvailles improbables ? S'ils parvenaient rapidement à dénicher la solution infaillible, n'allait-il pas perdre son prestige, celui-là même qui lui avait permis d'attirer Achille dans ses bras ?

Marie-Ange, quant à elle, se décida enfin à profiter un peu de son temps libre. Elle était convaincue qu'en marchant toute la journée, elle trouverait le sommeil plus rapidement le soir et cogiterait moins le jour. Elle se levait tôt chaque matin, prenait le RER, puis le métro, et visitait méticuleusement les principaux sites qu'elle avait cochés dans son guide touristique. Elle voulait emmagasiner le plus de souvenirs possible, pour pouvoir les restituer à ses amis du marché à chaque fois qu'ils le lui demanderaient. La tour Eiffel, l'Arc de Triomphe, le Petit et le Grand Palais, Notre-Dame, tout était photographié et répertorié. Seuls les Champs-Élysées n'avaient pas trouvé grâce à ses yeux. Il n'y avait vraiment pas de quoi en faire une chanson, pensa-t-elle.

Assise au soleil dans le jardin du Luxembourg, elle se décida enfin à rappeler le colonel, qui décrocha immédiatement.

— Ce n'est pas trop tôt ! Je commençais à me demander si vous ne me preniez pas un peu pour un imbécile, en profitant de belles vacances à mes frais, tonna-t-il, furieux.

— Monsieur le colonel, je suis ici pour œuvrer à la libération de mon fils qui est en prison par votre faute. La justice française est débordée et particulièrement lente, vous savez, et…

— Épargnez-moi vos jérémiades. Je connais la justice, c'est la même dans tous les pays, il faut beaucoup d'argent et des appuis solides pour faire sortir quelqu'un. Je n'ai pas ce réseau en France. Je ne pourrai pas financer indéfiniment votre séjour sur place, alors à moins que vous n'ayez une piste sérieuse pour faire sortir votre fils, rentrez car je vais être obligé de vous couper les vivres.

— Je vous comprends, colonel, répondit Marie-Ange, qui ne jugeait pas utile de lui raconter tout ce qu'elle venait de vivre. L'avocat de mon fils a trouvé une piste, mais il a besoin d'une semaine. Après ce délai, je boucle mes valises pour rentrer à Kigali.

— Pas un jour de plus

— Je vous le promets

Marie-Ange ne voulait pas laisser paraître sa colère contre le colonel qu'elle tenait toujours pour responsable de la situation, elle avait l'intuition qu'elle aurait besoin de lui plus tard. Elle avait pu obtenir un petit sursis. De toute façon, son visa arrivait bientôt à échéance. Soit maître Mollart trouvait une solution rapidement, soit elle devrait rentrer sans son fils. Emmanuel lui avait assuré qu'ils ne pourraient pas le garder plus de deux ans en détention provisoire et que c'étaient des cas très rares.

En attendant, elle avait le mal du pays et n'en pouvait plus de cette petite chambre d'hôtel où elle dormait chaque soir et qui finissait par ressembler elle aussi à une prison. Le sourire des Rwandais lui manquait, tout comme ses plats préférés, les chants de l'église, ses amis du marché ainsi que ses clients.

Elle étouffait ici, dans la grisaille bétonnée de la banlieue parisienne. Elle était heureuse d'avoir rencontré Achille, mais il demeurait entre eux une très grande distance qu'elle ne savait pas comment combler. Tant de moments à rattraper, de caresses maternelles, de chansons chuchotées au coucher du soleil, de larmes au goût salé avalées d'un baiser. Tous ces gestes qu'une mère fait si naturellement quand son enfant en a besoin. Elle sentait le poids d'une dette énorme envers cet enfant qui en avait été privé, par elle, mais aussi par ses parents adoptifs. N'était-il pas trop tard ? Peut-être devrais-je l'emmener avec moi au Rwanda, sur la terre de ses ancêtres, aller chercher l'amour auprès de ses racines, loin de tous les moments difficiles qu'il a vécus ici, pensa-t-elle, convaincue qu'une rédemption était toujours possible.

De son côté, Achille avait renoué avec frénésie avec ses vices passés, outils d'une lente et patiente autodestruction. Sortir, boire, fumer, se goinfrer, flemmarder la journée en attendant que le soleil se couche et que la fête reprenne. Dans la noirceur des nuits parisiennes, il se sentait lui-même. Il pouvait étaler une ironie assumée et maîtrisée qui faisait tant rire ses amis. Son esprit était vif, il guettait chaque mot pour décocher un trait cassant. Il connaissait la limite, l'ultime frontière à ne pas dépasser, savait ne vexer personne. La nuit, il était le roi, collectait les rires et les regards, frôlait des corps, s'enivrait de l'odeur de parfums mêlés de sueur. Emmanuel le rejoignait parfois après ses longues journées de travail, mais l'atmosphère puérile de ses amis étudiants ne l'amusait guère. Il venait marquer son territoire, faire acte de présence et repartait au milieu de la soirée, arguant à raison d'une grande fatigue et d'un excès d'activité. En occupant ses nuits et en écourtant des journées embrumées, Achille cherchait à endormir son activité cérébrale.

Leur prochaine échéance commune était le parloir. La veille, ils avaient déjeuné ensemble. Marie-Ange leur avait fait part de son intention de tout révéler à Jean-Jacques. Achille, encore vaseux à cause de la soirée de la veille qu'il avait achevée au petit jour, et Emmanuel, perdu sous des montagnes de dossiers, n'y virent aucun inconvénient. De toute façon, Marie-Ange ne voulait plus mentir, même par omission. C'est contraire aux lois de l'Église, avait-elle ajouté, provoquant un regard complice et amusé entre les deux jeunes hommes.

— Voulez-vous que je vous accompagne ? proposa poliment Emmanuel.

— S'il n'y a rien de nouveau concernant l'enquête, je n'en vois pas la nécessité. Je préfère être en tête à tête avec mon fils, c'est le rôle d'une mère d'être là, pour les bonnes et les mauvaises nouvelles.

Achille essaya de détendre l'atmosphère d'une blague comme il le faisait toujours.

— Ça me donnerait presque envie de faire une grosse bêtise pour aller en prison, moi aussi.

— Achille, tu es mon fils également maintenant, nous rattraperons le temps perdu, nous apprendrons à nous connaître. Dieu a mis assez d'amour en nous tous pour que nous puissions vivre heureux, il faut juste en trouver la source en nous pour le faire jaillir.

— Amen, répondit-il.

— Je dois vous dire aussi que si nous n'avons pas de nouvelles de l'avocat du député dans les jours qui viennent, je devrai rentrer à Kigali. Le colonel ne souhaite plus payer mon hôtel et mon visa arrive bientôt à expiration. Achille, j'aimerais que tu viennes avec moi voir la terre de tes ancêtres, ton pays natal. Je suis sûre que cela nous ferait beaucoup de bien à tous les deux de nous y promener. Je te parlerai aussi de notre famille dont les âmes vivent encore parce que je les garde précieusement en moi.

— Je vais y réfléchir, je te le promets, et ce ne sont pas des paroles en l'air. Il faut que je trouve le bon moment par rapport à mes études.

— Je crois que tout ceci est plus fort que tes études. Tu dois reprendre là où ta vie a commencé.

— Oui, certainement, admit Achille, songeur.

— Tu es un grand garçon, tu vas trouver ta voie. Il faut que tu reprennes confiance en l'avenir, et en toi. Pour y arriver, il faut te reconnecter à ton passé.

— Je n'aurais pas su comment le lui dire aussi efficacement, renchérit Emmanuel.

Le repas se termina dans la bonne humeur. L'esprit de Marie-Ange vagabondait. Si loin de son pays natal, elle avait l'impression que ses souvenirs risquaient de s'effacer et d'emporter avec eux un peu de la mémoire des siens. C'était une sensation étrange et inexplicable, sa famille avait disparu depuis longtemps et pourtant elle avait hâte de retourner chez elle pour les retrouver, les sentir flotter autour d'elle.

Le lendemain matin, Marie-Ange reprit la route de la prison et de son rituel fait d'attentes et de fouilles.

Jean-Jacques était impatient de retrouver sa mère et d'échanger avec elle à propos de son père. Depuis sa conversation avec l'avocat, il ne dormait plus et avait beaucoup de mal à canaliser son attention comme il avait réussi à le faire jusqu'ici. Il ne parvenait plus à se concentrer sur ses lectures et les journées lui paraissaient interminables. Sa capacité à patienter, qu'il avait cultivée savamment, s'étiolait peu à peu. L'ennui gagnait, le temps à tuer paraissait de plus en plus long.

En pénétrant dans le parloir où l'attendait sa mère, il comprit tout de suite, à sa mine grave, qu'elle avait quelque chose d'important à lui dire.

— Bonjour, maman.

— Bonjour, mon fils. Comment vas-tu ?

— Ça va, même si je commence à trouver le temps long. J'ai l'impression en te voyant que tu n'es pas porteuse de bonnes nouvelles.

— Je dirais plutôt qu'il y a une bonne et une mauvaise nouvelle.

— J'ai toujours détesté cette phrase.

— Mon fils chéri, tu étais venu chercher un père et tu vas trouver un frère.

— Qu'est-ce que tu me racontes ? Je t'ai demandé d'arrêter avec tes énigmes. C'est moi qui suis enfermé ici, je n'ai pas du tout envie de plaisanter !

— Calme-toi et laisse-moi tout te raconter maintenant. Je ne savais pas comment t'annoncer toutes ces nouvelles, ce n'est pas facile pour moi non plus. Écoute-moi attentivement.

Elle prit sa voix la plus douce pour lui narrer les derniers évènements, à la manière d'un conte. L'invraisemblable rencontre avec Achille, son frère jumeau, qui était l'assistant de son avocat. La découverte de l'identité de son père, de ses activités et de ses convictions politiques. Leur rencontre intense, cynique et brutale. Le marché qu'ils avaient conclu pour qu'il l'aide à le faire sortir en échange de la promesse de disparaître de sa vie. Elle n'avait omis aucun détail et quand elle eut fini, Jean-Jacques la regarda durement.

— Oui, j'ai appris que tu as donné mon accord pour ne pas rencontrer mon père, sans me consulter.

— Mais c'est lui qui ne veut pas te rencontrer.

— Dis-moi au moins s'il en vaut la peine.

— Non, pas vraiment. Il ne pense qu'à sa carrière politique… et les idées qu'il défend sont nauséabondes. De toute façon, il ne pourra pas t'empêcher de le voir si tu en as vraiment envie, une fois que tu seras dehors.

— C'est parce que je voulais le voir que je suis emprisonné. A-t-il la moindre idée de ce que j'ai fait pour le retrouver ? Et mon frère, il en vaut la peine, lui ?

— Oui, je crois. Il a beaucoup souffert, mais il est comme un nouveau continent à découvrir. Il te ressemble beaucoup tout en étant très différent, c'est assez troublant.

— J'ai du mal à imaginer une autre version de moi-même. Et toi, ça doit te faire bizarre d'avoir deux fils ?

— Je suis heureuse. Je me dis que si le Seigneur nous a mis face à toutes ces épreuves, c'était dans le but de nous permettre de le rencontrer et de lui donner notre amour. Il en a tant été privé.

— Si ton Seigneur avait pu m'épargner la prison…

— N'oublie pas qu'il a lui-même été crucifié.

— Je vais m'estimer heureux, alors. J'espère quand même que le grand cabinet d'avocats va me permettre de raccourcir mon calvaire, je commence à en avoir marre. Et j'ai maintenant hâte de rencontrer mon frère jumeau ! Quant à mon père, tant pis pour lui, pour moi, pour nous, je vais rester sur celui que j'avais imaginé.

— Oui, c'est mieux ainsi. Moi aussi je suis déçue, tu sais.

La visite était terminée. Marie-Ange était soulagée d'avoir pu tout raconter à son fils. Ses espoirs déçus de ne pas pouvoir rencontrer son père seraient contrebalancés par l'apparition dans sa vie d'un nouveau frère. La nouveauté, la curiosité l'aideraient à ne pas trop ressasser.

Quelques jours plus tard, Emmanuel reçut un appel de maître Mollart en personne.

— Bonjour, cher confrère. Il doit être sacrément important ce jeune homme pour que monsieur le député insiste à ce point. Je n'ai pas cherché à en connaître les raisons, les hommes politiques sont pleins de mystères…

— Avez-vous de bonnes nouvelles concernant le dossier ?

— J'ai plus que des bonnes nouvelles, nous avons trouvé un moyen de demander la nullité de la procédure.

— Je suis curieux d'en savoir plus.

— Oh ! C'est assez simple, le procès-verbal a été rédigé par un jeune douanier et ne fait pas mention de la présence de l'accusé lors de la pesée de la drogue. Nous allons demander à voir les scellés, je suis prêt à parier ma solde qu'ils ont été détruits. Nous n'aurons plus qu'à demander la nullité de la procédure pour absence de preuve, article 706-30-1 du Code pénal.

— Bravo Maître, votre réputation n'est pas usurpée.

— Le principe même du talent réside souvent dans un travail minutieux, laborieux et acharné, surtout dans notre domaine d'activité.

Emmanuel était partagé entre la joie d'avoir entre les mains les clés de la cellule de son client et la déception de ne pas les avoir trouvées lui-même. Il attrapa son téléphone et écrivit un message sur le groupe WhatsApp sobrement intitulé « Jean-Jacques » :

« Maître Mollart a trouvé une solution. Rejoignez-moi demain vers 16 h au cabinet. Je ne veux pas vous donner de faux espoirs, mais si tout fonctionne comme prévu, Jean-Jacques sera libre rapidement. »

XXXII
FACE À UN MIROIR

Depuis les révélations de sa mère, Jean-Jacques tanguait. Il était comme un navire privé de moyen de propulsion, livré aux caprices des courants et des vents. Son visage s'assombrissait quand il pensait à son père puis s'éclairait brusquement en essayant d'imaginer son frère jumeau. Un autre Jean-Jacques, pareil, mais différent ? Cela lui paraissait irréel. Plus il pensait à Achille, plus un doux soulagement l'envahissait. Il parvenait même à se convaincre qu'en suivant les pas de son père, le destin l'avait guidé vers son frère, cette partie manquante de son âme. C'était après ce jumeau qu'il avait couru dans ses rêves ou qu'il avait cherché à retrouver à travers son amitié avec ce traître de Pierre.

Il ne lisait plus, ne faisait plus de sport. Il restait prostré sur son lit à faire tournoyer les questions devant ses yeux, comme un grand vin dans un verre de dégustation, pour essayer d'en extraire les mystères.

Un matin, alors qu'il était encore plongé dans ses pensées malgré l'heure avancée, un gardien entra dans la cellule.

— Jean-Jacques Mugisha, j'ai une bonne nouvelle pour toi. Tu as la journée pour faire ta valise, tu seras un homme libre demain.

La veille, maître Mollart venait de plaider devant la chambre de l'instruction la nullité qu'il avait décelée.

Il se redressa d'un bond, comme tiré d'un mauvais rêve.

— Ah bon ? Vous en êtes sûr ?

— Tu connais d'autres Jean-Jacques Mugisha dans cet établissement ?

— Non, monsieur. Je… Je vous remercie ! parvint-il à dire.

— Ah, mais moi, je n'y suis pour rien, tu sais. Si j'avais dû choisir, j'aurais préféré te garder, c'est si rare les détenus modèles comme toi ! ricana le gardien en refermant la porte.

Dans le silence qui suivit cette annonce, Jean-Jacques se mit à pleurer, puis à rire, puis à faire les deux en même temps. Son rire gagna ses camarades de cellule qui se mirent à danser et chanter, embarquant Jean-Jacques avec eux. Leur refrain était simple et entraînant : Jean-Jacques innocent, Jean-Jacques libéré ! Leurs différences s'étaient estompées sous l'effet de cette bonne nouvelle qu'ils accueillaient avec une joie sincère, tout en espérant que leur tour viendrait aussi bientôt. Leur chanson et leur enthousiasme gagnèrent les cellules voisines puis se propagèrent à tout leur étage, même si la plupart des prisonniers ne le connaissaient pas. Tous oubliaient un instant leurs clans, leurs crimes réels ou non et toute leur peine.

Le lendemain matin, Jean-Jacques franchissait le portail de la prison en homme libre. Il ne savait plus combien de temps il y était resté, une seconde, un siècle, peu lui importait maintenant. Sur le trottoir d'en face, Marie-Ange et Emmanuel l'attendaient. Il se précipita vers sa mère, la prit dans ses bras et la fit tournoyer.

— Je suis libre maman. Je suis innocent. La vérité triomphe toujours !

Marie-Ange riait, tellement heureuse de cette valse aérienne. Elle le serrait de toutes ses forces pour ne pas tomber mais aussi pour qu'il puisse ressentir à quel point elle l'aimait. Elle aurait voulu que cette étreinte dure une éternité.

Il reposa sa mère et prit son avocat dans les bras.

— Merci pour votre aide. Je ne pourrai jamais vous remercier assez. Je savais que vous alliez me tirer de là.

À quelques mètres de là dans une voiture aux vitres teintées, Enguerrand était venu assister à sa sortie. Il voulait voir son autre fils. En rencontrant Achille, sa première réaction avait été le rejet. Il avait tant investi dans sa carrière qu'il ne pouvait pas se permettre de donner le flanc à la critique. Mais les jours suivants, il n'avait pu s'empêcher d'imaginer ce qu'aurait pu être sa vie avec ses deux fils. La joie simple d'être père, ce qu'il aurait pu partager avec eux. Il ne pouvait pas revenir en arrière et ses jumeaux étaient de toute façon déjà grands. Le destin en avait décidé ainsi, il était inutile d'avoir des regrets.

Jean-Jacques recula et regarda autour de lui :

— Où est mon frère ?

— Rassure-toi, il est juste à côté. Il t'attend dans ma chambre d'hôtel. Il voulait avoir un moment en tête à tête juste pour vous deux, à la hauteur de vos retrouvailles. Il est très impatient aussi. Emmanuel et moi allons essayer de récupérer les documents du colonel. Vous aurez tout le temps pour vous découvrir.

Ils l'avaient déposé à l'hôtel et indiqué le numéro de la chambre où il était attendu. Jean-Jacques prit les escaliers, pour le plaisir de courir autant que par impatience. En arrivant devant la porte de la chambre, il avait l'impression que son cœur abritait un groupe de percussion.

Il frappa.

— C'est moi ! lança-t-il, ne sachant pas trop comment se présenter.

La porte s'ouvrit presque instantanément, comme si son frère l'attendait juste derrière. Achille se tenait face à lui. Tous deux se regardèrent avec surprise. Ils s'attendaient à trouver une copie conforme et faisaient face à un miroir déformant.

— Bonjour, entre.

Il lui tendit la main, mais Jean-Jacques lui donna une brève accolade.

— Bonjour…

Achille avait positionné un fauteuil face au lit. La chambre était exiguë et mal équipée. Il avait essayé plusieurs aménagements pour trouver le meilleur possible. Jean-Jacques s'assit sur le lit.

— Tu veux boire quelque chose ?

— Oui, je veux bien un Coca, si tu as ça ?

— Oui, j'ai acheté plein de trucs en espérant que tu trouverais ton bonheur.

Ils semblaient tous les deux embarrassés, n'osant pas faire le premier pas comme lors d'un *date* où deux amoureux hésitent à se pencher vers la bouche de l'autre pour cueillir un baiser qu'ils sont pourtant quasiment certains de ne pas se voir refuser.

— On commence par où ? demanda Jean-Jacques, en rompant un silence devenu trop pesant.

— Aucune idée, soupira Achille. J'y réfléchis depuis quelques jours et je n'ai pas la réponse. J'ai tant de choses à te dire, tant de questions à te poser !

— Bon, alors je me lance. Moi non plus, je n'ai pas arrêté d'y penser. Je suis heureux de te rencontrer et de t'avoir désormais dans ma vie, qui que tu sois, et quoi que tu aies fait. C'est très étrange ce que je ressens, j'ai l'impression que je viens de me réveiller après une longue nuit.

— Moi aussi, je suis très heureux que tu sois là en face de moi. Il me semble t'avoir attendu toute ma vie. Si tu savais le nombre de rêves que j'ai fait où tu étais à mes côtés.

— J'ai également toujours ressenti un manque, un sentiment de vide intérieur. Depuis quelques jours, je me sens apaisé, complété comme un puzzle dont on vient de retrouver la dernière pièce tombée sous un meuble depuis des années. Ça peut paraître étrange mais j'ai eu le sentiment de ressentir ta présence dès que tu as rencontré ma mère.

— Notre mère, le reprit Achille en souriant.

— Oui, pardon, je suis désolé.

— Ne t'inquiète pas, je suis un peu taquin. Il va falloir t'y habituer. Depuis que je connais ton existence, je n'ai cessé de m'interroger sur la mienne et sur ce qu'aurait pu être ma vie si on ne m'avait pas arraché à notre mère. Ça ne te dérange pas de me raconter ton enfance ? J'aimerais fermer les yeux et imaginer cet autre destin qui aurait pu, ou dû, être le mien.

— Bien sûr, cela ne me pose pas de problème.

Jean-Jacques ferma les yeux lui aussi, pour invoquer plus facilement ses souvenirs.

— Je suis né à Kigali. Nous y sommes nés tous les deux. C'était juste après le génocide. La famille de ma mère avait été massacrée à l'exception de son frère aîné, Paul. Il a travaillé dur pour subvenir à nos besoins, mais son traumatisme était trop grand, il n'y a pas survécu. Ma mère s'est retrouvée seule pour m'élever, comme beaucoup d'autres à cette époque. Le pays sortait d'un immense cauchemar. C'est une femme forte et courageuse qui a su dépasser ses peines grâce à une foi inébranlable, et sûrement aussi pour l'amour de son fils. Nous étions pauvres, mais je n'ai jamais manqué de rien. Je ne l'ai jamais entendue se plaindre. J'ai beaucoup souffert à l'école parce que j'étais métis, au Rwanda c'était assez rare à l'époque. J'ai d'ailleurs longtemps cru que mon père était un violeur, c'est ce que mes camarades de classe me répétaient sans cesse. J'ai quitté l'école classique dès que j'ai pu, pour celle de la rue. Ma mère m'obligeait à continuer à lire et à me cultiver. C'était notre deal. Je passais mes journées au marché où travaillait maman. J'y ai trouvé ma place, plus personne ne m'a embêté. J'ai fait des petits boulots, puis des petits trafics pour gagner plus d'argent. Rien de très grave. Un jour, on m'a proposé d'aller en Europe pour y amener des documents. J'étais flatté. J'ai accepté par fidélité à mon meilleur ami, mais aussi parce que je rêvais secrètement de retrouver mon père. La suite tu la connais. À ton tour de me dire ce que je serais devenu si on m'avait choisi à ta place.

Tous deux rouvrirent les yeux.

— Si je devais faire un résumé rapide, je dirais que jusqu'ici mon existence a globalement été un désastre, commença Achille. J'ai été adopté par une famille aisée qui devait penser qu'avoir un enfant sauverait leur couple. Mon père s'est très vite désintéressé de moi, avant de se barrer quelques années plus tard pour se marier avec une femme plus jeune et plus fertile que ma mère adoptive. Ça l'a détruite, mais plutôt que d'en vouloir à mon père adoptif, c'est moi qui ai été désigné coupable. Ensuite, elle s'est mise à gober des médicaments comme des Smarties. Après m'avoir volé à ma famille, ils m'ont abandonné comme un chien dont on se lasse parce qu'il aboie trop ou parce qu'il faut s'en occuper tous les jours. Mes grands-parents maternels ont joué le rôle de la SPA du mieux qu'ils ont pu, mais je ne voyais que de la pitié dans leur regard. J'ai eu plein de jouets à Noël, de belles vacances, de l'argent, tout, sauf de l'amour.

— Vu comme ça, c'est sûr que je préfère la vie que j'ai eue.

— En écoutant nos récits, j'ai presque l'impression que ma destinée, que je croyais unique, est totalement interchangeable. Est-ce que nos parcours auraient été identiques si c'est toi qui avais été adopté à ma place ?

— Aucune idée. Et on ne saura jamais. À quoi bon se torturer ? Tu es marié ou fiancé ? demanda Jean-Jacques.

Achille sourit en se demandant s'il devait lui avouer la vérité. Le mot « avouer » le fit tilter. Être homosexuel n'est quand même pas un crime ! Et puis l'idée de mentir à son jumeau, et donc un peu à lui-même, lui parut totalement incongrue.

— Non, mais je vis actuellement en couple avec un homme, Emmanuel, ton avocat. C'est grâce à cela que nous nous sommes rencontrés. Je n'avais connu que des femmes avant lui, des rencontres furtives et décevantes. Emmanuel me stabilise, il m'apaise, il a réussi à combler une partie du vide qui était en moi.

Jean-Jacques était surpris et ne savait pas quoi dire. Il était inquiet aussi. Était-ce génétique ? Il n'avait jamais été intéressé par les hommes, même s'il n'avait jamais connu l'amour d'une femme. Il pensa à la belle Édith comme à l'amitié excessive et exclusive qu'il avait eue avec Pierre. Lui aussi avait sans doute cherché à combler ce même vide.

— Tu es déçu ? demanda Achille, face à son silence.

— Non, pas du tout. Je n'ai pas à te juger. J'apprends à te connaître. Nous avons tant de temps à rattraper. Il va falloir en passer beaucoup ensemble ! Désormais, on ne se quitte plus, personne ne nous séparera, promis ?

— Oui, promis. Moi aussi, j'ai besoin de te connaître encore plus.

Jean-Jacques se leva d'un bond.

— Achille, j'étouffe un peu ici. Je suis resté enfermé trop longtemps pour continuer à discuter dans cette chambre. J'ai besoin d'aller dehors. Tu viens ?

— Avec plaisir, comme ça je pourrais me griller une clope.

Jean-Jacques sortit d'un pas athlétique et déterminé. Il avait des fourmis dans les jambes. Achille le suivit tant bien que mal.

QUATRIÈME PARTIE

XXXIII
LE RETOUR

Pendant qu'Achille et Jean-Jacques faisaient connaissance, Marie-Ange était allée chercher les documents convoyés par son fils en compagnie d'Emmanuel. Après avoir pris possession de la mallette, elle appela le colonel.

— C'est bon, je les ai, prononça-t-elle de façon lapidaire.

Tout ça pour ça, pensa-t-elle. Ces quelques bouts de papier qui avaient valu à son fils de tels problèmes en valaient-ils autant la peine ?

— Ah enfin ! répondit le colonel. Dites-moi où vous êtes et ne bougez pas, je vais envoyer quelqu'un pour les récupérer.

— Je suis au café Le Français, sur l'avenue Charles de Gaulle.

— Un certain Jean-Jacques, comme votre fils, va bientôt passer.

Effectivement, quelques minutes plus tard et avant même que Marie-Ange ait passé commande, le dénommé Jean-Jacques se présenta pour prendre possession du porte-documents. Marie-Ange se fit la réflexion qu'il ne devait pas être bien loin, qu'il l'avait sans doute même suivie. Elle ressentit néanmoins un grand soulagement une fois que sa main eut lâché la poignée.

En contrepartie des documents, l'homme lui avait indiqué une adresse où se rendre le lendemain, pour obtenir ses billets d'avion ainsi que ceux de son fils. Leur départ aurait lieu dans trois jours, juste avant que n'expire son visa. Marie-Ange était heureuse de rentrer, fière aussi du devoir accompli puisque Jean-Jacques revenait avec elle. Mais elle devait abandonner

Achille, alors qu'elle avait encore tout à découvrir sur lui. Il nous rejoindra bientôt, j'en suis persuadée, pensa-t-elle.

Elle avait l'intention de profiter des trois jours à venir. Pour cela, il faudrait laisser le plus d'espace possible à Achille. Il allait devoir gagner sa place et transformer l'indéfectible duo en trio. Cela ne serait pas une tâche facile, mais elle savait que Jean-Jacques ferait le nécessaire, sans jalousie et avec enthousiasme. Elle avait l'étrange impression d'accueillir un nouveau-né ayant déjà les traits d'un adulte.

Achille et Jean-Jacques avaient eu du mal à se séparer après leur première rencontre. Ils avaient tant à se raconter. Chaque histoire vécue, chaque expérience était l'occasion pour eux d'essayer de démêler leurs ressemblances de leurs différences. Achille s'était procuré un livre sur le thème des jumeaux séparés. Il existait de nombreux cas semblables au leur et certains avaient même fait l'objet d'études scientifiques. Il avait refermé le livre avant de l'avoir terminé, mal à l'aise à l'idée de devenir à son tour un jour une souris de laboratoire.

La mère et ses deux fils firent de nombreuses balades dans les rues et les parcs de la capitale. Chacun se dévoila un peu plus que lors de la première rencontre. Marie-Ange n'avait jamais autant parlé de sa famille. Dans l'euphorie ambiante, les fantômes des disparus réapparaissaient régulièrement. Marie-Ange les évoquait souvent. Parfois, elle ne pouvait pas retenir ses larmes. Après tout ce qu'elle venait de vivre, et loin de ses repères habituels, sa digue émotionnelle avait cédé. Elle était submergée par le bonheur de cette réunion fortuite, mais craignait qu'il ne soit pas réel, et de devoir en payer le prix un jour. Elle aurait voulu s'agripper au présent et bloquer les aiguilles du temps.

Achille et Jean-Jacques, quant à eux, s'observaient sans cesse. Ils continuaient à remplir le catalogue de leurs similitudes. Ils commencèrent par ce qui était le plus apparent, audible, olfactif, tout ce qui était extérieur et immédiatement comparable.

À un moment, ils mirent leurs bras l'un à côté de l'autre. Jean-Jacques malgré les longues journées passées en prison avait encore la peau plus foncée que celle de son frère.

— Mais tu sais, au Rwanda je reste quand même un métis, pour eux je suis même « un Blanc raté », c'est comme ça qu'ils m'appelaient à l'école.

— C'est drôle, ma peau est plus claire que la tienne et pourtant j'étais toujours le Noir de service. J'avais le droit à toute la panoplie de blagues sur la taille de mon sexe.

— C'est plutôt bien ça non ?

— Non, c'était lourd. Je te promets. Comme si j'avais plus de bite que de cerveau, tu vois ! Comme si les Noirs n'étaient bons que pour le sexe et pour courir vite. Le pire c'est que je courais vraiment vite, j'étais doué en athlé.

— Ah oui, c'est drôle. Moi aussi, on disait que j'étais « le plus rapide de Kigali ».

— C'est surtout ta mère qui te disait ça pour te faire plaisir, coupa Marie-Ange en riant. Pour la voix, c'est assez étrange. Il y a comme une base commune, mais chacun a une personnalité propre. Chez Jean-Jacques, il y a l'accent rwandais qui domine, plus dans les aiguës. Quant à toi, Achille, c'est malheureusement la nicotine et le goudron qui recouvrent ta belle voix.

Tous les trois rirent.

Marie-Ange reprenait avec délicatesse et humour sa place de mère auprès d'Achille. Celle qui fixe les limites, qui s'inquiète et qui donne l'exemple. Parmi les thèmes préférés des mères dans le monde, on retrouve également la situation amoureuse de ses enfants, même si c'est plus souvent un sujet d'inquiétude que de prédilection. Marie-Ange cherchait toujours à en savoir un peu plus.

— Concernant les femmes, j'espère que tu n'es pas aussi timide que ton frère !

Achille marqua un temps d'arrêt.

— Je ne savais pas trop comment aborder le sujet, mais il faut que je te dise la vérité. Je suis homosexuel. Je suis en couple avec Emmanuel.

Il n'avait pas eu à faire de coming out auprès de sa famille d'adoption, cela n'aurait intéressé personne. Mais face à cette mère qu'il connaissait pourtant à peine, il ne voulait rien cacher, malgré sa peur du rejet.

Marie-Ange marqua une longue pause. Achille n'était donc vraiment pas une copie conforme de Jean-Jacques. Au Rwanda, l'homosexualité n'était pas entrée dans les mœurs comme cela semblait être le cas en France. Elle avait vu ici des hommes se tenir par la main. Elle aimerait son fils quoi qu'il arrive, mais elle sentait quand même une gêne l'envahir à la suite de cette annonce. Qu'en penseraient ses amis de l'église ou du marché ? Il faudrait qu'elle en parle avec le pasteur. Achille avait ressenti son embarras :

— Tu es déçue ? Dis-toi que si je n'avais pas été homo et en couple avec Emmanuel, on ne se serait jamais rencontrés tous les trois.

— Je suis surprise, pas déçue. Ce n'est pas courant chez nous, tu sais. Et puis je suis croyante, je crois que Dieu a voulu que l'amour existe entre les hommes et les femmes, que la Nature est ainsi faite…

— Je suis comme ça et autant te le dire tout de suite, je ne crois pas en Dieu.

— Achille, je comprends. Mais mets-toi à ma place et donne-moi un peu de temps. « Tout passe » a coutume de dire ma meilleure amie au marché. C'est une formule simple mais juste, cela m'a beaucoup aidé.

Ils marchèrent en se tenant par les bras. Marie-Ange était au milieu, elle tenait fermement ses fils. Désormais, il lui faudrait faire attention à distribuer son amour avec équité.

— Bon, alors on a quoi d'autre comme points communs ? reprit Jean-Jacques, cherchant à alléger la conversation. Tiens, maman, décris à Achille mon caractère pour voir s'il s'y reconnaît.

— Je dirai que tu es un garçon attentionné, à fleur de peau parfois. Tu n'aimes pas l'injustice. Tu es aussi un peu calculateur, stratège, si on veut voir ça d'un côté positif. Tu es quelqu'un sur qui on peut compter.

— J'ai bien peur qu'elle ne soit pas très objective, ironisa Achille. Personne n'a jamais fait un tel portrait de moi !

Il était redevenu sombre. Il pensait à tout ce temps gâché, sa vie sacrifiée par ces parents adoptifs qui avaient toujours été indifférents à son sort. Peut-être que ce portrait pouvait lui correspondre, peut-être pas. Il n'en savait rien, à vrai dire, il avait passé plus de temps à se cacher qu'à chercher à se découvrir.

— Il est possible que ça me ressemble un peu. Et tu as une phobie ? Ou plusieurs ?

— Je déteste les insectes

— Ah oui, moi aussi ! Les cafards surtout.

En attendant ce mot, Marie-Ange eut un soubresaut qui les surprit tous les deux. Il y avait tellement longtemps qu'elle ne l'avait plus entendu. Il avait été banni du vocabulaire des Rwandais après le génocide. Ils continuèrent l'inventaire de leurs personnalités respectives, essayant ainsi de rattraper le temps perdu. Puis ils ramenèrent Marie-Ange à l'hôtel, elle était épuisée par les kilomètres parcourus et les émotions qui l'avaient assaillie toute la journée. Les deux frères décidèrent de dormir chez Achille. À peine arrivé chez lui, ce dernier dit à Jean-Jacques :

— On ne va pas se coucher tout de suite ! Si tu n'es pas trop fatigué, on peut sortir, que je te présente mes amis.

— Je n'ai aucune envie de dormir, je viens de vivre trop longtemps enfermé et je rêve de connaître Paris by night !

— Alors *let's go* ! Je me lave, je me change et c'est parti !

Par la porte de la salle de bain laissée entrouverte, Jean-Jacques entendit Achille se rincer la bouche avant de se brosser les dents, la même étrange habitude qu'il avait lui-même et qui faisait rager sa mère. Il ne put s'empêcher de sourire, pas de doutes, ils étaient bien de vrais jumeaux.

Une heure plus tard, ils étaient à nouveau dehors. Jean-Jacques découvrait un univers totalement nouveau, il n'en possédait pas les codes à l'inverse de son frère qui paraissait connaître les lieux et les personnes comme sa poche. La musique couvrait leurs échanges, mais ils étaient heureux d'être ensemble. Achille racontait leur histoire à qui voulait l'entendre et avec un peu plus d'enthousiasme après chaque nouveau « Gin To' ». Ils rentrèrent tard, harassés, mais heureux, et s'endormirent presque immédiatement.

Les jours qui suivirent se ressemblèrent. Ils partagèrent leurs journées avec leur mère et leurs nuits avec les amis d'Achille. Jean-Jacques commençait à y prendre goût. La nuit, les basses qui font vibrer chaque organe à l'intérieur du corps, les regards qui se croisent, les sourires échangés avec de belles inconnues, les amitiés d'un soir scellées dans les vapeurs d'alcool. Il comprenait qu'Achille aime se perdre dans un tel labyrinthe de plaisir et d'insouciance.

Mais l'heure du départ approchait. Après trois jours de déambulations diurnes et nocturnes, Marie-Ange et Jean-Jacques devaient s'envoler en début d'après-midi pour Kigali. Emmanuel et Achille les avaient accompagnés à Roissy. Tous voulaient éviter les effusions et dans la voiture, l'ambiance était pesante. Seul Emmanuel essayait d'entretenir la conversation et d'apporter un peu de bonne humeur. Il n'était d'ailleurs pas si fâché que cette page se tourne, il espérait égoïstement passer ensuite un peu plus de temps avec Achille. Ils se garèrent sur le parking des départs et Marie-Ange prit la parole :

— Inutile de nous accompagner dans le hall, je n'aime pas les au revoir qui durent. On sait que c'est temporaire n'est-ce pas ? Achille, je compte sur toi pour venir dès cet été quand tu auras fini tes études. Emmanuel, vous serez également le bienvenu chez nous bien évidemment.

— Oui, je te le promets, je vais tout faire pour venir, affirma Achille.

— Non, il faut dire « je te promets de venir » précisa-t-elle.

— Y a intérêt à ce que tu viennes ! renchérit Jean-Jacques. On ne se quitte plus maintenant, d'accord ?

— Oui, je vous le promets à tous les deux.

— Je te ferai découvrir les nuits kigaloises. Au revoir Emmanuel, merci pour tout et à bientôt à Kigali !

— Au revoir à tous les deux. C'est moi qui vous remercie pour votre confiance. Et puis pour cette aventure que vous venez de me faire vivre… c'était assez unique !

Ils se serrèrent la main puis Achille embrassa une dernière fois sa mère et son frère. Jean-Jacques s'empara des valises et ils pénétrèrent dans le hall après avoir fait plusieurs volte-face pour les saluer. Ils enregistrèrent les valises et passèrent les douanes avec une petite appréhension bien qu'ils n'aient rien à se reprocher.

Une fois assis dans l'avion, et après avoir échangé quelques mots, chacun se retrouva dans sa bulle introspective. Marie-Ange ne savait pas si elle allait pouvoir retrouver sa place au marché. Jean-Jacques n'avait, quant à lui, aucune idée de ce qu'il allait pouvoir faire. Le retour à la réalité ne s'annonçait pas simple. Par-dessus tout, tous deux avaient des comptes à régler. Marie-Ange, avec la responsable de la maternité et Jean-Jacques, avec le colonel et Pierre. L'apparition d'Achille dans leur vie avait dilué leur désir de vengeance, ils ne voulaient plus que des explications.

Le retour leur parut plus court et paisible qu'à l'aller. Il y eut pourtant tout autant de turbulences, mais ils étaient tous les deux assis côte à côte et se tenaient la main quand ça secouait un peu. Achille leur manquait déjà, mais cela ne les empêchait pas de savourer ce moment de complicité retrouvé à deux.

À l'arrivée, en sortant du hall de l'aéroport, ils retrouvèrent avec joie la chaleur qui leur avait tant manqué. Ils échangèrent un sourire complice et se dirigèrent vers un taxi. La course à travers les rues embouteillées de la capitale leur parut durer éternellement.

Ils finirent néanmoins par arriver chez eux.

— J'avais oublié que notre maison était à peine plus grande que la cellule de ma prison, plaisanta Jean-Jacques.

— N'exagère pas non plus !

— Peu importe sa taille, c'est ici que je me sens libre.

— Je vais faire un peu de ménage, il doit y avoir de la poussière partout. Ensuite, nous nous coucherons de bonne heure. Il va nous falloir être en forme demain pour aller exiger les explications que nous attendons tous les deux.

XXXIV
SI CE N'EST TOI, C'EST DONC TON FILS !

Le colonel avait fixé un rendez-vous à Jean-Jacques en fin de journée, dès le lendemain de son arrivée. Ce dernier avait ressassé tous les scénarios possibles dans sa tête pendant qu'il était enfermé dans les prisons françaises. Tous les chemins de sa réflexion menaient à la villa du colonel et surtout à son fils.

Il avait patienté dans le hall d'entrée pendant plus d'une heure. La maison résonnait des cris d'enfants et des rires des invités. Il régnait ici une atmosphère de fête permanente qui contrastait avec son humeur. Ici ou ailleurs, rien de bien nouveau, les riches s'amusent, mais ce sont les pauvres qui trinquent, pensa-t-il. Il ruminait également un arrière-goût de gâchis. Il avait sacrifié, ou plutôt investi, une bonne partie de son temps pour devenir l'ami de Pierre et se rapprocher de son père. Ils représentaient pour lui le tremplin pour une vie meilleure. Qu'allait-il faire maintenant ? Même si Pierre était à l'origine de ses problèmes, ce qu'il ne pourrait vraisemblablement jamais prouver, il était peu probable que son père le renie. C'était tout le paradoxe de cette situation, ils s'étaient joués de lui, mais il n'avait guère d'autre choix que de tourner la page sans faire de vagues.

Le colonel Mugabe finit par arriver. Il ouvrit la porte de son bureau d'un geste puissant. Dans l'encadrement de la porte, il semblait remplir entièrement de sa masse l'espace laissé libre. Il afficha son plus beau sourire carnassier.

— Jean-Jacques en personne ! Tu nous avais presque manqué.

— Merci colonel, j'aurais préféré revenir plus tôt…

— Oui, je sais. Allez, viens dans mon bureau.

En lui serrant la main, Jean-Jacques se sentit tout petit. Sa force physique, son charisme et l'assurance que lui conférait sa réussite dans la vie, tout concourrait à rendre le colonel encore plus grand et plus fort.

— Assieds-toi, l'invita celui-ci. Je vais t'expliquer ce que je sais sur cette affaire regrettable. Je peux te garantir en te regardant droit dans les yeux que ce n'est pas moi qui ai décidé de te faire convoyer de la drogue dans la mallette. Les papiers qu'elle contenait étaient bien plus importants que la valeur de ce sac de poudre. Il est évident que quelqu'un a voulu me piéger en s'attaquant à toi.

— C'est également ce que j'ai pensé.

— J'ai essayé d'enquêter, mais c'est assez compliqué et ça ne repose que sur la parole des uns et des autres, et sur des supputations.

— Vous savez, pendant mon séjour en prison j'ai eu le temps de réfléchir.

— Dis-moi.

— Eh bien, c'est quand même votre fils qui m'a confié les documents et…

Le colonel l'interrompit d'un geste de la main.

— Je l'ai longuement interrogé et ma conviction rejoint la sienne quand on se pose la question du mobile : pourquoi aurait-il voulu mettre de la drogue dans une mallette de documents appartenant à son père ? Il n'est pas stupide non plus.

— Il était peut-être en colère contre moi parce que nous venions de nous disputer.

— Il ne faut pas s'accorder trop d'importance, jeune homme, lui répondit le colonel en le toisant de haut.

— C'est juste une hypothèse. À vrai dire, je ne suis pas là pour remuer le couteau dans la plaie, qui est avant tout la mienne. Je suis venu pour avoir des explications, mais si vous n'en avez pas plus que moi, je ne vais pas passer ma vie à ressasser toute cette histoire en boucle.

Jean-Jacques ne disposait pas du moindre commencement de preuve pour pouvoir accuser Pierre. Et il faudrait des preuves solides pour qu'un père consente à accuser son fils.

— C'est vrai, et c'est juste, il faut apprendre à tourner la page et se tourner vers l'avenir, approuva le colonel. As-tu une idée de ce que tu veux faire ?

— Non, aucune pour le moment. Mais je suis courageux et travailleur, je vais finir par trouver.

— Je n'en doute pas. Laisse-moi également y penser de mon côté. On doit bien pouvoir te trouver quelque chose, je te ferai signe dans les jours qui viennent, fit son hôte en se levant, signifiant ainsi que l'entretien était terminé.

— Je vous remercie, lui répondit Jean Jacques en le suivant vers la porte.

Merci de m'avoir envoyé en prison et de me trouver un petit boulot comme gratification pour tout ce que j'ai enduré, pensa-t-il.

Il lui sembla entendre des intonations qu'il connaissait bien dans la pièce d'à côté. Le colonel ouvrit la porte et ils tombèrent nez à nez avec Édith et Pierre.

— Tiens, quand on parle du loup, s'exclama le colonel d'une voix puissante. Venez donc saluer notre ami Jean-Jacques qui est de retour parmi nous après bien des mésaventures.

Édith et Pierre s'approchèrent. Édith l'embrassa après lui avoir jeté un regard plein de surprise et de gêne. Pierre lui serra rapidement la main.

— Bienvenue au pays. J'espère que nous t'avons manqué. J'ai appris ce qui s'est passé, c'est totalement incompréhensible, déclara-t-il.

— Je suis heureuse de te voir ici. Pierre m'avait dit que tu étais parti en France et que tu voulais t'y installer et y trouver un travail. Contente de voir que tu as changé d'avis, enchaîna Édith.

Jean-Jacques ne savait pas quoi répondre. Il était venu avec des intentions pacifiques, souhaitait comprendre si possible, sinon passer à autre chose. Mais leur hypocrisie et leur condescendance l'irritèrent soudain.

— Oui, je voulais commencer un petit business d'import-export, mais malheureusement ça n'a pas bien fonctionné. T'en penses quoi, Pierre ? Tu crois que je n'avais pas choisi le bon créneau ? grinça-t-il.

— Quel type de produit voulais-tu vendre ? lui demanda Édith, intriguée.

— Je voulais me lancer dans l'exportation de farine rwandaise de manioc. Malheureusement, les autorités douanières françaises ne l'ont pas homologuée.

Pierre et son père affichèrent le même sourire gêné. Édith n'était pas au courant, ils ne voulaient pas l'alerter sur le sujet.

— C'est quand même une drôle d'idée, lui répondit-elle, semblant comprendre soudain que quelque chose clochait.

— Eh oui, renchérit Pierre, tu avais oublié que Jean-Jacques a pas mal d'idées, mais qu'il faut faire un peu de tri dans sa tête. Bon, nous devons y aller, nous avons rendez-vous, au plaisir de te revoir mon ami.

— Oui, au plaisir Pierre, on pourrait aller boire un verre ensemble comme au bon vieux temps. On a pas mal de choses à se raconter, je suis sûr.

— Je suis pas mal occupé en ce moment, mais je te ferai signe.

Il entraîna Édith par la main. Le bref échange de regard qu'elle eut en partant avec Jean-Jacques valait bien des mots. Elle n'était pas dupe même si Pierre ne voulait pas qu'elle en sache plus.

Une fois dehors, Jean-Jacques fit quelques pas et tapa dans une cannette abandonnée sur le trottoir en direction des murs qui entouraient la villa. Le gardien le regarda d'un œil menaçant. Il avait besoin de marcher pour s'apaiser.

Et de s'apaiser pour réfléchir. Non seulement ils l'avaient pris pour un idiot, mais en plus ils se foutaient complètement de son sort. Pierre avait également menti à Édith.

Pour se calmer, il s'arrêta dans une petite échoppe et commanda une bière. Il pensa immédiatement à Achille et se saisit de son téléphone. Pierre n'avait été qu'un frère de substitution, un placébo frelaté. Son jumeau serait désormais son seul vrai médicament. Il lui envoya un texto :

« Salut, Achille, ça va ? Tu nous manques déjà beaucoup. »

La réponse fut quasi instantanée et accompagnée d'une petite vibration dans le creux de sa main. Ils poursuivirent en messages vocaux.

— Vous me manquez aussi tous les deux. Alors ce retour, ça se passe bien ?

Jean-Jacques avait désormais quelqu'un de sincère à qui il pouvait se confier. Cela mit en lumière la relation étrange qu'il avait entretenue toutes ces années avec Pierre, cherchant à attirer son attention au risque de ne pas être lui-même. Il ne voulait pourtant pas inquiéter son frère.

— Oui forcément : on est de retour au soleil.

XXXV
TRAFIQUANTE

Marie-Ange partageait la détermination de son fils et son besoin d'agir vite. Dès le lendemain de leur arrivée, elle aussi partit s'expliquer avec celle qui l'avait privée délibérément d'Achille. Pourtant Marie-Ange n'était pas certaine de pouvoir accepter la moindre justification ni concevoir qu'il puisse en exister une assez rationnelle pour la contenter.

À peine arrivée dans le hall d'entrée, elle se dirigea vers l'accueil.

— Bonjour, je souhaite voir madame la directrice, madame Ramata… j'ai oublié son nom de famille.

— Madame Ingabire, je suppose.

— Oui, c'est bien cela.

— Vous avez rendez-vous ?

— Non, mais j'ai une affaire urgente à voir avec elle.

— Je crains que cela soit difficile. Madame Ingabire est très occupée. Laissez-moi votre nom et nous vous contacterons pour fixer une date.

— Mon nom est Marie-Ange Mugashi, je suis prête à l'attendre ici, je ne suis pas pressée.

— Quel est l'objet de votre visite ?

— Dites-lui simplement que je suis venue lui parler de mes jumeaux, ceux qui sont nés sous césarienne en 1995.

— Vous avez dit en 1995 ? répondit-elle visiblement surprise.

— Oui c'est bien cela.

— Dans ce cas, je vous laisse patienter. Elle ne devrait arriver que dans l'après-midi. Je lui ferai suivre votre message.

Marie-Ange sortit de l'établissement. Elle alla s'acheter un journal et boire un café dans un bar voisin.

Il n'y a pas à dire, le café rwandais est définitivement le meilleur du monde, pensa-t-elle. Assise en terrasse, elle contempla l'agitation qui régnait autour d'elle, la vie qui inlassablement suivait son cours. Tout le monde semblait avoir un but et paraissait pressé de l'atteindre. Quel serait le sien après tout ce qu'elle venait de vivre ? Certainement de pouvoir intégrer ce nouveau fils, si différent, à la vie qu'elle avait toujours vécue et aimée ici. Rien ne l'arracherait plus à sa terre, là où reposaient ses ancêtres qui lui manquaient tellement, particulièrement un jour comme celui-ci. Quels conseils aurait pu lui prodiguer son père ? Il lui dirait certainement de ne pas se laisser aller à la colère, de chercher à comprendre… Pour lui, il y avait toujours une explication rationnelle. Sa mère, quant à elle, cherchait toujours la voie du pardon. C'est en l'écoutant qu'elle avait pu pardonner aux bourreaux.

Pourquoi est-ce que tout cela me revient maintenant ? se demanda-t-elle. Elle regarda machinalement les titres et la date sur la première page du journal : le vingt-huit juin. Dans quelques jours, les Rwandais commémoreraient la fin du génocide, de ces cent jours où le pays avait sombré dans la folie la plus effroyable, révélant ce qu'il y avait de pire chez les Hommes. Des centaines de milliers de victimes, mais surtout des centaines de milliers de bourreaux, bien souvent des gens normaux, des amis, des voisins, des frères et des sœurs, sortis dans la rue pour découper « bestialement » leurs proches. C'était une expression absurde, songea-t-elle, car les animaux ne tuent que pour manger, ils ne massacrent aucun être pour un front trop grand ou un nez trop fin. Elle sentit les larmes monter. Chaque année, à la même période, elle revivait dans ses nuits les évènements qu'elle avait vécus en 1994, chaque année elle redevenait cette jeune fille effrayée et traquée, surprise d'être encore en vie. Elle pleurait, le regard absent.

— Vous allez bien, madame ? lui demanda le jeune serveur.

Sa terrasse située en face de l'hôpital accueillait souvent des parents de patients malades, il essayait chaque fois de leur redonner un peu de joie de vivre. Sa douce voix tira Marie-Ange de sa mélancolie.

— Oui, ne t'inquiète pas mon garçon, ça va aller, j'en ai vu d'autres.

— Vous voulez un autre café ? Il est pour moi celui-là, lui proposa-t-il dans un clin d'œil.

La nature humaine me surprendra toujours, pensa-t-elle. Elle alla ensuite se promener, flâner dans quelques boutiques et s'acheter de quoi grignoter. Elle vint s'asseoir sur un banc proche de l'entrée de la clinique. D'un œil distrait, elle feuilletait le journal qu'elle venait d'acheter, de l'autre, elle guettait les voitures qui arrivaient sur le parking. Plusieurs heures passèrent, elle résistait tant bien que mal à l'envie de laisser la somnolence se transformer en sommeil. Et puis, en milieu d'après-midi, un imposant SUV noir se gara sur les places réservées à la direction. La silhouette de Ramata s'était épaissie, sa démarche semblait plus lente, pourtant elle l'aurait reconnue entre mille. La directrice sortit du véhicule et s'engouffra immédiatement dans le hall, Marie-Ange se leva d'un bond et courut pour essayer de la rattraper. Ramata se dirigea vers la responsable de l'accueil qui l'avait interpelée discrètement. Elle l'écouta attentivement et tourna sa tête en direction de Marie-Ange qui venait de pénétrer dans le bâtiment. Elle se dirigea vers elle.

— Bonjour, madame ! C'est un plaisir de vous revoir ici. Que puis-je faire pour vous aider après tout ce temps ? Je n'ai pas bien compris le message que vous avez laissé à l'accueil.

— Moi, je suis sûre que si…

La directrice ôta ses imposantes lunettes de soleil et regarda longuement son interlocutrice.

— Suivez-moi, lui dit-elle simplement.

Marie-Ange n'était pas revenue à l'hôpital depuis très longtemps. De nombreux souvenirs remontaient à sa mémoire, merveilleux comme cette journée inoubliable où elle avait donné la vie à Jean-Jacques. Désagréable comme la fois où cette femme lui avait proposé de faire adopter son enfant.

— Entrez et asseyez-vous. Je vous écoute.

— Le hasard, le destin, la main de Dieu, appelez cela comme vous voulez, ont voulu que je croise le chemin de mon fils. Pas celui que j'ai élevé ici au Rwanda, non, celui que vous avez vendu en France.

Ramata prit le temps de l'observer.

— J'ai du mal à comprendre ce que vous me racontez. C'était il y a plus de vingt ans. Vous insinuez que je vous ai volé un fils que vous avez retrouvé comme ça, par hasard ? Avez-vous des preuves et pas simplement une intuition ou une vision ?

— Oui, j'ai bien évidemment une intuition parce que je suis leur mère à tous les deux. Mais si vous souhaitez avoir des preuves, notre avocat va procéder à des tests génétiques et envoyer à la presse l'histoire de mon fils Achille adopté dès la naissance par un riche couple français après avoir été vendu par l'hôpital où il est né.

Marie-Ange s'était révélée une habile négociatrice lors de sa dernière rencontre avec Enguerrand, elle n'hésitait plus à bluffer et à inclure dans ses phrases suffisamment d'éléments concrets pour que son histoire paraisse plausible. Avec ces gens-là, il fallait utiliser un vocabulaire qu'ils comprenaient, et qu'ils craignaient. Le terme « avocat » semblait faire office de sésame.

— Admettons que cela soit possible. C'était en plein génocide, tous les repères étaient ébranlés. Croyez-vous qu'on puisse nous en vouloir d'avoir voulu aider ces enfants à avoir une vie meilleure ?

— Pardonnez-moi, reprit Marie-Ange, mais ce n'était pas à vous de décider de leur destin. Encore moins contre une somme d'argent et surtout pas après le génocide. Je suis venue ici parce que je suis en quête de vérité.

— La vérité… le monde entier la connaît. Après le génocide, nous avons eu des milliers d'enfants sur les bras et nous avons essayé de leur offrir une vie loin de la misère. Il est toujours facile de juger l'histoire après coup, mais sur le moment nous avons dû trouver des solutions et prendre des décisions.

— Mon fils n'était pas orphelin. Pourquoi l'avoir choisi, lui ? Parce qu'il était jumeau et métis ? Les jumeaux nés sous césarienne peuvent plus facilement disparaître du circuit ? Et les métis ont une plus grande valeur marchande, non ?

— Ce sont vos suppositions, vous n'aurez jamais de preuves et ces vieilles histoires n'intéressent plus personne. Le Rwanda regarde vers l'avenir, madame, notamment grâce à l'action de personnes comme moi qui ont su tourner la page rapidement. Que voulez-vous au juste ?

— J'aurais aimé que vous me demandiez pardon au lieu de me prendre de haut. Vous m'avez volé mon fils, vous devriez avoir honte. La vie soi-disant meilleure que vous pensez lui avoir « offert » s'est avérée être un véritable calvaire. Ses parents adoptifs ne l'ont jamais aimé. Je veux que vous m'aidiez à réparer ce que vous avez fait en permettant aux autres jumeaux séparés de se retrouver. Combien d'enfants ont connu le même sort ?

Marie-Ange vibrait de colère et semblait grandie par la force de son indignation de mère.

— Moins d'une vingtaine, répondit la directrice, avec un geste semblant signifier que le nombre était négligeable.

— Mais c'est beaucoup vingt vies…

— Ce que vous me demandez est très difficile. Et puis j'imagine qu'il y en a parmi eux qui ont eu une belle adoption, qui n'ont peut-être pas envie de connaître leur passé, vous ne pouvez pas leur imposer cela.

— Moi je crois au contraire que tous les enfants adoptés ont le droit à la vérité ! Cela ne les empêchera pas de continuer à aimer leurs parents adoptifs s'ils ont été de bons parents. C'est tout ce que je vous demande. Que ces mères, que ces enfants aient accès à la vérité.

— Je vais voir ce que je peux faire, je dois prendre le temps de considérer tous les enjeux.

— Oui, prenez bien le temps de considérer tous les enjeux, je dis bien tous, et pas seulement ceux qui sont liés à votre carrière. Pensez aussi à votre réputation si vous décidez de ne pas m'aider.

— Ne me menacez pas, madame. Pour qui vous prenez-vous ?

— Je me prends pour une mère en colère que rien ne pourra arrêter. Je me mets aussi à la place des autres mères que vous avez privées de leurs enfants, et cela me met encore plus en colère !

— J'ai bien compris votre demande, maintenant laissez-moi rechercher les dossiers. Pour le bien de tout le monde, il faut manipuler ces informations avec précaution. Revenez dans une semaine et nous déciderons de la meilleure façon d'agir, c'est le mieux que je puisse vous proposer.

— Je serai là, soyez-en certaine.

XXXVI
ÉDITH

Le lendemain, à l'aube, Marie-Ange et Jean-Jacques se levèrent de bonne heure, prêts à retrouver leur place dans ce Kigali effervescent qu'ils aimaient tant.

Ils marchèrent à travers ces rues qu'ils connaissaient par cœur, s'étonnant de les trouver si propres par rapport à celles de Paris. La ville s'éveillait doucement avec eux. Les échoppes ouvraient, les vendeurs ambulants s'installaient, les mototaxis paraissaient ne pas avoir dormi. Ils marchèrent d'un bon pas et arrivèrent à hauteur des murs jaunes du marché de Kimironko, le cœur vibrant de la capitale. Ici on trouvait de tout et on pouvait tout trouver. On négociait chaque achat avec respect et surtout avec le sourire. En franchissant les grilles de l'entrée, Marie-Ange ne put s'empêcher de prier pour que les supermarchés ne le remplacent jamais. Elle en avait vu quelques-uns en France, ils étaient ternes, blafards, insipides, l'opposé exact de ce que représentait cet endroit où elle avait passé de si belles années. Elle y avait travaillé dur, sans compter ses heures, sous la chaleur de son toit en tôles ondulées, la promiscuité de ses étroits passages et le bourdonnement incessant. Elle finissait chaque journée épuisée, mais heureuse.

Ils se dirigèrent en premier lieu vers le bureau de l'ancien patron de Marie-Ange. Au passage, elle salua ses amis et ses connaissances qui étaient déjà à pied d'œuvre alors que le jour se levait à peine. Ils furent tous surpris de la revoir. Elle ne s'arrêta pas pour les saluer, craignant de perdre beaucoup de temps à se justifier auprès de chacun d'entre eux. Elle leur expliquerait plus tard sa version officielle des évènements. L'heure était à l'action.

— Tiens, regardez qui voilà, une revenante ! fit le patron, comme pris de court par cette apparition soudaine.

Marie-Ange se rappela qu'elle n'avait informé personne des raisons de son absence. Les rumeurs avaient dû circuler bon train. Elle savait que les bruits finissaient toujours par cesser, indéfiniment remplacés par de nouvelles informations plus croustillantes. Elle ne dirait rien de ce qui était arrivé à son fils ni de l'apparition de son deuxième fils pour le moment. Chaque chose en son temps et la priorité maintenant était de retrouver sa place.

— Bonjour, monsieur. Je suis vraiment désolée, je sais que j'aurais dû vous prévenir, mais je suis partie en urgence pour résoudre un problème familial très important.

— J'étais très embêté moi pendant quelques jours, avant de réussir à vous trouver une remplaçante. Je ne savais pas si je devais attendre le retour de madame. Et maintenant, vous vous pointez comme une fleur en espérant que je vous reprenne, c'est bien cela ?

— Oui, répondit-elle avec le sourire d'un enfant qui a fait une petite bêtise, mais qui sait qu'il va être pardonné.

— Vous avez beaucoup de chance d'être une belle fleur, vous savez. On va s'organiser, je vais vous retrouver quelque chose, parce que je vous aime bien. Mais ça sera la dernière fois. Vous m'avez bien compris ? Ma bonté a quand même des limites.

Une belle fleur et sa meilleure vendeuse pensa-t-elle.

— Ne vous inquiétez pas pour ça, je vous le promets, ajouta Marie-Ange en pensant que ce qu'elle avait vécu dernièrement ne se reproduirait certainement jamais.

— Revenez demain matin, d'ici là j'aurai peut-être trouvé une solution.

Elle rejoignit Jean-Jacques qui l'attendait dehors. Il vit rapidement à son allure enjouée que tout s'était bien passé.

— Je commence demain, affirma-t-elle avec certitude. Il ne te reste plus qu'à te trouver un travail. Allons faire un tour, saluer les gens, montrer que nous sommes revenus. Peut-être que quelqu'un parmi nos connaissances aura entendu parler d'un poste disponible.

Ils passèrent la journée à échanger avec les commerçants qui étaient heureux de les revoir. Ils respirèrent les odeurs épicées et enfumées des marchands ambulants de brochettes, tout en admirant les couleurs chatoyantes des étals et des étoles Kitenge. Quel contraste avec la vie parisienne ! Le centre de Paris avait beaucoup de charme, un peu comme un musée, mais la vie qui coulait dans les veines de Kigali leur avait énormément manqué.

Le soir, alors qu'ils lisaient tous deux, assis devant leur maison, une jeune femme s'approcha. Elle devait avoir le même âge que Jean-Jacques, portait des vêtements propres et des chaussures neuves. Il remarqua immédiatement son parfum puissant et pourtant subtil, sûrement très cher.

— Bonsoir, je suis une amie d'Édith. Elle m'a priée de vous apporter ce mot.

Elle disparut aussi vite qu'elle était apparue. S'il n'avait eu le morceau de papier entre ses mains et ses effluves persistantes, Jean-Jacques se serait demandé si elle avait vraiment existé. Il ouvrit la feuille et reconnut l'écriture d'Édith.

« Bonjour, Jean-Jacques. Retrouve-moi demain midi à l'université. Il y a un bar à côté de la faculté de droit qui s'appelle *Les Amis*, nous pourrons y discuter tranquillement. J'espère que tu viendras. Je t'embrasse. Édith. »

Pourquoi ne lui avait-elle pas tout simplement envoyé un texto comme tout le monde ? Jean-Jacques se demandait ce qu'elle pouvait bien vouloir lui dire, mais il avait compris que quelque chose clochait avec Pierre. Bien sûr qu'il viendrait.

Le lendemain, il arriva avant le rush du midi. Instinctivement, Jean-Jacques fit le choix d'une table à l'écart, invisible depuis la rue. Édith arriva bientôt et s'assit en face de lui. Elle avait les traits tirés et le visage grave. Jean-Jacques commanda un café. Sans attendre, Édith lui demanda de lui raconter tout ce qui lui était arrivé depuis qu'il avait quitté le Rwanda quelques semaines auparavant. Elle ne cessait de secouer la tête en entendant son récit. Son visage devenait plus grave à chaque nouvelle révélation.

— Tout est vrai, précisa Jean-Jacques.

— Je te crois, tu sais.

Quand il eut fini, il la regarda et lui demanda pourquoi elle l'avait fait venir. Elle mit du temps à reprendre la parole. Quelques secondes passèrent avant qu'elle rassemble ses forces pour se lancer et essayer de tout raconter dans un seul élan :

— Je crois que c'est Pierre, lui avoua-t-elle. Je l'ai entendu dire à un de ses amis qu'il avait rajouté un « petit cadeau ». Je les entends encore rire à sa blague.

Jean-Jacques n'avait plus vraiment de doutes même si ce témoignage venait conforter ce qu'il pensait. Pourtant en s'imaginant la scène il ne parvenait pas à comprendre comment Pierre pouvait en rire. Il avait été l'ami d'un monstre de la pire espèce, un salopard. Comment avait-il pu être aveugle à ce point ?

— Je le savais. Ce que je ne comprends pas, c'est pourquoi il a fait ça ? Juste parce que je suis allé en France à sa place ? Moi qui avais l'impression que nous étions des frères.

— Je crois que c'est à cause de moi. On venait de se disputer comme souvent et je lui ai dit pour le blesser que j'aurais dû sortir avec toi, que tu étais beaucoup plus gentil et que j'allais le quitter. Ça l'a mis dans une colère folle et il m'a dit qu'il allait s'occuper de ton cas. Je n'aurais jamais dû dire ça…

— Tu n'y es pour rien, ce type est un malade. Il est capable de tout.

Ses deux coudes étaient posés sur la table et sa tête enfouie entre ses mains. Elle pleurait.

— Ça va aller, lui dit-il en prenant délicatement sa main dans la sienne, il n'en vaut pas la peine. Ce n'est pas un mec bien, c'est tout. Je me suis toujours demandé ce que tu faisais avec lui.

— Je me suis posé la question aussi, il me faisait rire, il m'offrait des cadeaux. Il rendait ma vie plus intéressante.

— Demande-lui de faire une pause. Prends le temps de réfléchir. Tu as toute la vie devant toi.

Elle continua à sangloter, cette fois plus bruyamment.

— J'ai dit une bêtise ? demanda Jean-Jacques.

— Nous allons nous marier cet été.

Jean-Jacques encaissa le choc.

— Ah bon... Excuse-moi, mais je ne comprends pas. Pourquoi vous précipiter autant ?

— Tout le monde souhaite que ce mariage ait lieu, ma famille pour assurer mon avenir, la sienne parce que je suis une fille « bien ». Je suis entraînée par un courant si puissant que je me sens incapable de lutter, je n'ai pas la force de nager contre.

— C'est ta décision qui doit primer, pas celle de ta famille. Tu as vraiment envie de faire ta vie avec lui ?

— Mais je ne savais pas à qui me confier. Et puis tu étais parti. Pierre m'a dit que tu ne reviendrais pas. Je vais devoir partir, mes cours vont commencer, ajouta-t-elle en se levant.

— Édith, lui dit-il en lui agrippant le poignet, ne fais pas de bêtise. Si tu te maries, c'est pour la vie. Réfléchis bien, tu peux encore faire marche arrière, c'est ton bonheur qui est en jeu, pas celui de tes parents.

Jean-Jacques resta seul, abasourdi. Pierre, qui l'avait trahi, allait épouser Édith contre son gré. Une si belle femme, si douce, si intelligente... Cet enfoiré ne la méritait pas ! Il la rendrait sans aucun doute malheureuse. Le café se remplissait peu à peu d'étudiants, et Jean-Jacques quitta les lieux. Il n'avait jamais eu la chance de faire des études, lui, à l'inverse d'Achille. Il aurait bien aimé avoir un petit bout de sa vie quand même. La nuit tombée, il traversa le quartier animé de la ville.

Avec les quelques pièces qu'il lui restait, il se paya à boire. C'est là qu'il vit sortir Pierre du bar d'en face, accompagné d'une femme. Ils se tenaient par le bras. Visiblement, Pierre n'était pas très inquiet qu'on le voie avec elle. Jean-Jacques eut envie de traverser la rue, de se mettre face à lui et de lui demander de s'expliquer, mais il y avait trop de monde. Il décida de les suivre discrètement. Pierre raccompagnait la jeune fille. Ils s'arrêtèrent quelques mètres plus loin dans une ruelle calme. Ils s'embrassèrent avec fougue. Jean-Jacques vit très clairement les mains de Pierre s'attarder sur le corps de sa partenaire. Ils riaient fort, vraisemblablement ivres. Elle tentait de repousser ses ardeurs avec délicatesse, mais Pierre se faisait de plus en plus insistant. Alors qu'il essayait de déboutonner son short, elle s'écarta brusquement.

— Non pas ici, pas ce soir !

Pierre l'agrippa par le bras.

— Allez, viens ! Fais pas ton cinéma.

Il l'attirait à nouveau vers lui, mais elle semblait cette fois-ci essayer de se débattre.

— Non, lâche-moi maintenant, tu me fais peur !

— Qu'est-ce que tu croyais, que tu allais m'allumer et que j'allais juste te faire un petit bisou ?

Sentant la situation déraper, Jean-Jacques sortit de l'ombre et s'avança. Surpris par sa présence, Pierre lâcha la jeune femme qui en profita pour s'enfuir. Il reconnut son ancien ami et sourit.

— Tiens, mais qui voilà ? Tu me suivais pour te rincer l'œil ?

— Non, j'étais juste curieux de voir comment tu préparais ton mariage…

— Ah, t'es jaloux, c'est ça. Ça te fait mal qu'Édith soit amoureuse de moi.

— Elle n'est pas amoureuse de toi.

— Qu'est-ce que tu en sais ? Et qu'est-ce que ça change d'ailleurs ? Tu as prévu de me suivre longtemps ? Comme le petit toutou que tu as toujours été ?

— Non, je voulais juste avoir une petite discussion avec toi, répondit Jean-Jacques qui avait de plus en plus de mal à canaliser sa colère.

Il serrait ses poings dans ses poches si fort que le sang n'y coulait plus.

— Qu'est-ce que tu veux savoir ? Si c'est moi qui ai mis la drogue dans le sac ? Bien sûr que c'est moi. Je voulais te donner une petite leçon, te tenir éloigné un peu de mon père et d'Édith. Je trouvais que tu prenais un peu trop tes aises.

— Je m'en suis toujours douté.

— Tu as eu le temps d'y réfléchir pendant que tu te faisais tripoter dans les douches des prisons françaises, non ? De toute façon, j'ai toujours pensé que tu étais homo, je ne t'ai jamais vu avec une fille.

— T'es vraiment le pire des connards !

— Ça me déçoit que tu ne le découvres que maintenant. Alors qu'est-ce que tu vas faire ? Tu veux me faire un procès ?

— Je vais te péter la gueule.

— Ah, le gentil Jean-Jacques dévoile sa vraie nature.

Pierre s'écarta et fouilla dans sa poche. Il en sortit un poing américain qu'il enfila à sa main droite.

— T'es même pas capable de te battre à la loyale. Allez, viens !

Pierre avança en titubant légèrement. Il souriait, se sentait invincible avec son poing américain. Jean-Jacques se tenait prêt au combat. Il voulait le punir pour tout ce qu'il avait commis, pour tout ce qu'il était, mais savait que pour gagner il ne devait pas se laisser gagner par la colère. Pierre s'approcha plein de morgue, les bras le long du corps, mimant les coups comme s'il dansait. Il tenta de lui envoyer un crochet du droit. Jean-Jacques l'esquiva facilement en se penchant sur la gauche, son coup était prévisible et manquait de vitesse. En relevant son buste, et en prenant de la vitesse grâce au mouvement de balancier, il frappa Pierre de son poing gauche directement dans la tempe. Il y avait mis toute sa force et toute la fureur contenue depuis si longtemps. Il était gaucher. C'était un coup parfait et ce fut le seul de leur combat. Pierre vacilla et tomba à la renverse. Sa tête heurta lourdement le trottoir. Une flaque de sang commença à se former. Jean-Jacques le regarda quelques instants sans savoir comment réagir. Il ne bougeait plus. Peut-être était-il mort ? Tout à coup, il entendit des voix provenant de l'autre côté de la rue. Il pensa un bref instant qu'on allait le remettre en prison, qu'il allait devoir encore prouver son innocence. Non, plus jamais ça ! Il fit volte-face et se mit à courir aussi vite que possible. Il était redevenu l'homme le plus rapide de Kigali.

XXXVII
FUIR SANS SE RETOURNER

Jean-Jacques courait à perdre haleine dans les rues de la capitale. Il se souvenait des petites ruelles comme des grandes, de chaque carrefour, de chaque quartier. Il se sentait voler et aurait pu courir en fermant les yeux. Il fuyait la ruelle où Pierre gisait, il fuyait sa rage et la peur qu'on l'enferme encore. Il fuyait à s'en arracher les tendons, à s'en faire brûler les poumons. Et quand le souffle finit par lui manquer, il se dissimula dans un parc pour se calmer et essayer d'analyser froidement la situation. Personne ne l'avait vu avec Pierre, si ce n'est cette jeune fille qu'il avait quand même sauvée d'un viol. Elle n'allait probablement pas le dénoncer. Si Pierre était mort, il y aurait une enquête de police. Son ami avait beau avoir beaucoup d'ennemis, les soupçons s'orienteraient inévitablement vers lui, le colonel n'était pas un idiot. Fuir serait reconnaître sa culpabilité, rester serait se condamner. Il lui semblait qu'il n'y avait pas de bonne décision. Alors il reprit sa course pour rentrer le plus vite possible chez lui.

Marie-Ange était dehors. Elle avait repris ses anciennes habitudes, sorti son vieux fauteuil limé par le temps et entamé la lecture d'un nouveau livre qu'elle avait acheté à Paris. Elle ne l'avait pas ouvert en France, elle attendait de retrouver le confort de son cocon rwandais et sa routine du soir pour s'y mettre. Voyant arriver son fils au loin, elle fut surprise de le voir se hâter comme il le faisait. Alors qu'il s'approchait, elle remarqua ses traits tirés et sa mine anxieuse. Elle avait compris qu'ils allaient devoir affronter un nouveau problème avant même qu'il ouvre la bouche. Il s'assit à côté d'elle, trop essoufflé pour parler, et posa sa tête sur son épaule. Il dut attendre quelques secondes pour pouvoir parler.

— Maman, il s'est passé quelque chose…

— Dis-moi.

— Pourquoi le destin s'acharne-t-il sur moi ?

— Je ne sais pas. Il y a toujours une raison. Regarde, la dernière fois, cela nous a permis de retrouver Achille.

— J'ai peur que cette fois-ci ce soit beaucoup plus grave !

— Qu'est-il arrivé ?

— Je crois que je viens de tuer Pierre

Jean-Jacques raconta tout ce qui venait de se passer, ne cherchant pas à cacher quoi que ce soit à sa mère. Les mots sortaient dans un flot inarrêtable de paroles. Il reprenait à peine son souffle entre chaque phrase. Marie-Ange était submergée.

Elle voyait le visage de son frère Paul se substituer à celui de son fils. Elle avait déjà vécu une scène similaire et en connaissait l'issue. Il lui sembla que Paul essayait de lui parler. Elle demanda à Jean-Jacques de se taire pour entendre le chuchotement de son frère : ne le laisse pas retourner en prison, il y mourra comme moi. Il n'y a pas de place pour la vraie justice sur cette terre, il faut attendre d'arriver là-haut.

— Maman, tu ne m'écoutes pas, tu ne veux pas savoir la suite ?

— J'ai bien peur de me douter de ce que tu vas me raconter.

— J'ai frappé Pierre de toutes mes forces, il est tombé à la renverse sur le trottoir. Il y avait une énorme flaque de sang sous son cou. Je crois qu'il est mort mais je n'en suis pas sûr. Si on me retrouve, je vais devoir retourner en prison ici !

Sa mère ne dit rien, elle essayait de réfléchir malgré toutes les émotions et les souvenirs qui traversaient son esprit. Son fils allait devoir encore prouver son innocence, mais personne ne le croirait, surtout pas le colonel. Si Pierre, par chance, n'était pas mort, c'est lui qui chercherait à se venger. Il serait violent et sans limites, elle en était certaine.

— Viens dans mes bras.

Jean-Jacques s'y précipita comme si c'était le dernier lieu où il pouvait être en sécurité. Il hurla, laissant échapper sa colère, mais aussi sa lassitude face au sort qui s'acharnait sur eux.

— Pourquoi, pourquoi, pourquoi… répétait-il inlassablement entre chaque sanglot.

— Il faut que nous nous calmions pour trouver la meilleure solution. Pierre n'est peut-être pas mort. Je vais appeler Achille et Emmanuel. Ils nous aideront à y voir clair.

Marie-Ange attrapa son téléphone.

— Allo, maman, pourquoi m'appelles-tu aussi tard, ça va ?

— Non… nous avons un problème, j'ai besoin d'avoir ton avis, peut-être de ton aide.

— Dis-moi tout.

Elle lui raconta en détail ce qui venait d'arriver à son frère.

— Il craint plus que tout de retourner en prison, conclutelle. Au Rwanda, elles ne sont pas comme en France, c'est encore pire.

— Je comprends. Je vais appeler Emmanuel et nous allons essayer de voir ce que nous pouvons faire pour vous aider. Je te rappelle au plus vite d'accord ?

— Oui, merci.

Marie-Ange raccrocha épuisée. Elle se jura qu'elle ne perdrait pas Jean-Jacques comme elle avait perdu Paul.

Le téléphone sonna à peine cinq minutes plus tard, c'était de nouveau Achille.

— Maman, j'ai eu une idée. C'est risqué, mais ça peut se tenter.

Marie-Ange mit le haut-parleur pour que Jean-Jacques puisse entendre également

— Il faut que tu trouves une cachette sûre pour Jean-Jacques. Je vais venir le plus vite possible à Kigali. Je resterai quelques jours à l'hôtel. On ne se verra pas pour ne pas éveiller les soupçons. Je lui ferai passer mon propre passeport et un billet à mon nom pour Paris. Il prendra ensuite l'avion avec mon passeport et mon visa touristique, et dès le lendemain, quand nous serons sûrs qu'il est bien arrivé, j'irai faire une déclaration de vol à l'ambassade. Il faut bien que ça serve enfin à quelque chose qu'on soit jumeaux, conclut Achille d'une voix ferme.

Marie-Ange était stupéfaite. Le plan lui paraissait audacieux mais réalisable.

— Bravo. Tu crois vraiment que ça peut marcher ?

— Oui, nous en sommes certains. Tu connais quelqu'un qui pourra cacher Jean-Jacques en attendant mon arrivée ?

Elle ne connaissait plus grand monde et au marché personne ne voudrait prendre de risque s'ils apprenaient les raisons de sa demande. Il fallait quelqu'un qui soit obligé de les aider… Ramata. Oui, elle monnayerait son silence contre son aide. Elle lui devait bien ça, elle ne le lui refuserait pas.

— Je pense à quelqu'un qui doit pouvoir nous aider.

— Parfait.

Marie-Ange se tourna vers Jean-Jacques. L'idée lui paraissait excellente mais avaient-ils vraiment pris le temps de réfléchir à tout ? Les passeports, les visas, les empreintes ? Que risquait Achille de son côté ? Il ne servait à rien de sauver un fils pour en perdre un autre.

— Malin, ce plan, non ? demanda-t-elle à son fils.

Jean-Jacques opina sans dire un mot. Il était beaucoup trop agité pour pouvoir en évaluer sereinement tous les dangers. De toute façon quel autre choix avait-il ?

— Tu vas aller du côté de l'hôpital avec un sac contenant quelques vêtements. Il y a un parc où tu m'attendras. Dès la fin du marché, j'irai voir la directrice pour obtenir son aide. Si tout se passe bien, je viendrai te chercher en fin de journée.

— D'accord, répondit Jean-Jacques. Ne t'inquiète pas, je me ferai le plus discret possible.

Le lendemain matin, ils se préparèrent en silence. Ils avaient peu dormi, mais ne ressentaient pas la fatigue. Ils s'embrassèrent et partirent chacun de leur côté.

Arrivée au marché, Marie-Ange prit rapidement connaissance de la rumeur qui grandissait de bouche en bouche. L'information arrivait ici avant même qu'elle ne soit dans les médias, c'était le centre névralgique de la ville.

— Tu as entendu ? Le fils du colonel aurait été tué dans un guet-apens. Sûrement des gens qui voulaient faire chanter son père. Pauvre enfant, il n'y est pour rien si son père est dans des affaires pas très claires…

Marie-Ange écoutait attentivement et donnait son avis à qui voulait l'entendre.

— Malheureusement, de nos jours, la violence est partout…

À la fin de son service, elle quitta discrètement son étal et pris le chemin de l'hôpital. Elle alla voir la personne de l'accueil qui la reconnut immédiatement.

— Bonjour, je dois voir madame Ingabire c'est très important, dites-le-lui s'il vous plaît.

— Je vais essayer, veuillez patienter s'il vous plaît.

Elle l'appela devant elle, regarda Marie-Ange en parlant et raccrocha.

— Vous pouvez aller dans son bureau, elle va vous recevoir.

Marie-Ange ne se fit pas prier et se rendit dans le bureau de la directrice. Elle frappa à la porte.

— Entrez.

— Merci de m'avoir reçue aussi vite.

— Est-ce que j'ai vraiment le choix ? Vous n'allez donc jamais cesser de me harceler, je vous ai demandé plusieurs jours, vous ne pouviez pas attendre ?

— Je suis désolée madame, mais cette fois-ci je viens vous demander très humblement votre aide. En contrepartie de celle-ci, je vous assure que je ne viendrai plus jamais vous importuner, sur le dossier de mon fils comme sur celui des autres jumeaux séparés.

— Je vous écoute, je ne vous garantis rien, répondit la directrice curieuse de ce revirement qui l'arrangeait.

— J'ai besoin de trouver un endroit sûr pour cacher mon fils.

Marie-Ange avait décidé qu'un demi-mensonge n'était pas grand-chose face à tous ceux que cette dame avait passé sa vie à raconter.

— Vous pouvez m'en dire plus ?

— À ce stade, je ne préfère pas. Il faut me faire confiance. En sauvant mon fils cette fois, vous vous rattraperez pour celui que vous avez fait disparaître il y a quelques années. Disons que pour votre conscience, vous avez l'opportunité de remettre les compteurs à zéro.

Ramata la regarda longuement.

— Très bien, je vais vous aider. Je vais l'installer dans une pièce dont moi seule ai la clé. Il y a des toilettes et je lui apporterai à manger deux fois par jour. Interdiction de sortir et d'allumer. Au bout d'une semaine, il devra partir. Il n'y aura pas un jour de plus. Ensuite, je ne veux plus jamais entendre parler de vous.

— Je vous le promets. Je vais le chercher.

Elle courut retrouver Jean-Jacques qui attendait sur un banc en retrait. Elle lui fit signe de la tête pour qu'il la suive à distance. Ils pénétrèrent dans la clinique par une porte dérobée. À l'intérieur l'attendait madame Ingabire.

— Jean-Jacques, madame la directrice va s'occuper de toi maintenant.

Marie-Ange le serra brièvement dans ses bras et quitta l'hôpital. Jean-Jacques resta seul face à la directrice. Pouvait-il lui faire confiance sachant le sort qu'elle avait déjà réservé à Achille ? Il regarda son allure et ses vêtements. Ils n'étaient pas du même monde, et dans celui de cette personne sa vie n'avait pas beaucoup de valeur.

XXXVIII
UN PLUS UN FONT UN

Le soir même, le téléphone de Marie-Ange sonna. C'était le colonel. Elle décrocha immédiatement pour ne pas éveiller les soupçons.

— Bonsoir, Marie-Ange., je cherche à voir votre fils, est-il chez vous ?

Le son de sa voix semblait provenir en échos du fond d'une caverne. Le ton était glacial.

— Bonsoir colonel, j'ai appris pour Pierre, je suis désolée de ce qui est arrivé et je vous présente mes plus sincères condoléances. J'espère de tout cœur que vous retrouverez les coupables. Mon fils vient juste de partir. Il est très perturbé depuis son retour de France. Il reste le plus souvent enfermé à la maison. Il n'est pas sorti depuis quarante-huit heures. Je lui ai demandé de prendre l'air, j'en avais marre de le voir rester ici à ne rien faire.

— Est-il joignable sur son téléphone ?

— Je viens de m'apercevoir qu'il l'a oublié ici.

— Dès qu'il revient, dites-lui de me rappeler. J'aimerais échanger avec lui, peut-être a-t-il des informations qui pourraient nous aider à trouver le tueur.

— Vous pensez qu'il n'y a qu'un seul tueur ?

— Nous en sommes certains. Nous avons le témoignage de la dernière personne qui l'a vu en vie. Enfin, plutôt l'avant-dernière si on compte le tueur. Je compte sur vous pour nous mettre en contact rapidement avec votre fils ou bien nous allons devoir nous mettre à sa recherche. Plus il tardera, plus il risquera d'être soupçonné, vous comprenez ?

— Jean-Jacques a passé la soirée d'hier avec moi, tenta-t-elle en essayant de ne pas se trahir en prononçant ces mots.

— Très bien dans ce cas qu'il vienne me voir le plus tôt possible, conclut le colonel avant de raccrocher sans la saluer.

Le sang de Marie-Ange se glaça. S'ils avaient interrogé la jeune fille, il y avait fort à parier qu'elle avait reconnu Jean-Jacques sur photo. À moins qu'elle n'ait pas pu voir son visage ce soir-là. Ou bien essayait-elle malgré tout de le protéger parce qu'il l'avait sauvée du viol que lui aurait probablement fait subir Pierre ?

Elle envoya à son fils un message sur Telegram « Reste bien caché, ils sont déjà sur ta piste. » Ils avaient téléchargé l'application sécurisée sur les conseils d'Achille, Jean-Jacques ne devait plus communiquer que via ce canal. Interdiction de décrocher même si l'appel provenait de sa mère.

Le lendemain, Marie-Ange se rendit au marché. L'atmosphère était lourde, les hommes du colonel avaient interrogé beaucoup de monde et Marie-Ange sentait peser sur elle de nombreux regards. Son fils n'était pas là, à ses côtés comme il l'avait toujours été. Cela faisait forcément de lui un suspect aux yeux de certains. Elle demeurait silencieuse, accomplissant consciencieusement son travail, le visage fermé. Personne n'osa la questionner.

Le jour suivant, Achille devait atterrir à Kigali et se rendre à l'hôtel Marriott. Comme il le leur avait indiqué sur Telegram, sa première tâche fut de mettre dans un colis les vêtements qu'il avait portés à l'aller. Son plus beau costume Armani, une chemise neuve et d'élégantes chaussures italiennes. Les mensurations conviendraient à son frère jumeau même s'il risquait de flotter un peu dedans. Il glissa à l'intérieur son passeport et son billet retour et demanda à l'hôtel de trouver un coursier de confiance pour les porter à l'hôpital à l'attention de Ramata Ingabire.

Au marché, l'ambiance restait lourde. En milieu de matinée, Marie-Ange entendit un brouhaha et vit un attroupement se former. Le petit groupe semblait se diriger dans sa direction. Elle comprit rapidement que le colonel en personne était là et venait à sa rencontre.

— Bonjour madame, venez avec moi si vous le voulez bien, j'aimerais que nous discutions tous les deux.

— Je ne peux pas abandonner mon étalage, tenta-t-elle.

— Ne vous inquiétez pas, il n'y en a pas pour longtemps.

Il la prit par le bras et l'entraîna à l'écart. Sa poigne était ferme. Ils n'étaient plus que tous les deux. Marie-Ange se sentit infiniment petite et faible face à la masse et à la voix puissante de son interlocuteur.

— Votre fils ne m'a pas rappelé, vous n'avez toujours pas eu de nouvelles je suppose ?

— Non, monsieur, pas encore.

— Vous pensez que je vais vous croire ?

Le colonel marqua un temps d'arrêt et prit une profonde inspiration. Il pointa son index vers Marie-Ange :

— Maintenant, vous allez arrêter de me prendre pour un idiot. Où est-il ?

— Je n'en sais rien, je vous le jure. Vous pensez qu'il a tué votre fils ? Ça n'a pas de sens, c'était son meilleur ami.

— Vous savez, pendant le génocide, j'ai vu ce dont est capable la nature humaine. J'ai vu des hommes découper des bébés et les jeter aux chiens, j'ai vu une mère tuer ses propres enfants, plus rien ne me surprend. Il n'y a pas d'agneaux sur cette terre, il n'y a que des loups qui s'ignorent. Alors, épargnez-moi vos mensonges et racontez-moi ce qui s'est réellement passé, sinon c'est vous que nous allons interroger jusqu'à ce que vos propres enfants ne puissent plus vous reconnaître.

Elle décida de changer de stratégie pour gagner un peu de temps et se mit à pleurer. Malgré les menaces proférées par le colonel, elle conservait toute sa lucidité. Elle aussi avait survécu au génocide.

— Arrêtez de pleurer et dites-moi ce que vous savez ! tonna le colonel.

— Il y a deux jours, Jean-Jacques est revenu à la maison très agité. Il disait qu'il s'était disputé avec Pierre, qu'ils s'étaient battus parce que Pierre lui avait avoué que c'était lui qui avait mis la drogue dans sa mallette. Il a pris ses affaires et il est parti en me disant que c'était lui qui me contacterait. Il m'a juré qu'ils s'étaient juste battus, mais que Pierre était mal retombé. Il ne savait pas qu'il était décédé, je vous le jure !

— Vous auriez dû me dire la vérité plus tôt ! Oui, l'autopsie confirme que Pierre est mal tombé et qu'il est mort à la suite de cette chute. Cependant, c'est bien votre fils qui l'a fait tomber. Dites-lui qu'il se rende, que la justice lui accordera peut-être des circonstances atténuantes. S'il ne se rend pas, c'est moi qui le retrouverai, et nous ne lui accorderons aucune clémence, je vous le garantis ! Vous savez, Pierre a aussi une mère, imaginez sa douleur quand on lui a annoncé que son fils a été assassiné. Je lui ai fait la promesse de retrouver le tueur et j'honore toujours mes promesses.

— Ne faites pas de mal à mon fils s'il vous plaît, supplia Marie-Ange sincèrement terrifiée. Il est tout ce qu'il me reste.

— Alors, dites-lui de se rendre dès qu'il vous contactera. Nous sommes déjà sur ses traces.

Le colonel tourna les talons et repartit avec sa cour. Marie-Ange resta seule et prostrée. Elle sentit son téléphone vibrer. « Les vacances peuvent commencer ». Elle supprima aussitôt le message, légèrement rassurée. Pour le moment, tout se passait comme prévu. Achille était arrivé, il était à quelques kilomètres d'elle. Il était de retour sur sa terre natale et pourtant il ne sortirait pas de l'hôtel. Ses deux fils étaient près d'elle et elle ne pouvait en voir aucun. Quelle ironie !

Les jours suivants, Marie-Ange se sentit constamment sous surveillance, mais elle conserva sa routine. Rien ne semblait avoir changé dans sa vie. Elle comptait pourtant intérieurement les heures qui la séparaient du départ de son fils. Il était probable qu'elle ne le reverrait pas avant quelque temps, ni Achille d'ailleurs. C'était le prix à payer, elle le savait. Là-bas, en France, au moins, ses enfants seraient enfin réunis et pourraient mener une existence normale.

De l'autre côté de la ville, le coursier avait remis personnellement le colis à la directrice comme le lui avait demandé le riche client de l'hôtel. Elle s'était empressée de l'apporter à Jean-Jacques. Achille l'avait prévenue par courrier que si elle ne le lui transmettait pas, elle aurait affaire à Me N'Diaye avocat.

Cette nuit-là, Jean-Jacques ne put dormir. Laisser sa mère seule ici était une torture. À cause de lui, elle n'était plus en sécurité. Pourvu qu'ils ne lui fassent pas de mal ! Au petit matin, il se lava et s'habilla. Les vêtements lui allaient, la bonne taille mais un peu amples. Il rangea ses autres affaires et les mit à la poubelle. Il sortit de l'hôpital par une porte de service et héla un taxi dans la rue.

Marie-Ange non plus n'avait pas dormi. C'était un jour capital et pourtant il fallait qu'il ressemble à un jour ordinaire. Elle se rendit au marché et ne s'autorisa même pas à regarder passer les avions dans le ciel, de peur de se trahir.

Jean-Jacques arriva à l'aéroport. Il se vit dans une baie vitrée. Il se reconnut à peine. Fébrile, il regardait autour de lui pour voir si la police ne surveillait pas les départs en compagnie des hommes du colonel. Pour le rassurer, Achille lui avait pourtant fait remarquer sur Telegram que personne ne pourrait imaginer qu'un fugitif traqué et sans argent puisse s'échapper en costume et par avion. Se remémorant le message de son frère, Jean-Jacques se dirigea vers le comptoir d'enregistrement sans être inquiété et tendit mécaniquement le passeport.

— Bonjour, monsieur Bouvier. Retour à Paris, c'est bien cela ?

— Exactement.

— Pas de bagage en soute ?

— Non, merci.

La responsable du comptoir regarda la pièce d'identité puis leva les yeux sur lui. C'est un bon test pour voir si nous nous ressemblons vraiment, pensa Jean-Jacques.

Elle lui sourit en lui tendant sa carte d'embarquement.

— Bon voyage, monsieur.

— Merci beaucoup !

La première étape venait d'être brillamment franchie. Il ne restait plus qu'à s'attaquer au plus gros morceau, les douanes. Il s'y dirigea d'un pas décidé. Il passa rapidement le contrôle des bagages puis se présenta au guichet et tendit de nouveau le passeport de son frère à un douanier cette fois. Celui-ci l'ouvrit lentement, il scruta la première page, puis chercha le visa. Il leva les yeux sur Jean-Jacques, saisit son tampon, valida son départ et rendit le document. Jean-Jacques le récupéra et s'éclipsa prestement. Allez, plus que les douanes françaises, pensa-t-il en se rendant devant la porte d'embarquement.

En pénétrant dans l'avion, il put se relâcher un peu. Il avait presque réussi. Il se sentit immédiatement coupable de cette pensée. Les risques qu'avaient pris pour lui sa mère et son frère étaient inouïs. Il n'avait cessé d'y penser depuis deux jours. Sa mère lui paraissait la plus en danger. Il lui avait écrit, depuis sa cachette au sein de l'hôpital, qu'il voulait se rendre. Elle lui avait répondu que c'était hors de question, qu'elle ne supporterait pas de le savoir à nouveau en prison, qu'il ne devait pas s'inquiéter pour elle qui avait déjà survécu à des évènements bien pires. Harcelé par les doutes, il passa le vol à imaginer tous les scénarios possibles. Il aurait voulu prendre un médicament ou de l'alcool pour dormir, mais une dernière étape l'attendait en France et il savait qu'il lui faudrait être à la hauteur.

Arrivé à Roissy, son appréhension remonta en flèche. Il allait devoir repasser la frontière française, là où il avait été arrêté, la première fois. Il se dirigea vers la file des voyageurs hors Union européenne.

— Monsieur, s'il vous plaît, passeport français, c'est par ici.

Il regarda le document qu'il avait entre ses mains. Oui, c'est vrai, il était Français. Il s'avança et tendit ses papiers en essayant de contrôler le tremblement de ses doigts. Le fonctionnaire de police le feuilleta rapidement et le lui rendit aussitôt. Jean-Jacques sourit. Il fit quelques pas et remarqua machinalement qu'il n'y avait pas de contrôle de drogue. Il passa devant les carrousels à bagages. Il n'avait rien à récupérer et franchit rapidement la porte de sortie. Il vit aussitôt Emmanuel qui se dirigeait vers lui, sourire aux lèvres et les bras grands ouverts.

— Waouh, quelle classe ! Soyez le bienvenu, monsieur Bouvier !

Jean-Jacques serra longuement Emmanuel contre lui. Il était partagé entre un immense soulagement et la culpabilité d'avoir laissé son frère et sa mère au Rwanda. Achille allait s'en sortir, personne ne connaissait son existence ni ce qui le reliait à lui. Personne, à part Emmanuel que les hommes du colonel avaient appelé pour lui demander de les tenir au courant si Marie-Ange l'appelait à l'aide. « Je n'y manquerai pas » leur avait-il répondu poliment. Par prudence, Achille partirait dans quelques jours vers un autre pays européen pour brouiller les pistes.

Pour Marie-Ange, la situation était plus compliquée. Le colonel pouvait décider de lui faire payer la disparition de son fils. Elle était persuadée du contraire et pensait qu'après quelques semaines elle serait libre de ses mouvements. Elle envisageait de repartir dans son village pour travailler dans les champs auprès de son oncle Aristide et de s'y faire oublier définitivement. Là-bas l'attendaient les siens, ceux qui étaient encore là et ceux dont l'âme habitait pour toujours leur colline.

L'avenir les réunirait tous à nouveau, elle en était persuadée.